中国作家协会重点扶持作品

中国创造故事丛书

李炳银 主编

中国智慧

中国高速铁路创新纪实

王 雄 著

河南文艺出版社

·郑州·

图书在版编目(CIP)数据

中国智慧:中国高速铁路创新纪实/王雄著. —郑州:河南文艺出版社,2017.9
(中国创造故事丛书/李炳银主编)
ISBN 978-7-5559-0587-5

Ⅰ.①中… Ⅱ.①王… Ⅲ.①报告文学-中国-当代 Ⅳ.①I25

中国版本图书馆 CIP 数据核字(2017)第 185593 号

出版发行　河南文艺出版社
本社地址　郑州市鑫苑路 18 号 11 栋
邮政编码　450011
售书热线　0371-65379196
承印单位　河南瑞之光印刷股份有限公司
经销单位　新华书店
开　　本　700 毫米×1000 毫米　1/16
印　　张　17.75
字　　数　231 000
版　　次　2017 年 9 月第 1 版
印　　次　2017 年 9 月第 1 次印刷
定　　价　48.00 元

"中国创造故事丛书"总序

李炳银

　　人类社会的历史，一直伴随着对客观世界的认识和自然规律的理解。这一过程，就是科学开始和不断融合于社会生活实际的过程，也就是人类科学技术日渐发展更新的道路。

　　习近平总书记指出，历史证明，谁牵住了科技创新这个牛鼻子，谁走好了科技创新这步先手棋，谁就能占领先机、赢得优势。长久以来，国际范围内的竞争，综合国力的竞争，其关键是科学技术的竞争，科技进步和创新是增强综合国力的决定性因素，对经济和社会发展具有先导性、全局性的意义，增强创新能力关系到中华民族的兴衰存亡。发展教育与科学，是文化建设的基础性工程，是推动经济和社会发展的决定性因素，加强科学技术创新和教育创新，有助于发展教育。创新是一个民族的灵魂，是一个国家兴旺发达的不竭动力。

　　中国曾经是一个科技文明发达的国家，拥有灿烂的文化和丰富的科技创造成果。后来因为长久相对恒定僵化的社会制度，再加上自我禁锢和故步自封，到了近现代，在科学技术领域明显落后于西方国家，结果遭受西方列强铁船火炮的凌辱。后来有人"睁开眼睛看世界"，提出了"以夷治夷"，开展"洋务运动"等主张，都是在感受到科技落后的基点上的自醒与奋起。中华人民共和国建立之后，国家独立，科技进步，日新月异。特别是自20世纪后期开始的改革开放以来，科技是第一生产力的观念得到确认，科学发展的自觉和行动愈加坚定，科技体制改革在加快，科技创新的成果不断地涌现出来，令人振奋和自豪，也让国家的尊严和综合实力获得很大提高。如今，科学技术不断更新换代，中国已经在不少科技项目中站在了世界的前列，令人至为高兴和振奋。因此，热情走近像青藏铁路建设、杂交水稻品种培育、高速铁路、航天科技、海洋深潜、超级运算、大飞机制造等这些立足于自主创新基础上的，表现了中国人独特的科技创造精神，并领先世界的科技成果项目，感受和理解中国科学家的科学思想、科学精神、科学创新、科学担当、科学情怀等丰富的内容，向科技创新致敬，就应该成为文学表达的优先选择。这也正是"中国创造故事丛书"策划、组织和书写、出版的初衷所在。

"中国创造故事丛书"以报告文学的形式，向读者真实展现我国近些年来的重大科技成果和高科技领域许多优秀人物的动人故事，目的在于提高对科技创新活动的认识和主动参与的自觉，推动中国全社会，特别是青少年形成学科学、爱科学的良好氛围。高科技成果的不断涌现，是中国国家力量和民族智慧创新精神的表现，真实生动地给予文学呈现，在增强民族自信心，增进爱国主义精神和普及科技知识的同时，积极弘扬科学精神，提升全社会创新发展意识水平，实现中华民族伟大复兴的中国梦，具有非常重要的现实意义。

参与这套丛书写作的作家，都是活跃于当今中国报告文学创作领域的骨干力量。他们不尚空谈，也没有无视和躲避现实社会生活的巨大改变，他们热情地抵近社会生活的前沿，在很多伟大的科技创造现场，在很多动人的科学人物故事中，在很多振奋人心的科技创新技术面前，在很多足以提振国人自豪骄傲的伟大创造成果获得中，很好地表现了文学家的热情，表现了文学对科学的致敬。如果说，提高全民科学素质，普及科学知识，弘扬科学精神，传播科学思想，倡导科学方法是科技工作者义不容辞的责任的话，那么，这套丛书的写作和出版，也是作家通过真实艺术表达的特殊方式参加科学推广和普及的一种表现，相信会产生积极的社会影响。

感谢所有参与这套丛书的作家和出版人士。

2017 年 7 月 26 日

目录
Contents

引言　马车·马力与高速列车

有朋友曾经好奇地问我："一列高速列车的马力到底有多大啊？"

我告诉他："若以我国 CRH①3'和谐号'动车组为例，一列高速列车的牵引功率如果靠马来完成，按 1 马力≈735 瓦特计算，则需要马的数量是 11973 匹。"

朋友惊叹道："啊，这不就是古时所说的'万马奔腾'吗？"

这位学工科的朋友，竟然能用"万马奔腾"来形容当今的高速列车，让我很吃惊。他具有如此的形象思维能力，是我始料未及的。纵观人类交通史，马车与火车，本就是一个有着脉络联系、承前启后的趣味话题。

马车时代，是人类交通史上的一个辉煌。

我们的祖先最初靠四肢前行，直立人出现后，开始用双脚行走，步行在人类历史上占据了绝大部分时间。直到 3000 多年前，人类进入了依靠马车代步的时代。马车的出现，极大地加快了人类行走的速度。

蒸汽时代，是人类交通史上的一场革命。

17 世纪末 18 世纪初，蒸汽机的发明和应用，改革了手工工场时期的

---

① CRH：全称 China Railway High-speed。列车领域"中国铁路高速"的品牌标志。

上层建筑，适应了新的经济基础，极大地提高了劳动生产力。蒸汽机车创造的新速度，改变了世界，迎来了人类发展的新纪元。

多年的铁路职业生涯，让我一直十分关注一切与交通相关的信息与史料，我一直试图追寻交通工具的变革对人类发展进步的促进作用和重大意义。朋友的提问，让我联想了很多，从马车到高速列车，人类交通工具的进步走过了一个什么样的历程？它印证了一些什么样的哲理？我摘录了两则故事，作为引言和开场想说的话。

故事一：19世纪中期，一位名叫拉尔夫的英国商人非常得意自己有着一匹快马、一辆好车。一天，拉尔夫坐在自己的马车里，手中紧握着马鞭，用充满敌意的眼神，打量着那个从远方驶来的庞然大物——一列蒸汽机车，一个他从未见过的新鲜玩意儿。它的运载量很大，吐着浓烟呼啸而来，毫无顾忌地抢走了马车商人的生意。倔强的拉尔夫去找火车商人谈判，提出要驾驶马车跟火车来一场比赛，谁输了谁退出。火车商人被激怒了，同意公开举行比赛。

马车和火车的比赛引起了人们极大的兴趣，比赛当天，铁路沿线挤满了观众。拉尔夫赶着蓄足了劲儿的马儿，和火车一起站在起跑线上。"砰"的一声，发令枪响了。在围观人群的欢呼声里，拉尔夫的马车就像离弦的箭，瞬间冲出去数百米。而火车还在原地打鼾似的启动机器。在人们嘲讽的叫喊声中，火车徐徐启动了。强烈的轰鸣声和滚滚的浓烟过后，火车的速度越来越快，和马车的距离渐渐拉近。拉尔夫不停地挥动马鞭，可马车的速度已经达到了极限，而火车还在加速，很快火车就追上了马车。拉尔夫无奈地看着与马车齐头并进的火车再次提速，把自己远远地抛在了后面。

一场从一开始就没有任何悬念的比赛结束了。

故事二：2002年7月，河南洛阳，酷暑难熬。一连多天，河南考古工作者都在洛阳市东周王城广场地下，紧张地进行抢救性考古发掘工作。这是一个大型的东周车马坑：马车的主要部件原本是木质的，由于埋在地下千百年，时光流转，摧枯拉朽，木头一点点腐朽，细土一点点入侵，木质腐蚀完了，细土也完全进入了，木头与泥土就这样完成了置换。车子不再是木头的，已经化为了泥土，成了"土车"……

这天，考古工作者依然精心地清理着断层上的浮土，手下突然隐现出一具泥马骨架，紧接着又出现了第二具、第三具，一连六具。六匹泥马的尾后，是一辆泥车。这不是六马驾一车吗？这难道是"天子驾六"的遗存？大家顿时被眼前的发现惊呆了。就这样，河南考古工作者们的精心发掘成就了21世纪中国考古的重大发现："天子驾六"车马坑。其被誉为"东周瑰宝，举世无双"，震惊世界。

长期以来，史学界一直有着"天子驾六马"与"天子驾四马"的争论。天子的车是四匹马拉还是六匹马拉？为此争论不休。史书上有"天子驾六"之说，却没有考古实物的佐证。洛阳"天子驾六"车马坑的发现，以实物的形式，揭开了"天子驾六"的千古疑案。

这两则关于马车的故事，反映了同一个命题：人类对速度的崇拜。

在西方，乘坐豪华的多匹马拉的车，成了贵族的特权生活。在中国，"天子驾六马"，彰显古代皇帝的威严。马匹越多，马车自然就越快。可见，马车的速度，不仅决定了人的行走速度，而且表明一个道理：速度决定人的生活品质与尊严。

我们不妨把思绪拉回到充满乡愁的马车时代。一匹马，一根轴穿起两只大轱辘，轴上托起一个大铺板，板上立着一间小木屋或一把大伞。前为驾车人，后为坐车人。驾车人叫一声"驾"，马就拉起车起步了。往里来喊"约约"，往外就喊"喔喔"，马也真会听命令，听到喊声，它就知道往哪边去。

古时候，由于有了马车，人们的出行十分方便。交际范围不断扩大，相互间的联系越来越密切，从而增进了各地的文化传播和文明进步。考古发现，我国殷墟出土的殉葬用品中就有了双轮马车，由车厢、车辕和两个轮子构成。西周时，双轮马车成为那个时代最经典的交通工具，人们远走他乡，或周游列国，或驰骋战场，都离不开马车。

18 世纪中期后，马车几乎成为欧洲所有新兴城市的风景线。西欧率先进入现代社会，新兴的市民阶层成为轮子上的新人类。一直到 19 世纪，马车都是人类十分重要的代步工具。人们喜欢马车的优雅与诗意，喜欢乘坐马车从容地穿过乡村古道或城区街巷走亲访友。

科学实验证明，马是最善于长途奔跑的动物。马的胸骨粗壮，四肢修长，腿部肌肉发达。马奔跑的时速一般为 20 公里，最快时速可达 60 公里，并且可连续奔跑 100 公里，是名副其实的"马力"。若以马力为计算单位，多匹马拉车，肯定比单匹马速度快。马匹的多少，决定了马车的速度。

由此，人们把"马力"定为工程技术上常用的一种计量功率的单位。物理学告诉我们，人为约定 1 马力，等于每秒钟把 75 公斤重的物体提高 1 米所做的功。即 1 马力 = 75 千克力·米/秒 ≈ 735 瓦特。

火车的出现，打破了人类保持了长达数千年的依靠马车移动的速度。在此之前，即使是在最好的道路上，一辆四轮马车 24 小时也只能行驶不到 400 公里，这个速度与 2000 多年前的罗马时代并没有太大差别。

以世界上最早的英国"火箭号"蒸汽机车为例，当时的火车能牵引 30 节车厢，承载 700 多名旅客，时速为 46.4 公里，大约相当于 1500 匹马奔跑的力量，而速度却要比马车快 3 倍，远远超过了人们的想象。

100 多年来，火车经历了蒸汽机车、内燃机车、电力机车时代，如今进入了高速列车时代。伴随着科技进步，速度不断攀升，火车改变着人类的生存空间和生活方式。

不容置疑，高速列车的显著特点就是它的速度更高、跑得更快。一条条高铁，被老百姓喻为时间的生产线。提高了行走速度，节约了时间，也就等于延长了人类的生命。这是高铁哲学、时代辩证法。

高铁改变了人们的出行方式和生活方式，以其安全、便捷、舒适的优势，成为当今中国人出行的首选交通工具。目前，我国是世界上高速铁路运营里程最长、在建规模最大的国家，高速铁路总体技术水平居世界前列。中国高铁已经成为集中展示中国速度、中国智慧、中国力量、中国精神的文化标志。中国高铁正在改变中国乃至世界的交通格局，让越来越多的人登上时代的高速列车，无比愉悦地行走天下。

创新是一个民族进步的灵魂，是一个国家兴旺发达的不竭动力。中国高铁发展成果令世界瞩目，究其秘诀，贵在创新。车轮滚滚，气势如虹，中国高铁创新发展的奥秘何在？这正是本书所要探讨的话题。

第一章　轮子上的世界

从某种意义来说，人类发展史，就是一部对速度追求的历史。

自人类诞生之日起，追求更快的速度，就是潜伏在人们内心深处的原始欲望。远古时期，莽莽原野丛林之中，速度是获取食物的重要前提，快者生存，快者多得。轮子的发明，车辆的问世，蒸汽机的诞生，高速铁路的出现，人类的行走速度，一次又一次地得到大大提升。轮子上的世界，好比是一个万花筒，每一次转动，都是一道美丽的风景线。

第一节　速度决定人类生存

大自然孕育了万物，弱肉强食勇者胜。人类为了获得食物，或追杀其他动物，或逃脱猛兽的伤害，必然会不遗余力地疲于奔命，从而使自己在快速前行中时刻维系一种生存与发展的挑战空间。这一演化过程正是生存的本能，也正是这种生存本能，让人类得以进化，从而一天天聪明起来。

奔跑，为了活着

奔跑，是人类的天赋。

几百万年前，一直以树为家的古猿人，因为食物的匮乏，开始放弃树上的逍遥生活，不再手脚并用，而是选择下到地面直立生活。在武器等工具还未发展起来的时候，想不被猛兽吃掉？打不过，就赶紧撒丫子跑吧。想吃肉？那就得瞄准猎物，追击个天昏地暗。

读《人类简史》得知，大约38亿年前，在这个叫作地球的行星上，有些分子结合起来，形成一种庞大而又精细的结构，称作"有机体"。于是，就有了动物、植物等自然生命体的出现。人类最早的祖先是一种更早的猿属。大约450万年前，人和猿开始分化，产生腊玛古猿，以后由腊玛古猿演化成200万年前的南方古猿，进一步再发展为现代人类。早期猿人，生存在300万年到150万年前，已具备人类的基本特点，能直立行走，制造简单的砾石工具。

大约到了250万年前，这些古猿人开始演化，从南方古猿到能人，再到直立人，一晃就是100多万年。到了大约7万年前，一些属于"智人"这一物种的生物，开始创造出更复杂的架构，于是有了"文化"。

据美国《科学日报》报道，美国科学家对比了猩猩、现代人和图根原人的前腿骨化石，从理论上证明了人类祖先最早于600万年前开始直立行走。而放弃树居生活改为陆地生活，则大约在300万年前。

从猿进化到能够直立行走后，人类祖先的生活发生了革命性的变化。解放了双手，双足也摆脱了手的制约，为提升行走速度提供了可能。对于猿人来说，迈开直立行走的第一步只是他们的一小步；但对于整个人类而言，这却是一次巨大飞跃。最新研究表明，人类两条腿行走消耗的能量只有四肢着地行走的黑猩猩的1/4，而且也省力得多。

站立起来的猿人，视域范围明显变得宽广了，从而可以更好地观察周边情况、体察危机。但是，原始时期生产力低下，人们受制于自然条件的束缚，通常只能利用自然界的个别要素，依赖在一定地域空间范围内猎获动物或采集植物，以维持生计。

我们不妨去200万年前的非洲逛一逛。眼下的非洲，到处都是湿热带原始森林，古木奇树，千姿百态，遮天蔽日，神秘莫测。高耸入云的参天大树，一些树干、树枝上长出的气生根，从半空扎到地里，渐渐变粗，成为支撑树冠的支柱根，独木成林；一些气生根缠绕在其他的树上，越长越粗，越长越宽，最后连接起来，把附着的树绞死，连片成林。

丰富的资源，特定的气候，会让森林里潜伏各种奇异而危险的动物。

不仅有豺狼虎豹，还有植物上爬满的咬人的大蚂蚁、大量传播疾病的昆虫。地面潮湿的树叶层下，大都是又滑又软的泥浆和腐烂的木头。林子里闷热异常，一团团的藤蔓和乱七八糟匍匐在地的植物，将森林的地面掩盖得严严实实。

原始森林里不光是木头，也不光是树，这里是一个很大的生态系统，一个热带雨林的生物圈。圈里有一个又一个很复杂的生物链。在这个生物圈里，很多食肉动物，都是以其他食肉动物为对象的，相互食肉，相互依存，没有哪个动物在热带雨林属于绝对的霸主。例如，南美洲的行军蚁，身小体弱，然而，豹、獾等食肉动物却都是它的嘴中肉。

每天清晨，羚羊都知道，它必须跑过狮子；狮子也知道，它必须跑过羚羊。不管是狮子还是羚羊，太阳升起时，都要开始奔跑。地球上的其他哺乳动物都在自由奔跑，人类也不例外。

在这里的任何一片原始森林里，你都会看到一群很像人类的生物在拼命地奔跑，为了捕猎一只狼或一只鹰或一条鱼，他们不惜翻山越岭，上树下水，疲惫不堪。不仅自己要生存，山上山下还有一群群妻子、孩子，等着他们养活呢。

猎豹是世界上跑得最快的动物。我曾通过现代高速摄影机观察到，猎豹的四条腿在奔跑过程中，叠加与伸展交替进行，如同引擎带动的曲轴连杆运动。专家告诉我，猎豹的肺，就是这部引擎的汽缸——同步压缩和扩张。凡是善于奔跑的四足动物，莫不如此，一步一呼吸。

单论爆发速度，当然四足动物有优势，可要拼耐力跑，人类则是持久性极佳的移动杀手。动物学表明，很多动物都无法连续奔跑5公里以上，无论是猎豹、羚羊还是马，一旦快速奔跑起来，时速若达到16公里以上，就会不同程度地进入无氧运动阶段。换句话说，如果持续以此速度跑下去，动物很快就会因为机体内储存的糖分消耗殆尽而崩溃。

有意思的是，作为直立行走的人类，其呼吸频率与奔跑频率基本无关，因此人类无氧运动的阈值门槛很高。一个训练有素的马拉松运动员，能够以每小时 19 公里的速度持续跑 2 个小时以上。

像非洲猎人在草原上追逐羚羊那样，塔拉乌马拉人在山谷中追击野鹿，直到它们的"四个蹄子都磨秃了"。剑桥大学的一项研究表明，在狩猎时代，善于长跑的男性被认为有更大的"生育潜力"，也更易为异性青睐。哈佛大学人类学教授、生物学家利伯曼说："当你跑马拉松跑到了十六七英里（二十五六公里）时，你问自己：'我究竟在干什么？'记着，你正在追一只非洲羚羊，没错，你在重演 100 万年前的追猎。"

漫长的岁月里，人类的演变进化，不断改善着自身的奔跑条件。毛发减少，汗腺增多，可以及时出汗散热，这一点就可以碾轧除了马之外的大部分四足猎物。过膝的双臂变短，便于弯曲摆动助力；臀部趋于发达，有力连接躯干与双腿，保持平衡；结实的韧带、精巧的足弓，可以无与伦比地受力缓震；大脚趾变大、其余脚趾变小，让人类能够稳稳地抓地和向后用力。

有好事者曾经举办过一次人与马的比赛：40 公里，马胜人；80 公里，人胜马。

在早期人类史上，与智人同期的尼安德特人曾经是欧亚大陆的主宰，他们个子更高，肌肉更强壮，依靠集体力量捕猎猛犸象一类的大型猛兽为生，从出土的骨骼上的累累伤痕判断，他们经常在捕猎中受伤。但是，同期的智人骨骼却很少发现这一类的伤痕，也就是说，人类直系祖宗的狩猎手段不是"挖陷阱、围人链把猎物逼到死角而杀之"。智人们因为瘦小，身上没有毛，所以很容易散热，在烈日下能够轻松地奔跑好几个小时，直到将被追逐的猎物累倒在地。

南非开普敦大学专门研究运动科学的教授提姆·诺克斯分析道，四腿动物是要靠喘气散热的，而它们无法在奔跑的同时通过喘气散热。人类就不同了，其散热的效率要比那些四腿动物高得多，不仅可以通过喘气散热，还可以通过排汗散热，最多时一小时可以排出 3 升的汗水。长跑 3 个小时的人，可以失掉 10% 的体重还不出问题。许多特征都意味着人类天生就是长跑高手，那些被原始人类所追逐的猎物，多半会因为奔跑过程中体温过高倒下或死去，而被捕获。

畜生们跑崩溃了，祖宗们收拾之，人类早期狩猎游戏就这么简单。

许多著名的古人类专家都研究证实，我们的祖先特别适合奔跑。他们在狩猎过程中尾随猎物直到累倒猎物后，就能很轻易地将其猎杀。人类从最开始直立行走，在短短 200 万年内脑容量扩大一倍，原因在于人类善于奔跑，因此，能够猎取非常多的肉类食物促进其进化。直立行走的人类，要想适应如此快速的脑体积增长速度，就必须猎取能量密度更高的肉类作为主要食物，而在 200 万年前的人类最有效的捕猎方法就是追逐。因为最初的直立行走人类不能利用最简单的武器狩猎，因此，从逻辑合理性上推断追逐猎物致其疲惫后徒手猎杀是唯一的办法。

几百万年前，人类开始吃更多的肉。这一点显然从动物骨头上的切痕、人的独特消化系统，以及更大的大脑可以看出来。这是一种胜利者的姿态。充足的食物给大脑提供更多营养，人类智力的大幅度提高成为可能。奔跑，也成为人类最早的生活方式。

哈佛大学人类学教授、生物学家利伯曼认为，大多数动物是为速度与力量而优化设计的，因此，人类有越来越长的腿和更轻的脚，腿部和骨盆的关节变得更大，可以缓解很大的冲击力，也长了一大屁股的肌肉。正是这些特点让古人类能追得像羚羊那样的猎物筋疲力尽而倒地就擒。由此，让早期人类获得了很多高热量的肉类，供养大脑，使之很快聪明起来。

利伯曼说，奔跑使人类变成现在这样。

我们祖先的身体结构更适合生活在树上。那个时候，非洲大陆也正是森林覆盖的环境。而在随后的时间里，非洲的环境发生了巨大的变化，树变得越来越稀少，开阔的草原越来越多。自然的力量迫使人类祖先从树上

　　中国智慧：中国高速铁路创新纪实

下来，开始在平地上活动。

环境的变化，生存的艰难，迫使人类祖先加快了奔跑速度。于是，在一个相对短的时间里，人类祖先的骨骼、大脑、空间跟踪能力和散热能力发生了巨大的改变。

美国《自然》杂志发表的一项研究表明，人类适于长跑的骨骼结构在200万年前开始形成。这些早期人类发展出了更长的腿，更短的脚趾，更长的脚后跟肌腱，更宽的肩膀，还有更强壮的臀大肌。与四腿动物相比，人类并不善于短跑，但是耐力很好，适合长跑。

尽管如此，我们的祖先每天非常忙碌，狩猎、采集野果，但还是经常因为猎取未果而挨饿。

千万年来，人类一直幻想着跑得更快些，驮重的力量更大些，以便获得最多的猎物，或将更多的收获运回自己的住地，让自己和家人吃饱吃好。于是，人类对速度、力量的渴望与追求，绵延不断地传承下来。

轮子，人类双脚的延伸

轮子，是人类双脚的延伸，是人类最伟大的发明之一。轮子的发明，大大提升了人类的移动速度。专家认为，轮子的发明与火的发现具有同等的价值。

什么是轮子？即用不同材料制成的圆形滚动物体。

简单来说，轮子包括外圈、与外圈相连接的辐条和中心轴。通过滚动，轮子可以大大地减小与接触面的摩擦系数。

翻阅人类发展史，虽然不能确定第一个发明轮子的人是谁，但考古发现，最早的车辙距今有 6800 年，有关轮子的记录也可以追溯到 5500 年前。

轮子的发明，加快了人类的进步。从一定意义上讲，世界文明是在轮子上转动前进的。

轮子，把人类从蹒跚的脚步中解放出来，带给人类一种新的流动方式。人类直立行走后，是轮子让人类的双脚得到延伸，加快了行走速度，增加了自由度，从而提升了人的整体力量。由此，改写了人们曾经用双脚认识的空间，人类对空间的概念突然出现了崭新的含义。

从人力搬运、牲畜驮运，到畜力牵引的泥橇、雪橇，再到滚木移动巨石，直到发明了轮车，轮子的发展经历了一个漫长的过程。轮子体现了人类超越自然的高级智慧和创造力。如果说轮子使人类拥有了超越其他动物的速度与力量，那么，轮子文化则一次又一次推动了人类的思维发展和思想变革。

遥望远古时期，陆地的大部分都被冰川覆盖。如果那时有什么东西能称得上是交通工具的话，这个殊荣非雪橇莫属。古人都是借助滑橇搬运重物。远在公元前 15000 年以前，石器时代的狩猎者就给马匹套上了笼头。那时人类刚刚驯化马，马拉雪橇，成就了远古的记忆。

人类随着打猎范围的不断扩大，要把猎物从远处运回住地；为了垒房子、堵洞穴，还必须从远处运回木头、石块等，雪橇显然不够用了。有没有一种既省力运量又大的办法呢？人们发现，树木被砍倒时，那些圆圆的树干总会沿着坡地不停地滚动。经过不断摸索，人们终于发现把一块木板放在两根滚动的圆木上，这样运送东西不仅运得多、运得快，而且还特别稳当。也许这就是人类关于轮子的最早想象。

据考证，轮子最早起源于西方。早在 4000 年前，两河流域及欧洲就已经进入轮子时代。古埃及时，人们用几块板拼成圆形车轮，再把两个圆形轮子用横木固定在木板车的两端，就可以轻便地运输了。有资料表明，最早制造出车轮的是撒马利亚人。他们实际上是创造了一个被动性滚轴，这

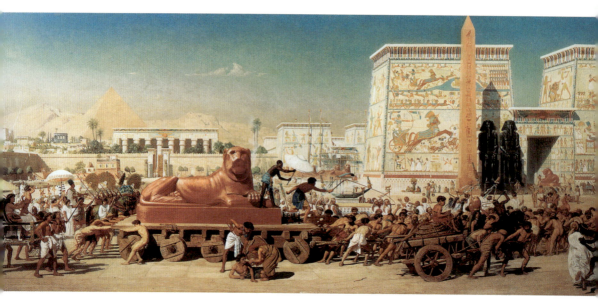

古埃及人使用车轮

种圆形的东西减小了移动时的摩擦，实现了由移动到滚动的飞跃。

事实上，轮子的进步很漫长，一直到公元前 3500 年才有"类似圆形木板"的轮子问世。那时人类已经进入了青铜器时代，人类已经会锻造金属合金、开凿运河、制造帆船。

轮子的出现，是否与人类天圆地方的宇宙观有关？至今是一个谜。但可以肯定，轮子是生产力发展和社会进步的产物。圆的半径，可以无限地扩大人类的生活半径。圆的滚动，则可以不断地改变人类的生存方式。诚然，借助轮子的旋转加快行走速度，在增加人的自由度的同时，也提升了人的力量。人们可以依靠轮子，迅速将自己或更多的东西运送到目的地。

轮子是圆的，没有棱角，可以均匀地滚动或旋转。轮子的圆周运动可以不断地把引擎的动能传递出去。同时，也将人类的生活圈不断地扩大和延伸。

人类常常将过去的事情叫作历史，把历史比作车轮。轮子的滚动，改变了人类的生存方式。轮子的半径，无限地丰富了人类的生活体验。

追溯车轮的起源及演变历程，可以描绘出一幅生动的场景图：轮子的发明，制轮工艺与材料的改进、动力与轮子的结合，多元的交通形态，加快了人们的生活节奏，升华为一种新的生活状态，形成了一种更深层次上的生活与工作概念。

从开辟古栈道到开凿古运河，从使用马车驿站到开发舴艋舟、雪橇，到今天的人大规模应用现代新兴交通工具——飞机、轮船、火车等，乃至高速铁路，人类一刻也没有停止对高速度的追求和不懈探索。这种高速度带上了无坚不摧的钢铁气质，让人类终于冲破了大自然的屏障和人的体能制约。

给世界装上轮子

人类学家感叹道，将轮子与箱子装配在一起，真是一个奇妙绝伦的构思，其结果导致了"车子"的问世。

迄今为止，人们依然生存在这个美妙的构思之中。可以毫不夸张地说，这样的构思诞生了"改变世界的工具"。正是这个伟大的构思，人类以自己的智慧给世界装上了轮子。

车子的基本元素是轮子、方向盘、动力系统和座位。这些基本元素派生出形态不一的车的体系——马车、人力车、三轮车、自行车、摩托车、汽车、火车……这些车分别与人们的生活构成了不同的密切关系。

因为车子的出现，人类这种双足动物在学会直立行走后，才真正离开

中国智慧：中国高速铁路创新纪实

了地面，加快了行走的步伐。人们可以依靠车子云游四方，便捷地抵达目的地。这种划时代的变革，具有无法估量的历史意义和现实意义。从此以后，车子改变了世界，车子时代将世界变得越来越小。

从目前考古情况看，在公元前1万年前至公元前6000年前，古人就会用圆形的木制或陶制的轮子做运载工具了。新的考古发现，最早的车辙出现在德国Flintbek（弗林特贝克）巨石墓下，是在公元前4800年至公元前4700年间留下的。岩画记载，造金字塔时就有了轮子，不过是滚轮，没有车轴。

专家认为，人类在掌握锋利而坚固的工具以前，是不可能拥有轮式车辆的。用石器工具难以将木头加工成合适的圆柱形，更不必说复杂到带辐条的轮子了。所以，车轮的出现只能是人类进入青铜器时代以后的事情。

美国著名人类学家罗伯特·路威曾断言：凡使用轮车的民族，无一不是直接或间接从巴比伦学来的。美洲的印第安人知道在滚木上拖船，也使用纺轮，又有滚铁环之戏，但以轮行车这个方法始终没有想到。

发明车轮的初衷，是解决重载运输的同时，加快人类的行走速度。

最初的车轮是固定在轮轴上的，轮子与轮轴一起转动，滚动得不够灵活，而且震动大。到公元前3000年时，人们尝试把轮轴固定在车身上，轮子不直接和车身相连，让轮子自由转动，而且转得很轻快。不久以后，又出现了装有轮辐的车轮。这种原始的手推车虽然笨拙，但比从前的人手拉肩扛要好得多。

车轮的最伟大作用，是使人可以搬动大大超过自身重量的物体。装有辐式车轮的车子由马拉动，速度被极大提高。

我国是在夏代晚期进入车轮时代的。早期的车子，实际就是轮子，车厢很小。汉字"車"（车）字如同一个车轮子和车轮子两侧露出来的车轴，篆书"車"字中间的"田"字是一个圆形的轮子，而比篆书更为古老的甲骨文象形字"🚗"字就是一个车子的形状。

相传，是轩辕黄帝把木头插在圆轮子中央，使它运转，从而造出车辆。显然，中国人有将美好的东西统统归功于黄帝的习惯。中国有文字记载的时候就有轮子，而且是成型的轮子，也就是说，在大禹统治的时期，人就在使用有轮子的车子了。《左传》中提到，车是夏代初年的奚仲发明的。如果记载属实，那是4000年前的事情。

据英国科学史家李约瑟考证，在4500年到3500年前，中国出现了第一辆车子。

古代中国乡村的大车，用两截几乎一尺厚的圆形木滚动，这些圆形物，是将粗壮的树干截断而成，是中国最早的车轮。这种轮子，不是在轴上旋转，而是固定在轴上。车轴安放在特制的木框内，或者是在两块窄木板内，或者是穿在车底上的环孔里，同它的一对轮子一起转动，就像小孩儿的玩具车那样。有趣的是，若干年后，铁路车辆的制造者们又恢复了这种构造。

尔后，中国从秦汉到清末的2000多年里，双轮马车、牛车一直作为人类的代步工具，驰骋战场，周游列国，穿梭城乡，成为那个时代不可或缺的经典形象。滚滚向前的中国轮子，绵延着中国古典文化的辉煌。

聪明的人类发现，速度取决于两个条件：动力和道路。马是生物能源中最高效的动力，石子路是当时最平整的道路。然而人们还发现，马车在有轨道的路上行驶时，拖拉的重量比在普通路面上高3倍。于是木轨道出现了。轨道的发明，对速度的提升产生了根本性的突破。

从依托雪橇的滑行，借助牲畜的力量，到独轮车、双轮马车、四轮马车，人类乘坐原始的交通工具艰难前行。蒸汽机的发明，开辟了一条完全不同于传统的化石能源之路，而钢铁提供了一种比石材和木材更坚硬可塑的人造材料，就这样，机动车诞生了。随着电的发现和内燃机的问世，人们开始用金属零件、电线、汽油和橡胶轮胎制造另一种速度，这种速度烙上了无坚不摧的钢铁印记。科技与轮车结缘，让人类的旅行速度有史以来第一次超过了徒步和骑牲畜的速度，从根本上改变了人类的速度。

1769 年，法国一个名叫居纽的炮兵工程师，将一台简陋的蒸汽机装在一辆木制的三轮车上，用来代替马车为拿破仑车队拉炮车，成就了世界上第一辆蒸汽驱动的三轮汽车。这是人类历史上第一辆"自动之车"。与马车相比，自动车的优点是"不尥蹶子、不咬人、不知疲倦、不出汗，只有干活时才吃饭"。

随着历史的进程，车轮承载的重量越来越大，车轮的速度也越来越快，世界的变化演绎着轮子的奥秘所在。

有位诗人说，驾驶高速行驶的车辆，容易让人产生一种占有的幻觉：车轮碾过的土地仿佛已经是属于自己的领土。这时，驾车就像在车厢之内充当国王，车厢就是一座活动的王宫。

如今，当轮子被广泛地应用于火车、汽车、飞机等交通工具时，人类终于冲破了大自然的屏障和人的体能制约。速度已经成为现代交通质量的核心指标，也是人们社会联系和速度概念的物化成果。

毫无疑问，速度是人类永恒的追求。

轮子无疑是速度的最佳载体，这正是轮子与速度的意义所在。

第二节　蒸汽时代的辉煌

蒸汽机的发明，是人类历史上的一个重大事件。

蒸汽机是典型的外燃机，依靠燃料燃烧产生的热，驱使工作物质做功。其运行原理是，利用水蒸气低温冷凝产生的相对于大气压力的负压、水在高温下蒸发的压力来推动活塞运动，产生动力。蒸汽机是人类在发明用火方法以后，在征服自然、改造自然能力方面的最大成就。

自 1803 年英国人理查·特里维西克制成世界上第一台蒸汽机车算起，蒸汽机作为一种强大的动力，已经推动轮子走过了 200 多年的历程，贯穿着整个近代工业化进程。

奔跑在一条条钢铁大动脉上的蒸汽机车，以其庞大的运输动力，成为世界各大工业国获取资源的利器，深刻影响着世界政治经济格局的变化和经济社会的发展。

蒸汽机的发明

相传，早在公元前 2 世纪，古埃及人就曾提出以蒸汽作动力的设想。古希腊人制造过一种利用蒸汽喷射的反作用为动力的发动机。据统计，在此后的 1800 多年里，试用蒸汽作动力的发明者不少于 20 人。遗憾的是，他们都未能制成较为完善的蒸汽机。

利用蒸汽作为驱动车轮的实践主张，最早可以追溯到我国唐朝时期的著名天文学家僧一行（张遂），他提出"激铜轮自转之法，加以火蒸汽，名曰汽车"。

公元 1678 年（清康熙十七年），在清朝钦天监任监正的耶稣会传教士、比利时人南怀仁通过人为制造蒸汽，利用一定温度和压力的蒸汽的喷射作用，推动叶轮旋转，从而带动轴转动以获得动力，成功制作了一辆蒸汽驱动四轮车模型。

这辆蒸汽车只有 60 厘米，4 个轮子，其重点部件是中部的火炉和汽锅。铜制的汽锅犹如现在的水壶，下平上圆，顶上有一喷汽的壶嘴。壶水加热后，蒸汽从小嘴里喷吐而出，产生能量，射在涡轮叶片上，带动车的后轮，驱动小车行走。车前还装有手动轮，控制行走方向。汽锅里产生的蒸汽可以驱动小车行驶 10 小时以上。

尽管这是一辆模型车，按现在时髦的说法只是一辆概念车，但《吉尼斯世界纪录大全》仍然把南怀仁试制的蒸汽车列为世界上最早的机动车。

时光流淌到了 17 世纪末 18 世纪初，随着矿产品需求量的增大，矿井越挖越深，许多矿井都遇到了严重的积水问题。当时一般靠马力转动辘轳来排出积水，一个煤矿需要养几百匹马，导致排水费用非常高，几乎让煤矿开采无利可图。为了解决矿井的排水问题，英国人托马斯·塞维里发明了蒸汽泵排水。塞维里是一位对力学和数学很感兴趣的军事机械工程师，具有丰富的机械技术知识。1698 年，他发明了把动力装置和排水装置结合在一起的蒸汽泵，称为"蒸汽机"。

1705 年，英国德文郡达特茅斯的铁器商人托马斯·纽可门设计制成了一种更为实用的蒸汽机。纽可门出生于英国达特茅斯的一个工匠家庭，年轻时在一家工厂当铁工，由于经常出入矿山，非常熟悉矿井的排水难题。他发现塞维里的蒸汽泵在技术上还很不完善，便决心对蒸汽机进行革新。纽可门通过不断的探索，综合了前人的技术成就，吸收了塞维里蒸汽泵快速冷凝的优点和巴本蒸汽泵中活塞装置的长处，设计制成了"气压式蒸汽机"。从 1712 年起，英国大部分煤矿和金属矿都安装了纽可门蒸汽机。特别是在深矿井中使用效果更好。蒸汽机的使用改变了矿井被积水淹没的局面，给英国的煤矿主带来了丰厚的利润。

这个时期，英国商品越来越多地销往海外，手工工场的生产供应不足，人们想方设法改进生产技术。

随着机器生产的增多，原有的动力如畜力、水力和风力等已经无法满足需要。1785 年，英国人詹姆斯·瓦特制成的改良型蒸汽机投入工业使用，提供了更加便利的动力，得到迅速推广，大大推动了机器的普及和发展。后人为了纪念这位伟大的发明家，把功率的单位定为"瓦特"。

蒸汽机提供的强大动力，极大地推动了英国采矿、钢铁、机械、纺织行业的兴起，结束了人类对畜力、风力和水力由来已久的依赖，开创了以机器代替手工工具的时代。尤其是采煤业，工业扩张使得英国的煤炭产量迅猛增长。1700 年，英国煤炭产量为 300 万吨，到 1800 年，年产量达到了 1100 万吨。面对如此大的煤炭产量，仅靠马拉矿车运煤显然是杯水车薪，已经难以承担如此巨大的运输量。

中国智慧： 中国高速铁路创新纪实

人类技术发展史上一场深刻的运输动力革命，势在必行，呼之欲出。

世界第一声汽笛

经考证，是英国人理查·特里维西克制成了世界第一台蒸汽机车，拉响了世界第一声汽笛。

1771 年，特里维西克生于英国康沃尔郡一个矿主家庭。由于生长在矿区，他自幼便能接触到矿井的抽水蒸汽机。少年时，特里维西克便在蒸汽机领域崭露头角，19 岁时，他就获得了矿技术顾问的职位。当时纽可门式蒸汽机已经被瓦特蒸汽机取代，而瓦特发明的低压蒸汽机体积庞大。特里维西克发现，如果让高压蒸汽在汽缸内膨胀，就能制造出较小、较轻的蒸汽机，而功率并不比低压的小。

1803 年，特里维西克在他研制的蒸汽汽车的基础上，制造出了世界上第一辆利用轨道行走的蒸汽机车。这辆蒸汽机车共有 4 个动力轮子，能在环形轨道上开动。由于板式轨道承受不了机车的重量而断裂，试验时机车失去控制，一头撞在了路边的房屋上，试验宣告失败。

1804 年 2 月，特里维西克在南威尔士的潘尼达伦铸造厂，又制成了第二台轮轨式蒸汽机车，取名"新城堡号"，在加的夫做首次运行。该车重 4.5 吨，能牵引 10 吨货物。锅炉顶部装有一个平放的汽缸，旁边安装一个大飞轮，借助于它的旋转惯性动力，保持汽缸活塞的往复运动，活塞带动连杆齿轮，驱动车头下的两组动轮。机车锅炉装有安全塞（铅铆钉），温度太高时就熔化使蒸汽溢出，以免造成损害。

2 月 21 日，在英国南威尔士南部的一条运河旁，特里维西克亲自驾驶着新出厂的蒸汽机车，拉响了世界上第一声嘹亮的汽笛声，在梅瑟蒂德菲尔—阿巴台的轨道上作运行试验。他特地找来喜欢新奇玩意儿的人乘坐，向他们收费。这辆列车牵引着 5 节车厢，满载 10 吨货物和 70 名乘客，用了 4 个小时，以 3.9 公里的时速跑完全程。虽然它速度比马车还要慢，但它却开启了世界铁路史上第一台蒸汽机车的光辉历程。

它行驶时，烟筒里喷出的浓烟夹着火星，轮子摩擦铁轨迸出火星，沿线民众好奇地叫它"火车"。从此，"火车"这个名字流传开来，开启了气壮山河的未来。而蒸汽机车被叫作"火车头"，一直沿用到今天。

正是这一刻，这个世界上持续了数千年的人力、畜力拉车，以及依靠水力、风力驱动车的历史被改写了，人类交通工具的行走速度自此而改变。这种改变，在人类速度史上具有深远的划时代意义。

后来的日子里，由于蒸汽机车行驶速度慢，再加之费用高，缺乏竞争优势，特里维西克的蒸汽机车无法正常运营，只能眼巴巴地摆着。1810 年时，他由于承包隧道工程发生事故而破产。15 年后，当蒸汽火车铁路在英国兴起时，特里维西克只能眼睁睁地看着"蒸汽机车之父"的桂冠，戴在了乔治·斯蒂芬孙的头上。1833 年 4 月 22 日，特里维西克在贫病交加中死去，连丧葬费都是朋友帮着支付的。

特里维西克一生饱受挫折。然而，无可否认，正是这位天才发明家的一系列发明创造，为 19 世纪动力机械的发展奠定了坚实的基础。

斯蒂芬孙比特里维西克小 10 岁。

14 岁那年，斯蒂芬孙跟着父亲到矿上当了一名锅炉工。这时蒸汽机已被广泛运用在煤矿上。锅炉烧出蒸汽，产生巨大能量，推动机器转动，他对此充满兴趣。斯蒂芬孙聪明能干，喜欢琢磨问题，很快成长为一名优秀技工。

1814 年 7 月 25 日，斯蒂芬孙研制的第一台蒸汽机车开始运行，取名"布鲁克"号。这台机车有两个汽缸、一个 2.5 米长的锅炉。它可以拉着 8

节矿车，载重 30 吨，以每小时 6.4 公里的速度前进。

由于当时的木轨和铸铁轨道（性脆易裂）不够结实，列车经常压断轨道被迫停止使用。在此后的五六年里，斯蒂芬孙坚持不懈地对蒸汽机车进行改进，先后为各家煤矿制造了 16 台蒸汽机车，并且与纽卡斯尔的铸造厂合作改进铸铁轨道性能。

1825 年 9 月 27 日，世界上第一条铁路——斯托克顿—达灵顿铁路（全长 40 公里），正式通车。斯蒂芬孙亲自驾驶改进后的"旅行者号"蒸汽机车，牵引着 6 节煤车和 20 节挤满乘客的车厢，载重达 80 吨，在两小时内行驶了 15 公里，最高时速 24 公里。这是一次里程碑式的运输。

伴随着轰隆隆的车轮声，"旅行者号"蒸汽机车驶进了一个全新的轮子时代，它向全世界宣告了铁路新纪元的到来。

1829 年 10 月 8 日，在英国恩雷希尔—莱茵希里城的铁路线上举行了世界上第一次火车比赛。原本有 10 台机车参赛，但有 5 台因故未能参加。参赛的 5 台分别是：伦敦赖斯怀特·艾立逊工厂制造的"新奇号"，重 2.76吨；达林顿赫克华斯工厂的"无双号"，重 4.4 吨；纽卡斯尔泰因区斯蒂芬孙工厂的"火箭号"，重 4.1 吨，是在"旅行者号"基础上改进而成；利物浦布蓝屈斯制造的"环球号"，重 3 吨；爱丁堡百士托制造的"坚忍号"，重 2.4 吨。最终，斯蒂芬孙的"火箭号"一举夺魁，赢得了"最佳火车头"称号。在 1.5 万名观众面前，"火箭号"击败了故障频发的其他对手，赢得了 500 英镑奖金。

1830 年 9 月 15 日，利物浦—曼彻斯特铁路举行盛大的通车仪式，首相威灵顿公爵出席。斯蒂芬孙亲自驾驶"火箭号"，牵引着 30 节车厢和700 多名政要显贵，一路高歌，安全快速地驶达终点，数万名观众脱帽欢腾。当时，"火箭号"的最高时速仅为 46.4 公里，不过在当时已经被认为是"非常高的速度"了。它比马车的速度快了，远远超过了人们的想象。

1830 年，在"火箭号"基础上完善的"行星号"机车问世，拉着装载旅客和货物的列车开始在利物浦—曼彻斯特铁路线上运营。"行星号"机车被称为"现代蒸汽机车的真正原型"，直到这时，才算是真正开启了铁路时代。

沸腾的火车岁月

蒸汽机车轮子以其先进的生产工具和强大的生产力作用，迅速进入欧洲社会大生产，产生了巨大的经济效益，推动了社会变革。如果说蒸汽机车轮子将运载量增加了数倍的话，那么，火车轮子则将运载量和速度提高了数倍，而费用则只有从前的几分之一。

铁路运输的优越性一经确认，英国立即掀起了一股铁路建设的狂潮。这个时期正值产业革命后期，钢铁工业、机器制造业等均达到一定的水平，同时，工业革命的发展又使得原材料和产品的输送问题亟待解决。铁路运输所带来的高效与便捷十分明显。

那是一个沸腾的火车岁月。

短短数年内，铁路就支配了英国的长途运输业，能够以比在公路或运河上更快的速度和更低廉的成本运送旅客和货物。1831 年的运输总收入高达 50 万英镑，获利颇丰。1832 年，英国已拥有 24 条商用铁路，最兴旺的一条年运载 35 万人次旅客以及 70 万吨货物。1836 年，英国铁路已将主要工业区连为一体。1838 年，英国已拥有铁路 2400 公里；1850 年，铁路延长到 1 万公里；到 1870 年，英国铁路达到 2.4 万公里。铁路极大地推动了英国商业贸易和钢铁、机械、建筑工程、地产等行业的发展，并降低了物流成本，成为真正的"经济大动脉"。在英国的示范下，欧美国家掀起了铁路建设竞赛。

1830 年，在铁路修建前，伦敦和布莱顿之间每天有 48 班客运马车往返，每个马车班次需要 4.5 小时，1.6 公里约支付 2 便士。从伦敦到爱丁堡的旅行时间，过去马车需要两个星期，火车开通后，将行程一下子缩短到了两天。

与此同时，欧洲大陆和美国相继进入了大力兴建铁路的时期。

1830 年 5 月 24 日，美国第一条铁路建成通车。此后一发不可收，到 19 世纪 50 年代后期逐渐达到高潮，无数来自中国和爱尔兰的新移民为了美国的钢铁车轮葬身北美荒原。美国作家梭罗曾评价道：每一根枕木都是一个中国人的冤魂。

蒸汽机车轮子彻底改变了这个世界。美国南北战争爆发时，北方拥有 3.3 万公里的铁路，而南方只有 1.1 万公里铁路，可以说，北方通过火车轮子凝聚起来的力量是南方的 3 倍。假如美国南北战争早爆发 10 年，获胜的将有可能是南方，因为那时南方和北方都是依靠马车轮子。

1866 年至 1870 年间，德国社会投资的 70% 被用来修建铁路，总里程达到 2443 公里。铁路工程带动了德国钢铁、机械、商业金融发展，帮助德国迅速从农业国转变为欧洲工业强国。火车使大陆国家德国迅速崛起，并获得了普法战争的胜利。

到第一次世界大战前，美、英、法、德、意、比、西等国，先后建成了覆盖本国的全国性铁路网，世界铁路总里程达到了 110 万公里。尤其是当时的世界第一工业大国——美国，当年铁路总里程达到惊人的 40.2 万公里，冠居全球。铁路运输几乎垄断了陆上运输，承担的运输量高达 80% 以上。铁路的快速发展，奠定了这些国家的工业化基础，对欧美工业化起到了巨大的推动作用。

蒸汽机车成为自由与文明的战车，推动了人类的解放。社会上各等级的人一起旅行，不同财富、地位、性格、习俗、着装风格的人，聚集在同一生活场景中，火车戏剧性地展示了民主的状态，消除了人与人之间的距离和隔阂。

工业革命之前，英国的人口流动受地理条件限制。在 18 世纪初，居住地点有所改变的人，很少有超过方圆 10 英里（约 16 公里）的。工业革命与交通运输的发展，使大量的农村人口开始拥入城市。1750 年，英国城市人口仅占人口总数的 25%，1851 年则上升到 50.2%，英国成为世界上第一个实现了城市化的国家。

1800 年，美国发明家奥利弗·埃文斯曾预言：凭借蒸汽机的交通时代马上就要到来，人们将以每小时 24 公里到 32 公里的速度移动。早上从华盛顿出发，乘客可在巴尔的摩吃早餐，在费城吃晚餐，在纽约吃夜宵。

殊不知，这位发明家的想象远远落后于英国人的时空变换。《季度周刊》载文描绘道："蒸汽机瞬间把大西洋变浅了一半，我们与印度之间的交通运输也同样受惠。印度洋变小了，印度的铁路如劈开红海般神奇，地中海离我们只有一个星期的路程，在我们看来像一个湖泊。"

沸腾的时代，让蒸汽机车的速度越跑越快。

在蒸汽机车问世 101 年后，即 1904 年 5 月，英国 GWR 3700 Class 3440 型蒸汽机车时速达到 164 公里。1938 年 7 月 3 日，英国"马拉多号"蒸汽机车，在格兰达—毕业帕拉铁路线上，竟然创造了每小时 202.7 公里的当时世界最高纪录。

最后的蒸汽机车

我有幸见证了蒸汽机车的消失。

20世纪70年代末，我在焦枝铁路线上开火车。当时正赶上宜昌兴建长江葛洲坝水利枢纽工程，我所开的"前进型"蒸汽机车经常拉着水泥专列进宜昌。每次进站后，机车前都围满了指指点点的外国人。这些外国人，是来参观葛洲坝工程的。他们知道，蒸汽机车是大工业革命的产物，可一直没有见到过实物。

外国人喜欢中国的火车，我很自豪。后来得知他们是在看古董，我感到很郁闷。这时候，世界上只有中国、印度和南非还有蒸汽机车。

英国工业革命以后，蒸汽机车得到了广泛应用。与之同时，蒸汽机车自身的缺陷也显得日益突出。譬如，它离不开锅炉，整个装置既笨重又庞大；新蒸汽的压力和温度不能过高，排气压力不能过低，热效率难以提高；它是一种往复式机器，惯性力限制了转速的提高；工作过程是不连续的，蒸汽的流量受到限制，也就限制了功率的提高。譬如，用蒸汽机车运送煤，有相当数量的煤是被机车自己烧掉了。每行驶50~80公里就要加水，行驶150~200公里就要加煤，行驶5000~7000公里还要清洗锅炉。譬如，它在行驶中要排放黑烟，这会污染环境，尤其是在通过隧道时，浓烟难以散去，严重影响旅客和铁路工人的健康等。

然而，直到20世纪初，蒸汽机依然是世界上最主要的原动机。

有史料表明，1881年，我国在唐山制造出一台国产"龙号机车"（也叫"中国火箭号"），自此直至1952年这70多年里，在中国铁路线上奔跑的蒸汽机车，全都是外国货。到 1949 年，中国可统计的蒸汽机车有 4069 台，分别来自英国、美国、德国、日本、比利时、捷克斯洛伐克等 9 个国家的 30 多家工厂，机车型号多达 198 种，没有一台是中国制造。洋人称中国为"万国机车博物馆"。

我曾查阅《唐山机车车辆厂厂志》，静静的文字这样叙说道：1881 年春，由开平矿务局出资，修筑由胥各庄至唐山矿煤场的快车马路（即铁路）。同时，于此设立修车厂。建厂之初，规模很小，房舍简陋，只有几十名工人，几台以手摇为动力的车床，所用车轮及钢铁材料从英国购入。

"龙号机车"依照英国工程师金达设计的图纸制造，只有 3 对动轮，无导轮和从轮。落成运行之日，被当时开平矿务局总工程师薄内的妻子命名为"Rocket of China"，意为"中国火箭号"，这是依照斯蒂芬孙研制的

中国第一台蒸汽机车"中国火箭号"

国产“前进型”货运机车　杨智刚/摄

著名机车"火箭号"而命名的。中国工匠在车头两侧各镶嵌了一条金属刻制的龙，因此，它又被称为"龙号机车"。尽管时速只有 5 公里，牵引力仅有 100 多吨，但它却是中国火车头的第一号。

中国铁路博物馆现存最古老的"0 号"机车，是 1887 年"津沽铁路公司"从国外进口的数台小型蒸汽机车中的一台，为"0-2-0"型。它是 1976 年唐山大地震时从开滦煤矿废弃的矿井里发掘出来的。此机车只有两对动轮，无导轮和从轮。它是我们现在保存完好的、曾在津沽铁路上运行过的最古老机车，曾在国外展出过。该机车由英国制造，总重量为 1320 公斤，也是世界上最小的蒸汽机车之一。

新中国百废待举，机车制造能力有限，远远不能满足铁路运量的需要。1952 年 4 月，朱德总司令亲自来到位于青岛的四方机车厂视察。朱德对中国自行研制蒸汽机车寄予厚望，作出了"四方机车厂工人要为中国人争气，造出自己的国产机车"的重要指示。工人们群情振奋，以极大的创造热情投入到了国产蒸汽机车的研制工作中。

1952 年 8 月 1 日，新中国设计制造的第一台国产蒸汽机车"八一号"下线。机车设计时速接近 80 公里，牵引定数 2000 吨。由此，拉开了新中国自行生产蒸汽机车的帷幕。

2004 年年底，我国最后一批蒸汽机车退出了历史舞台。

当天，我以郑州铁路局党委宣传部部长的身份，应邀来到宝丰机务段参加"蒸汽机车退役仪式"。一台台擦得油光锃亮的"前进型"机车，静静地停放在运转车间整备场，车头的大灯上扎着红绸，格外耀眼。

仪式开始前，我在机车前转了一圈又一圈，回想当年的火车头岁月，触景生情，心里酸酸的。突然，我发现有位老人趴在大红轮子上，哭成了泪人。细打听，他是一位老火车司机。他对我说："我与这铁疙瘩打了三十多年交道，你别看它五大三粗的，它只要停下来就特别温顺，像个小孩子讨人喜爱，不吵不闹的。"

我知道，蒸汽机车呼啸而过的气势，永远是力量的象征。蒸汽机车在中国走过了一个多世纪的光辉历程，它的悄然离去，可以说是象征一个时代的结束。蒸汽机车那无坚不摧、滚滚向前的气概，影响了一代又一代人，并以各种形式储存在人们的记忆和生活里。

在采访的日子里，我多次前往坐落在北京东郊的中国铁道博物馆，寻觅蒸汽机车的历史印迹。我见到了许多来自美洲、欧洲的旅行者和摄影家，他们慕名而来，聚集在中国铁道博物馆蒸汽机车展览大厅观赏、拍照，表现出对蒸汽机车的无限崇敬和爱慕。一些外国人还特地申请转录蒸汽机车运行的轰隆声、汽笛的吼叫声，作为永久的纪念。蒸汽机车上的零件、牌子，甚至工人用过的笔记本都成为游客们高价收买的对象。

就这样，蒸汽机车作为人类社会发展的功臣，将以一种非生产的方式保留下来。在人们景仰和爱慕的注视下，在独属于它们的乐园中获得新生。

第三节　当今的高铁世界

诗人说，高速列车是轮子的最高境界。

人类对交通工具速度的追求，如同人类对速度的潜在欲望一样，永远没有止境。高速列车的显著特点就是速度高、跑得快。

我以为，是高速列车将轮子的功能演绎到了极致。

从 1825 年 9 月 27 日，英国修建世界第一条公共服务铁路算起，铁路已有近 200 年的发展史。从 1964 年 10 月 1 日，日本东京与新大阪间的东海道新干线开通运营算起，高铁也已经跨过半个世纪。几十年来，法国、德国、意大利、西班牙、瑞典、中国等国竞相发展高速铁路，极大地促进了经济社会的发展。

高速铁路适应现代经济和社会生活对运输数量和质量的新需求，使人们重新认识到铁路的价值。中国高铁的异军突起，大大地加快了高速铁路发展的进程。高铁以其速度快、运能大、安全性高和耗能低等其他交通工具无法抗衡的优势，影响和推动着这个世界。

何为"高速铁路"

采访中，我曾多次向专家讨教："要达到什么速度才算高速铁路？这个标准谁说了算？"

殊不知，至今世界上并没有对高速铁路的统一定义。

根据国际铁路联盟的定义，"高速铁路"的标准是，新建铁路设计最低时速为 250 公里，从普通铁路改造为高铁的最低时速为 200 公里。然而，有许多专家不认同，他们认为高速铁路必须是新建的设计时速在 200 公里以上的铁路，旧线提速改造，安全可靠性不强，不能列入。

国际铁路联盟解释道，高铁有一系列的指标特征，并非列车运行速度高就叫高铁。早在 20 世纪初，火车"最高速率"超过时速 200 公里的比比皆是。如法国国营铁路公司、德国铁路公司等一些铁路商业运营列车时速均达到了 200 公里，但他们并不把这些铁路叫高铁。直到 1964 年日本的新干线系统开通，这才是史上第一个实现"运营速率"高于时速 200 公里的高速铁路系统。高速铁路除了列车运营速度要达到一定标准外，车辆、路轨、操作都需要配套提升。广义的高速铁路还包含使用磁悬浮技术的高速轨道运输系统。

1996 年，欧盟也曾对高铁标准进行过规范。欧盟认为，高铁必须达到以下两个指标：其一，基础建设专为高速列车所建，时速在 200~250 公里；其二，在高速铁路上运行的列车必须保证安全，并为乘客提供高品质的服务。从欧盟给高铁的定义看，高铁必须具备硬件和软件两方面的要求。从硬件方面来说，就是列车能在高速铁路上跑出 200~250 公里的时速；从软件方面来说，就是确保运营安全和服务品质。

尽管美国还没有严格意义上的高铁，但美国联邦铁路管理局也曾规定，时速超过 110 英里（177 公里）即属于高速铁路。

2010 年 12 月，第七届世界高速铁路大会在北京召开。我作为铁道部派出的工作人员，有幸参加了接待工作并旁听了大会。来自世界各地的高铁专家聚首北京，研讨世界高铁的发展及其走向。在讨论的诸多问题中，如何定义高速铁路，是重要议题之一。经过几天的争论，最终将"高速铁路"重新定义为：新建的客运专线、时速超过 250 公里动车组列车和专用的列车控制系统。也就是说，只有同时具备了定义中规定的这三个条件，才能称为高速铁路。

2014 年 1 月 1 日，我国开始实施新的《铁路安全管理条例》（下称《条例》）。《条例》亮出了我国关于高铁的定义：高速铁路是指设计开行时速 250 公里以上（含预留），并且初期运营时速 200 公里以上的客运列车专线铁路。

我以为，我国关于高铁的定义相对科学，既吸取了国际社会对高铁定义的合理部分，又顺了世界高铁的发展潮流。按此定义，目前我国高铁线上运营的高速列车，以及部分"动车"和"城际列车"都属于高铁，也就是说以"G""D""C"字母开头的车次都应该是高速列车的范围。

诚然，动车组不等于高速列车，但高速列车必定是动车组。若有人要细分动车组与高速列车的区别，只有一个标准，就是速度。只有最高运行时速达到250公里以上的动车组，才能称为高速列车。我国在第六次大提速前开行了许多时速不到200公里的动车组，如1998年6月在南昌至九江开行的"庐山号"双层内燃动车组，时速只有120公里。1999年在昆明至石林间开行的"春城号"电力动车组，最高运行时速120公里。如此等等，这些都是动车组，但不是高速列车。

其实，高速列车并非恒速行驶，很多国家规定，高速列车在居民区和野生动物保护区的行驶速度不得超过每小时110公里，防止噪声污染给人和动物健康带来危害。另外，在桥梁、隧道、转弯处以及地质条件差的地段，为确保列车行驶安全，一般把速度控制在每小时160~180公里。

虽然目前高速列车最高设计时速可达500公里，但考虑到安全、能耗和环保等问题，很多国家对高铁的商业运行限定最高速度，法国、德国、日本最高限速为每小时320公里，西班牙为每小时310公里，中国为每小时350公里。

正是高速铁路表现出的诸多优势，决定了高速铁路定义的价值取向。也就是说，以高速度、大运量和安全可靠作为高速铁路内在的综合衡量标准，更有意义，更有说服力。

若以时速300公里来看，高速列车的速度超过小汽车1倍以上，为亚音速飞机的1/3，短途飞机的1/2。从节约总旅行时间看，在距离100~700公里范围内优于高速公路和航空；高速铁路的运能是航空的10倍、高速公路的5倍，但运输成本只是航空的3/4、高速公路的2/5。从安全性来看，高速铁路比普速铁路和其他运输方式事故率低得多。

至此，我们应该对"高速铁路"有了一个较为清晰的概念。

世界高铁简史

1978 年 10 月 26 日，日本大地，秋高气爽。

正在日本访问的中国副总理邓小平乘坐新干线列车赴文化古城京都。高速列车，风驰电掣，他的心情很好。邓小平对随行记者说：快，像风一样快！有催人跑的意思，我们现在正适合坐这样的车！

"有催人跑的意思"——邓小平显然不单指乘坐高速列车的快速度感觉，而意指中国改革开放的大业需要快跑。这是在中国改革开放的前夜，中国领导人对高速铁路的最早关注。"我们现在正适合坐这样的车"，更是暗示了中国也要发展建设高速铁路的决心。我以为，这一天应该算作中国政府要发展高速铁路的起点。

追溯世界高速铁路的发展，大体经历了三次大的建设浪潮。

第一次浪潮，即高速铁路的起步发展阶段，是在 20 世纪 50 年代末至 90 年代初。以日本为首的第一代高速铁路的建成，大幅缩短了人们交流交往的时空距离，极大促进了区域经济特别是铁路沿线地区经济的快速发展，带动了房地产、工业机械、钢铁、冶金等相关产业的全面进步。随着高速铁路的出现，曾经一落千丈的铁路市场份额大幅回升，铁路运输企业的经济效益明显好转，铁路"夕阳工业"的负面形象彻底改观。据统计，法国巴黎至里昂的高速铁路线在投入运营的第二年净盈余便实现正增长，投资回报率超过 12%。

第二次浪潮，即高速铁路在欧洲的大发展阶段，是在 20 世纪 90 年代初至 90 年代末。随着高速铁路的快速发展以及技术的不断进步，高速铁路的多方面优势日益显现，欧洲一些土地资源较为稀缺的发达国家，如法国、德国、意大利、西班牙、比利时、荷兰、瑞典、英国等，修建高速铁路的热情进一步高涨，大部分国家都致力于大规模修建本国或跨国界高速铁路，逐步形成覆盖欧洲的高速铁路网络。高速铁路在欧洲大陆掀起的建设高潮，不仅是铁路自身发展以及提高内部效益水平的需要，而且更多地反映出国家和地区能源、环境等方面的综合要求。

第三次浪潮，即高速铁路在世界范围的大发展阶段，是在 20 世纪 90 年代末至今，仍将持续。20 世纪 90 年代末以来，高速铁路所带来的巨大经济效益和社会效益，使高速铁路的建设与发展在国际社会的更广层面上得到认可。2003 年 10 月 12 日，中国第一条客运专线秦沈客专开通运营；2006 年 1 月，中国第一条时速 300 公里的高速铁路在台湾投入运营；2008 年 8 月，中国第一条时速 350 公里的京津城际铁路开通运营。以中国为代表的高速铁路的迅速发展，将世界高速铁路的发展推向了新的高潮。

事实表明，在第三次浪潮中，是中国高铁引领了世界潮流。有人说，高铁之于中国，是一场经济地理革命；有人说，高铁之于国人，是一个时空观念上的革命，将中国变小、世界变大。当下，德国、法国、日本、英国、西班牙、韩国、中国都已经建成了成熟的高速铁路，美国、俄罗斯、澳大利亚、沙特阿拉伯、巴西等国家也纷纷制定了规模空前的高速铁路发展计划。特别是包括法国、西班牙等"高铁元老"在内的欧洲国家，也再一次显示出加快高铁发展的雄心壮志。可以预见，全球高速铁路发展将很快迎来下一个"黄金时期"。2014 年 9 月 1 日，国际铁路联盟发布统计报告：世界有运营、在建和规划高铁的国家和地区 22 个，运营高铁 22954 公里，在建高铁 12754 公里，计划建设高铁 4459 公里，远期规划高铁 14382 公里，总计 54549 公里。

纵览世界高速铁路的发展，一个国家和地区能否成功发展高速铁路需要具备两个基本条件：一是城市和地区人口密集，社会经济发展整体水平较高，有充足的客流，人们对运输服务的时效性、安全性、舒适性等有高的期盼，能承受相对较高的运输价格。二是科技基础良好，人力资源储备丰富，能够保证高速铁路在技术层面上的相关要求。

20世纪70年代后，在我国经济社会发展的大场景中，农民工出行、商贸旅行，带来了以春运为代表的巨大交通压力。在我们这个人口众多、地域辽阔的国家，充分发挥运量大、速度快的高铁优势，作为全民公共交通工具，无疑是中国政府最明智的选择。

中国高速铁路发展实践表明，发展高铁适合中国国情，其技术、经济优势在中国有可能得到最充分的发挥。中国人均资源紧缺，人均耕地面积仅为世界平均值的1/3，能源资源仅为1/2。生态环境问题突出，交通安全形势严峻，最大的问题是人口众多，客运能力严重不足等。高速铁路的优势，可以让这些问题迎刃而解。

就现阶段中国社会消费水平而言，相对于航空，价廉的高速铁路运输票价较易为广大人民群众接受。因此，在当今中国经济和社会条件下，高速铁路的一系列技术经济优势可以得到最充分的发挥，对于建设符合中国人口、资源特色的交通运输体系具有重要意义。

今日四国称雄

怎样看待当今世界高铁发展？怎样认识当今世界高铁格局？

采访中，我请教了许多专家学者。他们认为，高铁作为一项"大国技术"，高速列车技术与高铁轨道技术，是衡量一个国家高铁技术强弱的重要标准。据不完全统计，当今世界上有10多个国家和地区拥有自己的高速列车，车型达 80 多个。

综合评价高速列车品质和高铁轨道线路水准，当今世界高铁可谓德、法、日、中四国称雄。综合我的采访成果，可以用 16 个字表现和概括当今世界高铁发展态势：德国首创，法国高速，日本成型，中国领先。

德国首创

1903 年 10 月 23 日，西门子-哈尔斯克公司生产的电力列车在马林费尔德至佐森试验段的时速达到了 206.7 公里；同年 10 月 27 日，德国通用电力公司生产的电力列车的试验时速达到了 210.2 公里。这是世界上最早的高速列车。

1939 年 6 月 23 日，汉堡至柏林铁路上的内燃机列车跑出了每小时 215 公里的速度。从 1965 年开始，德国一些高速列车的时速都达到了 200 公里。

1991 年 6 月，德国第一代高速列车 ICE1 亮相，投入商业运营，时速为 280 公里。这条从下萨克森州首府汉诺威直达巴伐利亚州重镇维尔茨堡的高速铁路，全长 327 公里。开通后，以其高速、舒适、方便吸引了越来越多的乘客，盈利逐年增多。

早在 1988 年，德国高速列车样车 ICE-V 就誉满天下。1988 年 4 月 28 日，ICE-V 试验速度突破了时速 400 公里大关，创当时世界最高纪录。

德国的高速铁路建立在对原有技术状态较好的线路改造基础上，只修了几段新线。现已建成总长约 1500 公里的高速运输走廊。德国采取客货分时混运组织模式，白天开行时速 200~250 公里的高速列车，夜间开行时速 120 公里的货物列车。

德国高速铁路起步早但进展较为缓慢，有一个重要原因，就是他们一直在进行高速轮轨和磁悬浮的"双线作战"。由于后者在技术上具备没有固态摩擦的先天优势，德国更侧重于磁悬浮技术。

德国 ICE 高速列车家族，现已有 ICE1 型、ICE2 型、ICE3 型三个品种，无论是动力集中还是动力分散，其先进的技术，一直是世界铁路界关注的焦点。

洁白的 ICE1 型高速列车，车门下方有一条红色色带，鲜艳夺目。ICE1 采用动力集中式，前后各配置一台电力机车，中间夹有 14 辆拖车，最高运营时速为 280 公里。当时，这个运营速度仅次于时速 300 公里的法国 TGV-A 高速列车。ICE1 投入运营后，立即成为德国主要城市之间交通运输的主力，5 年时间，运送了 1 亿人次。

1990 年 10 月，东、西德统一，定都柏林。德国政府决定修建柏林—汉诺威高速铁路，同时决定研发第二代高速列车 ICE2。1997 年 6 月，ICE2 型高速列车开始在科隆—汉诺威—柏林线上运行。它与 ICE1 形同神似，只是长度减少了一半，目的是方便客流不大的支线运行。

2000 年 6 月，德国积极借鉴日本新干线 300 系动力分散式轴重轻、可充分利用再生制动等优点，推出第三代高速列车 ICE3，这是欧洲最早的动力分散式高速列车。ICE3 高速列车的最大轴重为 16 吨，最高时速可达到 330 公里。

法国高速

法国虽起步晚于德国，但进展迅猛。至今法国仍然是世界高速列车速度最高纪录的保持者。

1955 年 3 月 29 日，法国拉莫特至莫尔桑铁路上的 BB9001 型电力列车跑出了 331 公里的时速。1966 年，法国巴黎至土伦的普通铁路经升级改造达到了高铁标准，"航空列车"运行时速由 140 公里提升到 200 公里，而该车型的试验时速达到了 345 公里。1969 年，法国高速列车的试验速度达到了 422 公里。1977 年 3 月 5 日，"航空列车 I80HV"型列车跑出了时速 430 公里。

1978 年，法国第一条高速铁路—巴黎至里昂的东南 TGV 线建成并投入运营，首创最高运营时速 270 公里。尔后，法国 TGV 的技术速度屡创新高，一直牢牢占据高速轮轨的速度桂冠，以"高速度"享誉全球。2007年4月3日，法国试验列车又以574.8公里的时速创造了轮轨列车的世界最快纪录。

如今，法国拥有欧洲大陆上唯一的里程超过1000公里的高速铁路运营线路——加来至马赛TGV高速铁路。列车的平均时速超过300公里，运行状况十分稳定。目前，法国形成了以巴黎为中心、辐射各城市及周边国家的铁路网络。

当法国的TGV顺利投入运行而且速度不亚于当时的磁悬浮列车时，德国人才发现高速轮轨的重要性。1988年，德国ICE高速铁路创下最高时速406.9公里的纪录。德国的ICE在世界高速铁路技术领域享有较高声誉，比利时、荷兰、瑞士、奥地利以及中国等都曾采用ICE高铁技术。

法国先后在国内以及国际线上投入商业运营的TGV系列高速列车有7种。法国是继日本之后的世界高速列车强国，动力集中式、铰接式转向架、同步牵引电机，运营速度高，试验速度世界第一，并能在既有线路上

法国TGV高速列车

直通运行，等等。这些一直是世界高速铁路的热门话题。

1981 年 9 月 27 日，法国新一代高速列车 TGV-PSE 在法国东南线（巴黎—里昂）正式运行。最高运营时速为 260 公里，超过了日本新干线，是当时世界的最高速度。TGV-PSE 高速列车的问世，打破了世界高速铁路格局，由此法国成为又一高铁强国。

1990 年 5 月 18 日，法国人向世界高速列车试验速度新纪录发起冲击。奔跑在法国第二条高速铁路——大西洋线上的 TGV-A 高速列车，试验时速达到 515.3 公里，创造了轮轨式铁路的试验速度世界纪录，称雄高铁世界。这一速度一直保持了 17 年。直到 2007 年 4 月 3 日，这一纪录又被法国人自己打破。在 TGV 东线，V150 列车两次创造了时速 574.8 公里的世界新纪录。

日本成型

20 世纪 50 年代后期，日本经济复苏，日本政府明智决策，在工业经济发达的地区建设东海道新干线高速铁路。高铁为战后的日本插上了腾飞的翅膀。

众所周知，日本"新干线"早在 1940 年就破土动工，但由于战争不得不停建。战争结束后，日本东京至大阪走廊生活着 4500 万居民，当时交通拥堵问题一直困扰着政府。1959 年 4 月 20 日，东京至大阪的"东海道新干线"在原来建设基础上开始重新建设，设计时速为 250 公里，于 1964 年 10 月 1 日正式通车，当时正赶上 1964 年东京奥运会。

"东海道新干线"列车由川崎重工建造。行驶在东京—名古屋—京都—大阪的"东海道新干线"，运营速度超过每小时 200 公里。日本人叫它"子弹头列车"，它在 515.4 公里的铁路上用时 3 小时 10 分钟（目前为 2 小时 25 分），平均运营时速为 210 公里。"东海道新干线"运营 50 多年来，共运载了 100 亿人次乘客，从未发生过乘客因列车事故死亡事件。

500 系列车是日本新干线列车中的佼佼者，最受孩子们的喜爱，也同

日本新干线 0 系高速列车

样受到成年人的青睐。它由山阳新干线的经营者 JR 西日本公司研发。500 系的目标时速定为 300 公里，在新干线列车中首屈一指。它那根据仿生学模拟翠鸟嘴的独特外形，让人惊喜无比、过目不忘。它的车体以浅灰色为基调，车顶呈浅蓝色，车窗附近用深灰色，而车窗的下方涂有蓝色的线条。其车头有像火箭似的 15 米长的鼻子。从外面看去，车头的驾驶台与宇宙飞船的密封舱一样，气派，高贵，有趣。

多少年来，日本新干线列车的最高运营速度一直在不断刷新。1964 年，0 系列车的最高时速为 210 公里；1985 年，100 系列车的最高时速达到 230 公里；1992 年，300 系列车的最高时速达到 270 公里；1997 年，当 500 系列车的最高时速达到 300 公里时，日本高速铁路界长舒了一口气。因为在时隔 16 年后，日本铁路终于赶上了法国 TGV 的最高运营速度。

日本高铁的成型发展，让高铁的优越性得到了充分体现。一是运量大、速度快、运输密度高。新干线每天平均运送旅客 77 万人次，最高运营时速达到 300 公里，车次间隔最高密度约 3 分钟。二是安全性能好、正点率高。新干线自 1964 年开业以来，运行 42 年未发生过乘客死亡事故。包括台风、地震等自然灾害所引起的延误在内，新干线列车平均延误时间为 0.6 分钟，其正点率堪称世界之首。三是能耗少，环境负荷小。新干线能耗仅为飞机的 1/4、汽车的 1/6；二氧化碳的排放量约为飞机的 1/6、汽车的 1/9。另外，新干线具有电能回收功能，即将再生制动产生的电能送回接触网进行再利用。

高速铁路适应了现代经济和社会生活对运输数量和质量的新需求，使人们重新认识到铁路的价值。继日本新干线之后，法国（TGV）和德国（ICE）分别研发出了自己的高铁技术，加拿大的庞巴迪公司通过收购欧洲企业，也制造出了自己的高速列车。德国、法国、意大利、西班牙等国也相继加快了高铁发展，并逐步形成了高速铁路网。高铁以其速度快、运能大、安全性高和耗能低等其他交通工具无法抗衡的优势，越来越大地影响着这个世界。可以说，日本新干线建成后的 40 年里，日本、法国和德国一直是世界高铁领域的主宰者。

中国领先

"后来者居上"出自西汉司马迁《史记·汲郑列传》，是指居于后来的超过先前的。中国高铁，乃后来者居上也。

我国充分利用后发优势，积极借鉴人类优秀文明成果，通过"引进、消化、吸收和再创新"，在较短的时间内，高铁发展成就让世人惊叹。

2002 年 11 月 27 日，国产"中华之星"动车组在秦沈客运专线的冲刺试验中，时速达到 321.5 公里，创造了中国铁路试验速度的最高纪录。

2003 年 10 月 12 日，长春开往北京的 T60 次列车由沈阳北站开出，驶入秦沈客运专线，标志着中国第一条客运专线正式运营。它的开通，使北京至沈阳之间的旅行时间，由此前的特快列车 9 小时 10 分钟缩短至 4 小时 30 分钟。

2008 年 8 月 1 日，历经三年艰辛建设的京津城际铁路，在北京奥运会前夕如期运营。京津城际铁路作为中国第一条时速 350 公里的高速铁路，汇集了当今世界高速铁路的最新科技成果，标志着中国已经系统地掌握了时速 350 公里高铁技术，在中国铁路发展史上具有里程碑意义。

2010 年 12 月 3 日，我国 CRH380A 新一代高速列车在京沪高铁枣庄至蚌埠段综合试验时速达到 486.1 公里，创造了世界轮轨最高运营速度纪录。

若从 1990 年铁道部上报《关于"八五"期间开展高速铁路技术攻关的报告》算起，到 2016 年年底，京沪、京广、沪汉蓉、东南沿海、哈大、兰新、沪昆等多条高铁干线开通运营，"四纵四横"高铁骨干线成片联网。经过 26 年的不懈努力，我国高铁技术、高铁规模、运营效益和性能价格比均处于世界领先水平。

我国的轨道交通快速发展，堪称人类筑路史上的奇迹。短短 26 年，我

CRH380A 型动车组列车飞驰在京沪高铁上　罗春晓/摄

国高速铁路纵横东西南北，建造起了世界上最发达的高速铁路网络，奔跑着世界上最快的高速列车。

截至 2016 年年底，我国高铁运营里程达到 2.2 万公里，占世界高铁总里程的 60% 以上。在通达高铁的 100 多个城市，高铁已成为客运的绝对主力，已占铁路总量的 1/6，承担了超过 60% 的客运量，每天有 400 多万旅客享受高铁旅行生活。全国每天开行的高速列车达 5000 多列，形成了 1000 公里内 5 小时到达、2000 公里内 8 小时到达的客流吸引圈。

这该是一幅多么气壮山河的中国高速列车飞驰的图景啊！

第二章　中国高速列车

　　走进西南交通大学牵引动力国家重点实验室，可以看到这里拥有世界上最先进的机车车辆滚动振动试验台、高速轮轨摩擦磨损试验台等实验装置。大的重几百吨，小的仅几克，有的实验装置甚至比一层楼还要高。

　　从最初时速 100 多公里，到创造出时速 486.1 公里的世界铁路运营列车最高纪录，中国高速列车正式上线之前，都必须在这个实验室里"跑一跑"。眼下，这里的试验台运行模拟速度已经提升到时速 600 公里，是当今铁路机车车辆台架运行模拟试验的世界最高速度。

　　这个创建于 1989 年的国家重点实验室，承载着中国高速列车的梦想。经历了"中华之星"家族、"和谐号"系列和中国标准动车组三个历史阶段，见证了不同时期中国高速列车的辉煌。以中国标准动车组为代表的中国高速列车，集世界先进科技成果之大成，凸显了中国智慧和中国气派。

第一节　国产动车组渊源

早在 20 世纪 90 年代后期，为了适应社会快捷运输的需要，我国先后研制、生产了多种型号的电力动车组，以开拓客运市场。自 1999 年开始，国产电力动车组"春城""蓝箭""先锋号""中原之星""中华之星""长白山号"相继在长春客车厂、株洲电力机车厂、四方机车车辆厂研制成功，设计时速分别达到 120 公里、160 公里和 200 公里以上，形成了一个庞大的国产动车组家族。

当年曾参与"中华之星"国产动车组设计的老专家告诉我，在这些试验车型中，平稳性最好的是"蓝箭"。后来声名大振的"中华之星"，也正是在"蓝箭"基础上发展起来的。

"民族梦想"之星

采访中，中国工程院院士、铁道部原部长傅志寰对我说，"中华之星"寄托着中国高铁最早的民族梦想。

傅志寰回忆道："那时天上飞的是'空客''波音'等外国飞机，地上跑的是'桑塔纳''别克'等洋品牌汽车，而令铁路人引以为荣的是，在中国数万公里的铁道线上，奔驰的全都是中国原创的中华牌机车和车辆。"

阅读我国动车组发展历史，无疑是在阅读一本大书。1958年，我国最早自行研制的"东风"号内燃动车组，在青岛四方机车车辆厂下线。它是由两辆600马力液压力传动内燃动车和4辆双层客车组成。1988年，我国自主开发了第一台电动动车组，由长春客车厂、株洲电力机车研究所和中国铁道科学研究院共同完成，命名为"KDZI"型，以2动2拖为一组，时速140公里。

从1992年开始，我国铁路部门重启系列高速列车的研制工作。世界银行得知后十分赞赏，提出可以考虑给予中国贷款，支持中国兴建高速铁路，并连续几次派员到中国考察高速铁路项目。

1999年，铁道部与国外合作研制"蓝箭"高速动车组，由此拉开了"自主+合作"模式的序幕。"蓝箭"的研制是以欧洲高速铁路技术模式为基础，属于动力集中型动车组。一年后，完成了时速200公里级的"蓝箭"电动车组的设计和生产，2001年正式投入广深线商业运营。

2000年年初，铁道部向国家计委上交了《270公里高速列车产业化》项目报告，国家计委批准了这个报告，列入国家高新技术产业化发展计划项目。铁道部联合中国南车集团公司、中国北车集团公司及所属的株洲电力机车厂、大同机车厂、长春客车厂等单位共同打造中国高速列车，并将具有完全自主知识产权的高速列车命名为"中华之星"。

"中华之星"的立项，明确以"产业化"为目标，总功率9600千瓦，编组11节，设计时速270公里，预计用两年左右时间，达到年生产15列的能力。中国工程院院士、株洲电力机车厂高速研究所所长刘友梅被任命为该项目的总设计师。

时任铁道部部长傅志寰，是我国高铁自主研发路线的倡导者和坚定支

"中华之星"动车组行驶在秦沈客专线路上　周德民/摄

持者。"中华之星"动车组作为中国铁路的重大项目，当年能参加研发组的工作，是铁路人一种难得的荣耀。我国列车制造行业的四大骨干企业、四大科研院所和轨道技术最强的两所高等院校——西南交通大学、中南大学的许多科研人员，都参加了"中华之星"动车组的研制工作，专家骨干多达几百人，这项工程被称为"442"工程。

　　一年之后，捷报频传。

　　2001年8月，"中华之星"动车组通过了技术设计审查，开始进入试制阶段；2002年9月，"中华之星"动车组下线后，在西南交大牵引动力国家重点实验室通过了时速400公里的动力学试验，接着又先后转到位于

　　中国智慧：中国高速铁路创新纪实

北京东郊的中国铁道科学研究院环形铁道试验线、秦沈客运专线进行试验和列车编组调试。同年 11 月 27 日，"中华之星"在秦沈客运专线的冲刺试验达到 321.5 公里的最高时速。我国独立设计、拥有完全知识产权的高速列车至此诞生，成为当时媒体报道的热点。

得知这个消息，中共中央政治局委员曾培炎非常高兴，他亲自带着国家计委的负责同志专程体验了"中华之星"高速列车。曾培炎一行挤在驾驶室里，列车不断提速，最后加速到时速 300 公里，一旁高速公路上同向行驶的汽车被纷纷抛向后边，驾驶室里一片欢呼声。

中国创造的高速度，曾引起了日本的恐慌。日本媒体报道说，"中华之星"在秦沈线的试运行，给现场观察人士无限遐想空间的同时，也给日本新干线在国际市场竞争中涂上了一层阴影。日本媒体担心，一旦中国铁路熟练地掌握了时速 200 公里的技术，势必成为其强劲的对手。

当年，"中华之星"的荣光曾出现在中学时事政治的考卷上。

据刘友梅回忆："我们那个时候也引进学习国外的技术，但是不照样画葫芦，从机械零部件设计、电子线路设计、参数、图纸都是自己的原创设计。"

为研制中国自己的高速列车，我国铁路科研部门曾经选择了两条腿走路的方针。在当时，日本新干线采用的是动力分散技术（除车头外，每节车厢自身也可提供一定动力），而欧洲国家采用的都是动力集中技术（动力设备集中在车头）。作为高铁的后来者，"中华之星"选择学习法国高速列车动力模式的同时，提出学习日本思路研制动力分散型动车组"先锋号"的任务，在当时这属于高度机密。

那些年，中国高速动车组的自主研发并非闭门造车，也包含技术引进、消化和吸收。与后来"和谐号"的大规模引进主要区别在于，这种技术引进是小批量的，以国内研发人员为主，注重的是引进后的学习、吸收与再创新。在此期间，中国一些专家通过各种渠道频频和法国、德国等方面的专家沟通，介绍中国铁路运输的实际情况，希望他们能协助开展动力分散技术的研究。

据中国铁道科学研究院专家介绍："'中华之星'动车组90%以上的技术，都是我国自主研发创新，拥有完全自主知识产权。"

"中华之星"动车组在动力系统、制动系统和转向架等关键领域，完成了系统集成和技术自主，只是一些关键零部件从国外进口。比如轴承，就是从国外购买的。当时国内厂家生产的轴承材质不过关，承受不了高速列车的载荷与转速。

诚然，自主设计、拥有知识产权并不是说要完全国产化，列车配件国际采购是非常正常的事情，比如大功率电子器件，国际上只有几家公司能够生产。

"中原之星"坎坷

这是2001年7月的一天下午，北京烈日当头。

我与郑州铁路局局长徐宜发一同来到位于北京东郊的中国铁道科学研究院环形铁道试验场，登上国产"中原之星"动车组，亲身体验和感受咱们自己的高速列车。

这是我第一次见到动车组列车。其外形设计与传统的旅客列车相差很大，外表银色与深绿相交，流线型的车体，明快、时尚、气派，让人耳目一新。车内宽敞明亮，装饰豪华，座席采用高靠背航空座椅，有可折叠的茶桌和透光灯带，车厢两端安装了全数字化的电子信息显示屏。各车厢设有列车吧台、新型方便的行李存放间和功能齐全的盥洗间等。眼前的一

　　中国智慧：中国高速铁路创新纪实

切，都让我新奇和激动不已。

鱼头形的驾驶舱内，司机轻轻推动操纵手柄，操纵台微机显示屏上的各种数据不断变化，时速很快上升，10公里、30公里、60公里、100公里……1分18秒时速上升到了140公里。

当天，"中原之星"动车组试验时速跑到170公里，圆满完成了环线动力学试验任务，所采集的一亿多个数据，全部达到设计要求。

"中原之星"与"中华之星"是兄弟俩，前者比后者大一岁。同样的时代背景，同等的技术现状。我们完全可以通过认真解读"中原之星"的诞生与成长过程，来切身感受"中华之星"的艰难曲折。

徐宜发，这位中原汉子，曾任郑州铁路局主管机务的副局长，后又任局长，他直接参与了"中原之星"的研发、试验，以及上线客运运行的全过程。

徐宜发告诉我，长期以来，我国的电力机车技术一直处在直流传动的水平上，通俗地讲，就是电力机车使用的都是直流电动机。要扩大机车功率增加牵引力，提高运行速度，必须将直流电动机改用交流电动机。这是制约国产动车组研制的关键所在。然而，这种变流传动谈何容易？一些西方发达国家花费了大量的人力、物力才攻破了这一技术难题，其技术一直对外封锁。

纵观世界高速列车的发展，无论是在欧洲还是在亚洲，无论是在法国还是在德国，高速列车都是以"动车组"的形式出现，它们的传动方式都是交流传动。早在1998年，铁道部党组就提出，要用10年的时间，实现我国电力机车由直流传动向交流传动的转变，实现机车牵引动力技术的大飞跃。

1999年10月14日，"两厂一所"（株洲电力机车厂、青岛四方机车车辆厂和株洲机车研究所）在株洲正式签订了联合开发动力分散型交流传动电动车组的协议和合作开发计划。决心依靠铁路客车生产强手，攻克交流传动的核心技术，开发新一代交流传动电动车组。为了确保产品适销对路，这次研制工作提出了一种新的合作模式：先找婆家后嫁女，工厂与用户联手打造品牌产品。于是，地处全国路网枢纽的郑州铁路局成为最佳合作伙伴。

2000 年 7 月 4 日，株洲电力机车厂、青岛四方机车车辆厂、株洲机车研究所和郑州铁路局共同签署了合作协议，决定联合开发研制动力分散型动车组。这是一次"强强联合，优势互补"的尝试，是以市场为导向，用户直接参与开发研制铁路交通运输新产品的第一例。

3 个月后，电动车组的总体设计全部完成。经铁道部批准后，很快投入生产。"两厂一所"都拿出了各自的"看家本领"，把消化吸收国外先进技术同自己多年积累的成熟技术结合起来，综合创新，精心打造精品车。株洲机车研究所担当着控制网络设计和电动车组的核心——逆变、变流技术的研制任务。研制人员组成攻关组，夜以继日工作在研究室里，反复修订方案，反复进行试验，硬是啃下了交流传动技术这块硬骨头；负责攻克牵引交流电动机核心技术的株洲电力机车厂，以世界一流水平为目标，从设计到生产制造，各环节严格卡控。试验台上，与德国西门子公司的同类产品相比较，不仅电流、功率等参数达到设计要求，与西门子电机水平不相上下，而且噪声和轴承温度都低于西门子电机。

2001 年 9 月 21 日，首列"中原之星"动车组下线。全长 161 米，由 6 节车厢组成，包括 2 节软席和 4 节硬席车厢，可载客 548 人，最高运行时速可达 160 公里。

那些日子，徐宜发作为郑州铁路局的参与者，四处奔波。在株洲电力机车厂，在北京铁道试验中心，在京广线试验区段，在郑州机务段的检修库内，徐宜发时而欢喜，时而忧愁。

2001 年 10 月 23 日 7 时，"中原之星"动车组在郑州至许昌小商桥线路上进行第一次试车。可是，刚运行不久便出现了问题，折腾了半天，才重新上路，不久又走不动了。第一次试车提前结束，车被拖了回来。接下来的试车中，也是时好时坏。然而，大伙信心不减。

同年11月4日下午，"中原之星"动车组出现在石家庄电力机务段的整备线上。16时许，正在河北考察工作的江泽民总书记乘坐面包车来到石家庄电力机务段考察。江总书记登上"中原之星"，用手轻轻地抚摸着软席座位中间的台桌，指着精美的车厢内饰，高兴地连声说"很好、很漂亮"，"铁路这几年发展很快……"。

11月18日，"中原之星"动车组正式在京广线郑州至武昌段运行。这天，徐宜发很兴奋，亲自驾车出征。流线型的"子弹头"列车，成为京广

2001年11月18日，"中原之星"动车组正式上线运行　张铁柱/摄

线上的一道亮丽风景线，受到社会各界的广泛关注。

我作为郑州铁路局党委宣传部部长，特地邀请了一帮记者跟车采访，心情激动，不亦乐乎。那天，"中原之星"很给力，一路十分欢畅。次日，《人民日报》（海外版）在头版头条刊发"中原之星"徐徐启动的照片，向世界展示中国高速列车的英姿。

然而，好景不长。在接下来的运营中，"中原之星"故障频发，经常"趴窝"，时常将旅客甩在半道上。那些日子，河南的《大河报》《郑州晚报》隔不了几天，就刊有旅客对"中原之星"的抱怨和投诉。那时可忙坏了我。当年的郑州客运段乘务员提到"中原之星"就会不停地摇头："这个车，让我们没少挨旅客的骂。"

一位曾在郑州铁路局车辆段工作过的老员工回忆道："'中原之星'经常'趴窝'，很重要的原因是关键部位的材质不过关。每次'中原之星'进库检修，从轴箱里都可以掏出一捧铁屑。"

"中原之星"运行半年后，即因维修成本过高而停驶。

"中华之星"记忆

2011年夏天，京沪高铁正式开通前夕，铁道部特地邀请株洲电力机车厂高速牵引研究所所长、中国工程院院士刘友梅体验乘车。同时被邀请的，还有当年参与"中华之星"自主研发的七八位老专家。这是"中华之星"动车组自主研发成果被否定后，他们的第一次重聚。

北京南站一站台，欢声笑语，流线型的白色CRH380A高速列车整装待发。刘友梅，这位10年前的中国高速列车自主研发的关键人物，沉默不语，心情十分复杂。

2003 年，铁道部叫停已经进行了 10 年之久的高速列车自主研发试验。刘友梅与他的"中华之星"团队被挡在中国高速列车研制的门外。至今，他仍对这一决策耿耿于怀。令人欣慰的是，当初参加"中华之星"研发的一批人才，后来在"南车四方"和"北车长客"中都成了消化吸收国外高铁技术的骨干，发挥了重要作用。眼前的"和谐号"高速列车，也饱含他们的心血。

这些年，刘友梅总在反思，当年停掉"中华之星"研发到底对不对，自主研发与技术引进应该是什么关系，什么样的产品应该自主研发，什么样的产品可以走技术引进的道路。作为一种手段，"以市场换技术"本身并没有错，但如何操作才能以尽可能小的代价换来尽可能大的收益，而不至于被技术捆住手脚？

"中华之星"从孕育、出生到最后夭折，可谓命运多舛。刘友梅的心情也随之而焦虑、欢欣、忧愁。

这么多年过去了，如今的刘友梅已经完全释然了。

2016 年冬天，我专程来到株洲电力机车有限公司看望年近八旬的刘友梅。他精神矍铄，仍然坚守岗位，担任高速牵引研究所所长。他动情地说："'中华之星'已成历史，虽然它是我一手设计的，也凝聚了我们团队大量的心血，但不得不承认，随着技术的进步，如今的高铁制造技术与'中华之星'的年代相比，已经有了翻天覆地的变化，要想让'中华之星'起死回生，重新上线，是不现实的。"这位"中华之星"动车组的总设计师显得十分理性。

也许是应验了"乐极生悲"这句宿命式的谶语，满载中国自主研发希望的"中华之星"，在冲刺试验并创造了 312.5 公里最高时速的第二天，一场"灾难"悄然而至。

2002 年 11 月 28 日，包括部长傅志寰在内的铁道部四位领导兴致勃勃地来到秦沈客运专线，准备登乘"中华之星"，体验中国第一速。在他们到达之前，总设计师刘友梅按惯例对"中华之星"进行了热备，即试跑。当时速达到285公里时，突然，转向架故障诊断系统出现报警，显示轴承温度达109摄氏度。轴温超标，属于一级报警。经停车检查，发现是B动力车有一根车轴的托架轴承座温度过高引起的。

刘友梅向傅志寰报告了实际情况，请示是否还按计划继续试跑。傅志寰当即表示，既然发现问题，还是等解决问题后再说吧。于是，几位部领导改乘"先锋号"动车组。"先锋号"试跑很顺利，时速达到了270公里。

事后查明，"中华之星"轴温升高，是一个进口轴承损坏所致。

然而，有关"'中华之星'差点要了四位部长的命"的说法，很快不胫而走。

反对者说，"中华之星"的轴温事件，说明了国产动车组质量之差、危险之大。大家想想，列车正在高速运行时，车轴突然断了，那将会是一个什么后果？脱轨颠覆，车毁人亡啊！

刘友梅感到很委屈。他认为，这恰恰说明"中华之星"安全诊断保障系统是很有效的。

对此，一些专家不赞同刘友梅之说。他们认为，轴温升高很危险，但轴温报警谈不上高科技。从20世纪80年代末开始，铁路就开始推广车载轴温报警系统，到了90年代已经非常成熟，价格低廉，稳定可靠。从90年代中期开始，新造的车辆全都安装了轴温报警系统，许多老式绿皮车也进行了改装。只要车轴外温高于45摄氏度，这套系统就会报警。列检人员就会及时进行确认，采取应对措施。如果温度还有上升的趋势，或者轴温达到了90摄氏度，那就必须立即无条件甩车，绝对禁止继续运行。

在此之后的一段时间里，"中华之星"仍然继续进行试验运行。试验总里程超过53万公里。

当时试验运行是不载人的，是按人体等重放置沙袋。这一试验运行创造了当时中国铁路新型机车车辆运行考核里程最长、运行考核速度最高的纪录，远远超出普通列车的 10 万公里要求。

2003 年 7 月 1 日，秦皇岛至沈阳的秦沈客运专线正式开通，"中华之星"并没有如期进入正式载客试运营。

2004 年，铁道部启动时速 200 公里动车组项目采购招标，"中华之星"被排除在外。因为铁道部招标要求必须是"获得拥有成熟的时速 200 公里铁路动车组设计和制造技术的或有国外合作方技术支持的中国制造企业"。此前，"中华之星"已被铁道部组织的研讨会界定为不成熟技术。此外，"中华之星"属于动力集中型，最多只能 8 节编组，不符合铁道部多载人的要求。

2006 年 8 月 2 日，"中华之星"在试验运行了 80 万公里后，被封存在了沈阳机务段，彻底从中国铁路运行图中消失。

由于历史的局限性，"中华之星"国产动车组家族最终还是夭折了。尽管只是昙花一现，但对于国产动车组的发展来说，这是一个应该经历的过程。无可否认，以"中华之星"为代表的国产动车组集中了当时国内优势科研力量，在转向架的设计、铝合金车体的采用、空气动力学试验、牵引与制动及列车网络系统等方面都取得了开创性的科技成果。

当我们今天理性地看待"中华之星"国产动车组家族时，就不难发现，它对中国高速列车发展的意义在于：一是积累了经验和技术。当时"中华之星"的稳定性已经很高，而且跑出了较高的速度，具备了一定成熟的技术。在动车组的研制、高铁线路建设等方面，都积累了许多宝贵经验。二是锻炼了队伍，培养了人才。当年参与研制"中华之星"的技术人员，后来都成为"和谐号"动车组研制的重要技术骨干。三是加重了国际市场谈判砝码。否则，高铁技术的引进、消化、吸收、再创新的代价会更高，过程也不会那么快，效果更不会那么好。

第二节　洁白的"和谐号"

2007 年 4 月 18 日，伴随着我国吹响铁路第六次大提速的号角，时速 200 公里的 CRH"和谐号"动车组开启了中国铁路的"追风时代"。它以银白为底色，形状简洁流畅，像一枚枚超长的子弹，在时空中划出一道道美丽的身影，展示出中国高速列车独特的气质。

"CRH"是中国高速铁路三个英文单词第一个字母的组合，铸就了中国高铁的符号。CRH"和谐号"动车组至今主要有 6 个系列，分别是 CRH1、CRH2、CRH3、CRH5、CRH6、CRH380，每个系列下又分别有多个型号。

中国高铁技术的发展进步，特别是高速列车核心技术的掌握，经过了我国科技人员近 20 年的全力攻关，经历了引进、消化、吸收、再创新的过程，在充分吸收世界先进技术成果的基础上，创新发展，为我所用，"和谐号"动车组终于在世界动车组大家庭中奠定了显赫地位。

三国技术比较

春暖花开的北京，2004 年 4 月 9 日。

这是一个注定要载入中国高速铁路发展史册的日子。

这一天，国务院常务会议召开，专题研究铁路机车车辆装备有关问题。就是在这次会议上，明确提出了"引进先进技术、联合设计生产、打造中国品牌"的基本方针，决定以高速列车为突破口，采取"引进少量原装、国内散件组装和国内生产"的中国高速列车项目运作模式。从时速200 公里开始起步，通过引进、消化、吸收、再创新，实现自主研发，发展时速 300 公里及 300 公里以上高速列车。

根据国务院确定的铁路装备现代化总体要求，铁道部在认真研究论证和反复比选的基础上，确定了具体实施方案：锁定当今国际上最先进、最成熟、最可靠的技术，由铁道部主导，以国内企业为主体，以掌握核心技术为目标，利用中国铁路巨大的市场，联合国内科研、设计、制造企业，以低成本引进先进技术，进行消化、吸收、再创新，实现本土化生产，用3 至 5 年的时间打造出中国品牌的铁路先进技术装备。

从一定意义上讲，高速列车的研制生产反映了一个国家的科技实力。外电评论，中国政府这次会议所作出的决定，就是要启动"金钱和市场"两个轮子，以高速列车为抓手，全力推进中国高速铁路的发展。

此时，高速列车技术的领先研制国有三个：日本、德国、法国。在这三个国家中，形成了以德国西门子、法国阿尔斯通和日本川崎重工为代表的三国高速列车技术体系。

高速列车是由动车组担纲的。所谓动车组就是具有牵引动力装置的车辆。动车组包括两种技术模式：一种是动力集中式，即头尾是两台电力机车，中间配置拖车。一种是动力分散式，由有牵引动力、兼备载客载货功能的车辆和没有动力的车辆混合组成。

法国、德国的高速列车一直坚持动力集中方式，日本新干线高速列车则首创动力分散方式。长期以来，两种动车技术模式相互竞争，你追我赶，推动着世界高速列车技术日新月异，快速发展。

就高速铁路运用技术而言，又有轮轨与磁悬浮之分，两者同属火车的运行模式。轮轨高速列车，是依靠轮轨之间的黏着关系，来实现支撑、导向、牵引和制动功能，推动列车前进。轮轨高速列车的时速可以达到400多公里。磁悬浮高速列车，则是运用磁铁"同性相斥，异性相吸"的原理，让列车具有抗拒地心引力的能力，完全脱离轨道而悬浮行驶，恰如贴地飞行，最高时速可以达500公里以上。

当时的德、法、日三国都在进行磁悬浮列车研究，但一直处于试验阶段，而三国的高速轮轨技术则十分成熟，技术上各有千秋。这三国在工程造价、运营费用、运量和速度等方面都相差不大，在制动系统、动力系统、车厢技术、自动控制系统四个技术核心方面也不相上下。

若具体对三国高速列车技术进行比较，一般公认的是：法国TGV技术比较先进，在对外输出高速铁路技术方面经验最为丰富，市场份额最大，覆盖9个国家和地区，在时速270公里的高速列车市场，占有85%的份额；排在第二的德国，ICE技术传动部分比较先进；日本新干线的运营经验和管理则比较成熟，但日本出口最少，仅在2000年向台湾出口高速列车，这是日本唯一的海外输出。

早在1997年，铁道部就成立了高速办，即京沪高速铁路办公室，组织一大批专家开始积极跟踪和研究世界高速铁路发展，特别是紧盯高速列车的前沿技术。青岛、长春、唐山等轨道客车制造企业通过地铁、城轨车辆研制等项目，积极尝试与这三国企业进行交流与合作，在人才培养、技术储备和工业化改造方面取得重要进展。

20 世纪 90 年代，自中国政府提出建设高速铁路的动议后，日本、德国、法国三国就展开了激烈的竞争。多年来，三国几乎动用了包括经济、外交、文化与政治等在内的所有手段。一有风吹草动，三国媒体都会大篇幅地做文章。

以京沪高铁为例，这个项目将会带来 100 亿美元的市场效益。为了向中国推销新干线技术，日本政府和民间早在 1995 年就成立了"北京—上海高速铁路计划合作推进委员会"。

境外媒体报道说，中国政府已经决定在未来几年，每年安排逾 1000 亿美元的预算，用于建设新铁路线和升级陈旧的铁路网络。据世界银行估计，这个数字预计将占同期全球铁路投资金额的一半以上。这块诱人的"大蛋糕"，吸引着世界各大铁路企业制造商。

2004 年 7 月，铁道部副部长陆东福向媒体表示，中国铁路工程咨询的市场是开放的，将在时速 300 公里以上的铁路建设中全面引进中外合作的国际工程咨询，包括以外方技术总负责的设计咨询和施工总监；在时速 200 公里以上建设中采取中外合作，外方担任总监，包括难点工程咨询的施工监理。

当时，中国企业能够承担的是路基、桥梁、钢轨、枕梁、供电架等基础部分的施工和生产，还没有掌握高速铁路的核心技术。如列车、通信、信号、供电等系统，都需要从国外购买；项目设计、施工监理等专业服务，需要与国外技术机构合作。

专家分析认为，在高铁技术核心方面，德、法、日三国不相上下，在中国市场最终取胜的决定因素只有两点：价格与技术转让。如何实现技术引进与国产化的最佳结合，是中国高铁建设无法回避的问题。中国在引进国外先进技术的过程中，关键是要注意避免技术引进上的"水土不服"。

在转让技术方面，法国阿尔斯通公司表示，整体引进或者分项引进，都可以由中国决定；日本要求线路、车辆、信号、控制四个系统整体化引进。

阿尔斯通在渐进式技术转让方面经验丰富，先后成功地向西班牙、英国、韩国输出了高速铁路项目所需要的技术、制造和管理，并为合作伙伴建立工厂、培训人员提供技术支持。该公司承诺毫无保留地向用户转让技术。

三国争雄中国高铁市场，从格局分布来看，日本是单打独斗，法国与德国是联合体。法国和德国的高速铁路技术世界一流，横穿英吉利海峡的英法高速铁路就是这一技术的象征。在日本向中国提出一揽子优惠条件的同时，法国和德国也向中国提出了诸多建设优惠条件。因此，该采用哪一国的技术，中国一时还难以决断。从中国的角度看，最为关键的是技术转让，谁能更有效和彻底地转让技术，谁就能在中国获得更多的市场份额。

试水中国市场

初夏的北京，气候宜人，一派欣欣向荣的景象。

2004 年 6 月 17 日，铁道部党组机关报《人民铁道》和中国采购与招标网同时发布招标公告：中华人民共和国铁道部拟采购时速 200 公里的铁路电动车组，共计 10 包 200 列。其中，10 列整车购买，20 列散件进口，170 列国内总装、国内制造。公告明确招标公司和投标人资格，投标主体是国内企业，但它必须取得国外先进技术的支持。

公开招标，意味着中国铁路向世界打开了市场的大门。

这次招标，由铁道部统一组织对外谈判，统一向企业下订单。中国铁路市场是一个整体，任何一列车、任何一个配件，都不能分割。全国 35 家机车车辆厂和各铁路局是一家人，由此，有效避免了企业间相互抬价的恶性竞争。这意味着，将谈判砝码由单独的指头变成了一个捏紧的"拳头"。面对这个"拳头"，任何一个国际巨头要挤进中国市场，都要做到"三个必须"，即必须转让关键技术，必须价格优惠，必须使用中国的品牌。

为此，铁道部只指定了满足资格条件的两家企业进行技术引进，一家是南车集团的四方机车车辆股份有限公司，一家是北车集团的长春轨道客车股份有限公司。

从招标、投标到开标、评标和授标，整个过程始终严格依照《中华人民共和国招标投标法》等法律法规和国际通行规则进行，做到了公开、公正和公平。在招标引进工作中，对多国技术进行比选引进，对国外企业技术转让的内容、进度和有效性作了严格规定。

显然，中国高铁这个庞大的市场，令跨国企业心向往之。一旦拿到中国订单，不仅是销售动车组，而且是只要技术跻身中国市场，此后就可源源不断将零部件订单收入囊中。德国西门子、法国阿尔斯通、日本川崎重工和加拿大庞巴迪，四家世界高铁技术巨头面对中国这块巨大的"高铁蛋糕"，摩拳擦掌，跃跃欲试。为了取得更多的订单，日本人、法国人、德国人和加拿大人在这个夏天的北京，互相挤对，不惜把各自几十年来搜集的情报，提供给中国铁道部，以打压对方，使自己中标。

值得一提的是，加拿大多年来一直尝试建造高铁，但鉴于种种原因未能实现。全球总部位于加拿大魁北克省蒙特利尔的庞巴迪公司，是一家世界领先的创新交通运输解决方案供应商，生产范围覆盖支线飞机、公务喷气飞机以及铁路和轨道交通运输设备等，拥有着先进的高速列车制造技术。

这四家高铁技术巨头的代表心里都明白，这次招标尽管只有140列动车组订单，而且只是针对第六次大提速，但是中国《中长期铁路网规划》描绘的"四纵四横"客运专线网络，可是世界上从来没有过的高铁大市场。这个大市场，令世界上任何一个高铁企业都不能忽视。

国外跨国公司都是"百年老店"，实力雄厚，而国内机车制造企业就显得单薄多了。一个招标项目就让其转让最先进的技术，显然非常困难。小鱼如何和大鳄鱼打交道？中国企业相对于跨国公司虽然实力较弱，但是中国铁路市场十分巨大，如果组成"中国兵团"，起码具备了与国际跨国公司博弈的体量。

自《人民铁道》6 月 17 日正式发布游戏规则，到 7 月 28 日投标截止，这 41 天时间中，四家跨国公司对中国两家公司展开了全方位攻关。

在正式招标前，已是风声四起，暗地里相关工作已经如火如荼地展开。长春轨道客车股份有限公司首选的是西门子，四方公司首选的是日本联合体，庞巴迪因为早在 1990 年就与南车四方公司成立了合资公司，所以，它并不为投标资格而担心。唯一发愁的就是阿尔斯通，脚踏两只船，一边与四方公司谈，一边又与长客公司谈。

日本特别想占领中国的高铁市场。早在 5 月份，日本的很多商社都组织了相应的部门、团队来进行这个项目的开发。如三井物产、丸红等公司都花费很多金钱与精力，想用政府主导、民间接单的形式获得中国高铁的更多订单。

洁白的谈判桌前，就座者心态各异。行事谦恭的日本人频频点头，性情浪漫的法国人脸上始终挂着微笑，表情深沉的加拿大人不动声色。只有来自哲学家故乡的德国人一直保持着"哲学式"的清高，在他们看来，一流的德国高铁技术是中方非买不可的。

西门子败走麦城

德国人工作严谨，他们依据此前周密细致的情报工作，早已是胸有成竹。鉴于德国西门子公司的"维拉罗 E"时速 350 公里动车组，是当今世界铁路商业运营中速度最高、动力最大的一种成熟高速列车，他们坚信，西门子以 ICE3 为基础研发的 Velaro（维拉罗，德国西门子高速动车组的车系之一）高速列车技术平台，才是中国铁道部最中意的引进目标。

事实上，当时中国铁道部真正心仪的也正是德国西门子技术，真心希望与德国合作，高起点地推进中国高速列车的研制。

由此，谈判桌上，西门子公司谈判代表表现出一股子舍我其谁的傲慢劲，在原型车价格以及技术转让价格方面漫天要价。在初期谈判中，德国人就向中方开出了天价报单。即每列原型车的价格 3.5 亿元人民币，而技术转让费高达 3.9 亿欧元。此外，他们还在技术转让方面设置了诸多障碍，对标书不响应之处多达 50 多项。

开标前夜，即 2004 年 7 月 27 日深夜，中德双方依然没有达成协议。

已经很晚了，中方代表与西门子人员仍在谈判，中方表示对德国技术非常欣赏和尊重，很希望与西门子成为合作伙伴。遗憾的是，德方的出价实在不像是伙伴，大有趁火打劫的意思。德方人员打着哈哈，丝毫没有退让之意。中方代表坚定地表示：每列车价格必须降到 2.5 亿元人民币以下，技术转让费必须降到 1.5 亿欧元以下，否则免谈。

德方首席代表靠在沙发椅上，连连摇头："不可能，不可能。"

中方代表强调说："中国人一向是与人为善的，我不希望看到贵公司就此出局。何去何从，给你们 5 分钟时间，出去商量吧。"

德国人的傲慢已经变成了固执。商量回来，仍然没有一点儿圆通的余地。德方代表耸了耸肩，做了一个无可奈何的表情。他们很自信。

中方代表微笑着扔下了一句话："各位可以订回国机票啦。"然后拂袖而去。

第二天早晨 7 时，距铁道部开标还有两个小时，长客公司宣布，他们决定选择法国阿尔斯通作为合作伙伴，"双方在富有诚意和建设性的气氛中达成协议"。大梦初醒的德国人呆若木鸡。

早餐桌上，得意扬扬的法国人品着美味咖啡，还不忘幽了德国哥们儿一默："回想当年的'滑铁卢之战'，今天可以说我们扯平了。"

"德国人从中国的旋转门又转出去了"，消息传开，世界各大股市的西门子股票随之狂泻。放弃世界上最大、发展最快的中国高铁市场，显然是战略性的错误。西门子有关主管执行官递交了辞职报告，谈判团队被集体炒了鱿鱼。

这次为第一轮招标，共分为 7 个包，每个包 20 列动车组，根据招标书的规定，每个包里包括 1 列原装进口的原型车，2 列进口散件，在国内完成组装，剩余 17 列为国产化列车，国产化水平按步骤逐渐提高，到最后一列时国产化率要达到 70%。

中方与西门子失之交臂，而与其他合作伙伴的谈判进展顺利。经过多轮谈判，中国最终决定采用以日本技术为主、多方技术合成的 250 公里新干线技术，也就是日本方面一直声称的东北新干线技术。

日方尽管是有备而来，但也是几经波折。最初想让拥有最新 700 系及800 系技术的日本车辆制造公司（日车）及日立制作所出手，但日车、日立均拒绝向中国出售车辆及转让技术。由于日本川崎重工从一开始就表现积极，又改由川崎重工为代表组成"日本企业联合体"参战。川崎重工经过公司内激烈争论后，不顾日车、日立及东日本旅客铁路公司的反对，决定向中国出售高速动车组并转让全部技术。

川崎重工为何同意转让全部技术？细究其原因，一是川崎重工自身的生存压力。日本国内的铁路需求已经饱和，只有向海外发展。加之经营状况不太理想，处于濒临破产的境地。川崎重工认为，高速铁路技术不是一般国家所能够承受，中国除了高铁外，还有地铁、城市交通系统都需要日本技术，川崎重工的生存需要中国这个大市场。二是中国方面的压力。中方要求日方如果想签协议就要转让技术。中国方面提醒日本方面，如果不愿意，就去选西门子或者庞巴迪的技术。

这次招标的最大赢家法国阿尔斯通当时同样因经营不善债台高筑，2003 年 8 月已经向巴黎法院申请了破产保护。然而，2004 年中国的 6.2 亿欧元大单挽救了它被肢解的命运，阿尔斯通将其拥有的 TGV 高速列车的七项关键技术转让给了中国公司。

2004 年 10 月，川崎重工代表"日本企业联合体"与中国铁道部签订出口铁路车辆、转让技术的合同。中国方面向日本川崎重工订购 60 列时速 250 公里以下的动车组，总价值 93 亿元人民币。按照合同规定需把若干项关键技术转让给中国公司。其中，3 列在日本完成，并完整交付；另有 6 列以散件形式付运，由中方负责组装；其余 51 列将通过技术转让，由青岛四方公司建造，一些高技术部件仍采用进口产品。

这次日本川崎重工拿出的是东北新干线家族的"疾风号"E2-1000，但他们拿出的是东北新干线家族的"疾风号"E2-1000 系的缩水版。

为什么说是缩水版呢？因为 E2-1000 是 6 动 2 拖结构，最高运营时速 275 公里，但是"日本企业联合体"卖给中国的 4 动 4 拖结构，最高时速 250 公里。

这年冬天，中国铁路与世界高速铁路先进技术成功实现接轨。

有意思的是，面对中国与川崎重工签订了时速 250 公里动车组技术转让合同、中国市场将会被日本技术独占的严峻形势，次年，败走麦城的西门子又回到中国。2005 年 6 月份，铁道部又启动了时速 300 公里动车组采购项目。这次铁道部没有采取公开招标的方式，而是采取了竞争性谈判的方式进行采购。西门子报出的价格竟比 3 年前的时速 250 公里列车还便宜，不仅原型车每列价格降到 2.5 亿元人民币，还以 8000 万欧元价格转让了关键技术。最后，西门子完全接受中方的技术转让方案和价格方案，和唐山轨道客车有限公司进行合作。也就是说，西门子把技术转让的费用大幅度降低后才与中国达成协议。

据德国媒体报道，2005 年 11 月，西门子获得了为中国提供 60 列高速列车的巨额订单，价值 6.69 亿欧元。西门子将时速 300 公里以上的高速列车一般性组装、车体、转向架、牵引变压器、牵引逆变器、牵引电机、牵引控制系统、列车网络控制系统等 8 项技术，向中国有条件转让，或让中国享用。这涉及高速列车的多项重大技术。

与德国人第一次出价相比，中方节省了 90 亿元人民币采购成本，德方也获得一份巨额订单和广阔的中国市场，这是一场双赢的买卖。有关专家分析认为，考虑到整个铁路网的兼容性以及西门子转让技术等各方面原因，西门子获得中国高速列车订单意味着还有许多延伸的利益。

中国高铁全球招标，收获多多。中国南车青岛四方公司、中国北车长客公司和唐车公司等列车整车生产企业分别从日本川崎重工、法国阿尔斯通和德国西门子引进技术，联合设计生产高速动车组。

搭建技术平台

外方预言，中国对高铁引进技术的消化吸收至少需要 16 年，即 8 年消化、8 年吸收。2004 年，日本川崎重工总裁大桥忠晴曾耐心地劝告中方技术人员：不要操之过急，先用 8 年时间掌握时速 200 公里的技术，再用 8 年时间掌握时速 350 公里的技术。

事实上，中国铁路无论是在线路条件、运用环境、运营模式上都有独特的国情路情，照搬国外现成技术行不通。再说，国外企业出于自身生存发展的需要，他们也不可能将全部技术拱手相让。

"拿到图纸，外方专家只教你读图，告诉你是什么，但不告诉你为什

高速列车制造总装车间　陈涛/摄

么。"青岛四方公司首批到外方学习技术的高级工程师于延尊说。

显然，设计制造高速列车是一项庞大的系统工程。光一张图纸，从提出方案到最终敲定，设计师们就要经过反复的研究论证，进行无数次的仿真分析、无数次的试验验证。而一整列高速列车，涉及4万多个零部件，需要设计出的图纸可谓数以万计。

中国高速列车研制团队的设计师们以严谨的科学态度，一个个部件梳理，一张张图纸绘制，一遍遍分析验证，一次次线路试验，从引进国外技术的第一天起，就有一个梦想，要搭建起自己的高速列车技术平台。

采访中，我与这些设计师一同回顾总结，一起遥想当年。他们认为，我国高速列车技术的消化与吸收，是伴随着铁道部对外招标的过程推进的，大体经历了两个阶段。

第一阶段，即在2004年铁道部首轮对外招标过程中，我国企业掌握时速200~250公里高速列车CRH2A的设计、制造和监测技术，并开发出长编组车型CRH2B、卧铺动车组CRH2E。设计师们说，这个阶段主要是"照葫芦画瓢"，即对已有的日系车进行逆向翻版制造。在这个过程中，中方企业实现了核心部件和整车在制造工艺上的本地化，拥有了来图制造能力。但是，在制造能力方面，显然还不能称为具备自主能力。以牵引电机为例，日方联合体中的三菱公司负责转让电机技术给南车株洲电机公司（下称株洲电机），对方虽然转让了全套制造工艺，但设计软件、磁场计算软件这些核心技术并未转让。高速列车的牵引传动系统，日方转让了变流器、控制机箱的制造技术，但控制算法并未转让。因此，最早算法的调试需要日方协助才能进行。

第二阶段，即在2005年铁道部第二轮对外招标过程中，我国企业通过对引进动车组进行系统优化，研制出CRH2C型时速为300~350公里高速列车。从CRH2A型到CRH2C型，高速列车的牵引电机功率明显提升，并且新型高速列车的传动比从CRH2A的4动4拖改为6动2拖，列车的总牵引功率从 4800 千瓦提升到 8760 千瓦。另外，在车体结构、降噪、转向架等领域也做了大量改进。

这两个阶段，是消化与吸收的必需过程。这个过程中，国产高速列车实现了一系列的技术改进和有条件的技术创新。实践中，广大研发人员对高速条件下的系统行为有了全面的把握，对动车组的牵引性能、车体强度与模态、转向架等方面进行了系统提升与优化，相继突破了制约速度提升的一大批关键技术。

据四方公司的试验记录和电子数据记录，仅该公司就对"和谐号"动车组进行了长达 6 万公里的线路运行试验，完成了 110 项优化设计。在编组形式、动力配置、车型设置、旅客界面、减震降噪等方面，为我所用，消化吸收，成功解决了引进技术对中国铁路环境的"水土不服"问题。

令人惊讶的是，我国高速列车研发团队仅仅用了两年时间，就完成对所有原始图纸、资料和技术标准的消化吸收，并积极拓展创新领域，展示出势不可当的王者气派。多种型号的国产高速列车的相继下线，彰显了我国高速列车研制的文化自信与灿烂前景。

2006 年，我国首列时速 200~250 公里高速列车在四方公司成功下线。2007 年，四方公司高铁列车研发团队成功突破牵引性能、车体强度与模态、转向架等制约速度提升的关键技术，成功研制出时速 300 公里高速列车。

2011 年，四方公司创造性地设计出更高速度的试验列车，试验列车在滚动试验台上跑出了时速 605 公里的新速度，刷新实验室速度纪录。2012 年，这支研发团队又研制成功我国首列城际动车组并形成系列化产品。

2014 年 8 月，高寒抗风沙高速列车成功下线，有效解决了兰新高铁高寒、风沙、高温、高海拔、强紫外线五大环境适应性问题。

2014 年 12 月，永磁高速动车组又在这支研发团队手中诞生，动车组的更节能、更环保特性被誉为驶向未来的高速列车。

············

经过几年的努力，我国高速列车的基础研发平台、制造平台和产学研联合开发平台在各大企业迅速搭建成型。目前，"和谐号"动车组已搭建起三个级差的研发与制造综合平台：一是时速200公里级平台。实现了时速200~250公里系列高速列车的国产化批量生产。二是时速300公里级平台。覆盖时速300~350公里系列高速列车，自主研制生产了时速350公里的高速列车。三是时速350公里以上级平台。以CRH380系列高速列车为代表的国产新一代高速列车，最高运营时速达到380公里，持续运营时速350公里。

由此，一个涵盖机械、冶金、材料、电力电子、化工、信息控制、计算机、精密仪器等众多技术领域的高速列车制造产业，亮相中国大地。这个重大装备的产业链覆盖了全国22个省（自治区、直辖市）的千余家企业，规模庞大，前景灿烂。

纵横交错、环境复杂的中国高铁网，为高速列车技术创新提供了优厚的研究、试验、运行闭环研发条件。从京津、武广、郑西、沪杭、京沪、沈大高铁，到沪昆、兰新、海南环岛高铁，每一条新线路开通，都是一个新的试验环境，都是对自主创新成果的验证。国外绝对没有这样丰厚的高铁线路条件。国产系列高速列车经历多种高铁线路条件、多种自然环境的考验，不断提升质量，表现卓越。

中国开放高铁市场，"系统性引进"高速列车先进技术，到底交了多少学费？科技部研究中心原研究员金履忠，长期从事交通运输及其装备、农业机械等科技管理工作，对中国铁路装备引进情况非常熟悉，他提供了一笔账：截至2006年年底，铁道部通过三次动车组招标，共购买了法国、德国、日本的高速列车280列（其中160列为时速200公里，120列为时速300公里），共计人民币553亿元。按合同规定，这些费用包括动车组购置费和若干项核心技术的转让费。

CRH380A 高速列车

2014 年 10 月 14 日，"2014 莫斯科国际创新发展论坛"在莫斯科举行，中国总理李克强应邀出席。

在中国高铁展台前，俄罗斯总理梅德韦杰夫询问这种高铁是否能在高寒地区运行。李克强总理说，中国高铁拥有在高寒地区运行的丰富经验，技术有保障。一旁的中国南车副总裁王军告诉梅德韦杰夫总理，2011 年当他参加博鳌论坛时，在中国海南岛高铁环线上就是坐的这款车。

王军向梅德韦杰夫总理介绍道，以中国京广高铁为例，北京和广州温差达 30~40 摄氏度，相对湿度差达 60%~90%。冬天高速列车上午在北京"制热"、下午到广州"制冷"，一天经历几十摄氏度的温差。中国高速列车备有特殊的隔热保温材料，解决了这一难题。

梅德韦杰夫微笑着连连点头。

让我们把时间拨回到 2008 年 2 月 26 日，北京钓鱼台国宾馆。这一天，科技部与铁道部在这里共同签署了《中国高速列车自主创新联合行动计划合作协议》（简称《行动计划》）。这是科技部有史以来首次与一个行业共同构建国家级自主创新科技平台。

《行动计划》的核心目标，就是设计、制造和运营时速 380 公里的新一代高速列车，形成完全自主的中国高速列车技术、装备、产业化能力和运营服务能力。

由此，标志着我国高速列车制造进入"全面创新"阶段。这个最高运营时速比德国、法国的高速列车快 60 公里，比日本新干线快 80 公里，节能环保和综合舒适性也达到了国际领先水平。

一位参与《行动计划》的专家告诉我："从创新过程来看，时速 380 公里新一代高速列车是先有顶层指标，通过正向设计把车做出来；原有引进平台的技术指标不足以支撑顶层要求，必须自主设计，仅仅做参数修改、变形不能达到目标。"

科技部以"973""863"和"科技支撑"三大国家科技计划项目的形式，下达了时速 380 公里新一代高速动车组的科研任务。其中，"973"侧重气动力学基础研究，"863"侧重车轮材料和检测技术研发，"科技支撑"侧重高速轮轨和列车研制。

在《行动计划》实施过程中，我国特有的"举国体制"被发挥到了极致。《行动计划》动员了全国最优势的科技资源，包括 25 所一流大学，20 多个国家实验室与工程中心，500 多家企业和将近 40 家中央级研究机构。参与《行动计划》的科研工作人员共有 1 万多人，其中有将近 60 名两院院士、500 余名教授或研究员，完全采用中央—地方纵横一体化进行统筹，协同全国最优秀的资源，这在铁路行业历史上前所未有。

四方公司负责整体组织，主导完成方案设计、优化和制造；中科院力学所负责减阻、降噪和运行安全课题；清华大学和北京大学负责侧风稳定性计算；中国空气动力研发中心负责气动力学风洞试验；同济大学负责气动噪声风洞试验；铁道科学研究院、西南交通大学等单位完成实车测试。

时速 380 公里的高速列车，接近飞机低速巡航速度，世界上没有先例可循，完全靠自主研发。与航空飞行器相比，高速列车还要面临地面气流的扰动，两车交会时气体的激荡，以及车体通过隧道时的气流变化，因此，高速列车的头形设计比飞机更具挑战性。研发人员设计出了 20 种概念头形，通过仿真计算、不同环境的气动力学试验和噪声风洞试验，定型 5 种头形做筛选试验，最后形成了"圆润光滑、线条流畅、形态饱满"的 CRH380A 高速列车全新设计头形。专家介绍说，这个设计概念源自中国的长征号火箭。

CRH380A 高速列车头车各项性能表现优异：气动阻力降低了 15.4%，隧道交会压力波降低 20%，明线压力波降低 18%，气动噪声降低了 7%，均达到国际领先水平。由于在车头两侧采用了一种叫作"导流槽"的设计，尾车气动升力被"导流"产生的向下压力抵消，接近于零，使得它就像一双强有力的手，牢牢地抓住钢轨，不让火车飞起来。

高速列车的气密强度是个世界难题，它直接关系到列车高速行驶时，如何保证列车不吸灰尘、旅客不会感觉耳膜不适。我国设计师对车厢采用差压控制模式的全密封加压，设备根据车速快慢不断调整车内气压，气密强度从 4000 帕提升至 6000 帕，解决了这一难题。

旅客乘坐 CRH380A 高速列车时，基本上听不到一点噪声。但就在噪声控制这件事上，四方公司的技术团队前后探索了 3 年时间，光是材料试验这一项，就做了上千次。"为了获得一组准确的数据，常常通宵达旦，出现一点误差，整个试验就要从头再来。"

据了解，在日本，为了测试两车交会时的车外气压，通常采用在车身上打孔的办法，不仅影响美观，而且耗资巨大。我国科研人员借鉴航天航空领域的先进成果，制作出一种拍式感压片，只有硬币大小，将其贴在机车上便可测试两车交会时的气压波动。

以牵引传动系统为例，要实现列车速度的提升，必然对牵引传动系统进行提升。一位参与引进研发的株洲电力机车研究所工程师说，引进的技术平台已无法满足新需求，硬件电路、控制软件必须重新进行设计、试验验证和考核。同时，还要对核心开关器件进行核算和更换，对散热、冷却系统进行重新梳理和设计提升。

CRH380A 高速列车在京津、武广、郑西、沪杭、京沪高铁线路上，累计进行了 152 大类、2800 余项试验，相当于绕地球 50 多圈。200 多万公里的行程，全面验证了新一代高速列车的各项技术性能。

2010 年 12 月 3 日，CRH380A 高速列车在京沪高铁枣庄至蚌埠段综合试验跑出 486.1 公里的时速，创造了世界轮轨最高运营速度纪录，被誉为"世界上最快的有轮子的火车"。

目前世界轮轨最高时速是 574.8 公里。这是 2007 年 4 月 3 日，由法国最新型"V150"高速列车在行驶试验中创造的。但是，该速度只是试验速度，是试验车在特定条件下达到的极限速度。而 CRH380A 高速列车跑出的这个时速，是在实际运营线路条件下达到的最高速度。显然，后者更有实用意义。

据报道，法国方面为冲击纪录对高速列车进行了专门改造。与法国实际运营的高速列车相比，该高速列车由 2 辆牵引机车和 3 节车厢组成，车轮的直径从 920 毫米增加到了 1092 毫米，牵引力也增加了 1 倍。

值得骄傲的是，CRH380A 拥有完全的自主知识产权，已形成专利 181 项、标准 189 项，研发团队将"话语权"牢牢掌握在中国企业自己手里。

无疑，凝聚着多项科技创新成果的 CRH380A 高速列车，是当今世界运营速度最快、品质最优、功能最全、安全可靠性更高的产品，它持续运营时速 350 公里，最高运营时速 380 公里。目前，在 CRH380A 的基础上，我国又研制开发出了 CRH380AL、CRH380B、CRH380C、CRH380D、CRH380E 等多个系列的新一代高速列车。四方公司也因此获得了国家科技计划执行优秀团队奖。

第三节 "复兴号" 奔向未来

2017年6月25日，雨后的北京，碧空如洗。位于北京西郊的北京动车段喜气洋洋，一片欢腾。

今天，中国标准动车组在这里被正式命名为"复兴号"。从这一刻起，"复兴号"高速列车亮相中国大地，承载着中华民族伟大复兴的中国梦奔

两列"复兴号"高速列车下线出厂　陈涛/摄

中国智慧：中国高速铁路创新纪实

向未来。它标志着中国高速列车完全建立起了自己的标准体系，标志着我国高铁成套技术装备特别是高速列车已经走在了世界前列。

采访中，专家告诉我，建立起自己的高速列车技术平台，这无疑是巨大的进步，但还远远不够，还必须建立起属于自己的高速列车标准体系。这是实现高速列车技术的全面自主化的根本所在。

中国铁路总公司总工程师何华武解释道，国外高速列车行驶距离一般只有1000公里左右，中国高速列车则一般在2000公里以上，适应这种国情、路情的高速列车标准当然与众不同。何华武认为，所谓"中国标准"，就是集国际标准和国外先进标准之所长，又有中国特色和新的超越。

按照完全中国标准研制的高速列车，意味着中国高速列车技术完全摆脱了对外的依赖，实现了自主创新的根本性跨越，具有了完全的知识产权和综合生产能力。

"芯"与"脑"的智能

谈及中国标准动车组，关键是核心技术必须是自己的。这样才能自己说了算，才能谈自己定标准。那么，什么是高速列车的核心技术呢？当然是"高铁芯"与"高铁脑"。然而，这一核心技术却长期掌控在外国公司的手中。

采访中，专家解释道，"高铁芯"即高速列车的牵引电传动系统，是列车的动力之源，决定高速列车能否高性能、高舒适地运行。它就像人的心脏，主要功能是提供压力，把血液送至身体的各个部位。"高铁脑"即高速列车的网络控制系统，决定和指挥着列车的一举一动。

通俗地说，"高铁芯"就是一个高频率开关，通过弱电控制强电、有变流作用，快速自如地改变电流的大小及有无，保障高速列车动力源的正常供给。开关频率每秒高达数千次，不仅程序、数据复杂，而且制造精细程度要求极高，被广泛应用于轨道交通、电力系统、工业变频、风电、太阳能等诸多领域。

2008年5月28日，中国南车旗下的株洲南车时代电气股份有限公司成功收购全球知名企业英国丹尼斯（Dynex）公司75%的股权。这年10月，两个公司共同宣布，向中国平移技术，投产8英寸绝缘栅双极型晶体管（IGBT）芯片（高频率开关）。

南车公司抓住机遇，在引进、消化吸收的基础上，全面推进高速列车牵引电传动系统和网络控制系统的自主创新，决心拿下这个"芯"和"脑"，为我所用，为我所有。

研发团队从零开始，对平移过来的技术文件，一个词一个词地查字典，一个短语一个短语地翻译，然后再通过一步步试验去解析，不仅要知其然，还要知其所以然。这群年轻的科技工作者开始了从"游戏用户"到"游戏开发者"的创新之旅，在很短的时间内，硬是把3000多页逻辑图弄得滚瓜烂熟。

作为指挥列车网络控制系统的"高铁脑"，程序异常复杂，一个指令不对，就会影响整个计算机读取数据。而在试验中，若想要在上万行源代码中查找某一处问题，犹如大海捞针。在一次试验中，轴温显示系统频繁出现跳变，科研团队多日奋战无果。他们并不气馁，经过无数次跟车检测和在地面试验台的反复同步试验，终于在庞杂繁复的程序里准确"揪"出了罪魁祸首，即那个制造麻烦的时间参数。通过软件重新设计，彻底解决了机车轴温跳变导致的轴温误报警问题。

2014年1月16日，第一列采用国产"高铁芯"的银灰色超速试验列车，在试验台上创造了时速605公里的试验速度，并将这一速度保持了10

分钟，比当时线路上运行的高速列车速度翻了一番。中国南车由此成为国内唯一一家全面掌握"高铁芯"技术研发、模块封装测试和系统应用的企业，跻身世界先进水平。

2014 年 4 月 3 日，装有国产"高铁芯"的高速列车牵引电传动系统通过了行业专家评审。同时，完全自主化的 CRH5 型动车组列车网络控制系统也通过中国铁路总公司组织的技术评审，获准批量装车，成为国内首个获准批量装车运行的高速列车网络控制系统。

由此，《人民日报》骄傲地向世界宣布，我国首条 8 英寸绝缘栅双极型晶体管芯片生产线，日前通过专家鉴定，将于 6 月全线投产。这意味着中国高速列车将用上"中国芯"。

2014 年 11 月 25 日，配备"中国创造"的牵引电传动系统和网络控制系统的高速列车，进入"5000 公里正线试验"的最后阶段。起步、加速、通过弯道……这条贴地飞行的"巨龙"，身姿矫健平稳，气象万千。

2015 年 1 月 27 日，采用中国"高铁芯"和"高铁脑"的 CRH5A 型动车组，在哈大高铁进行了"30 万公里正线运营考核"试验，取得成功。由此表明，中国创造的牵引电传动系统和网络控制系统等多项核心技术实现了新的突破。

就这样，我国完全掌握了"高铁芯"的设计、生产、封装及应用全环节技术，并已成功批量应用于城轨、大功率和谐系列机车及风力发电机、电动汽车和高速列车上。"和谐号"动车组采用国产"高铁芯"，每百万公里的故障率不到 0.5 件，远低于 1.3 件的国际通行标准。

实现牵引电传动系统和网络控制系统完全自主创新，标志着中国高铁列车核心技术真正实现了由"国产化"向"自主化"的转变，实现了由"中国制造"向"中国创造"的跨越。可以自豪地说，中国高速列车在看得见的器件上，实现了中国设计、中国制造和中国材料；在看不见的控制软件中，则奔腾着中国语言、中国逻辑和中国思维。

"高铁芯"与"高铁脑"等高速列车核心部件实现自主创新，是中国高铁产业最值得点赞的丰硕成果。事实上，这些丰硕成果为"中国标准动车组"的诞生，做好了理论和实践上的准备。

"金凤凰"与"蓝海豚"

2017 年春天，我来到青岛采访。

眼下的高铁之城，一派生机勃勃的景象。朋友告诉我，青岛四方公司制造的高速列车名扬四海，高铁品质提升了青岛的城市质感。这里一半是大海，一半是工业。这里曾诞生了 CRH380A 新一代高速列车，中国标准动车组今天又诞生于此。那蓝白相间的身影，被网民形象地称为"蓝海豚"。蓝海豚，大海的孩子。

我走进四方公司总装配厂，伫立在转向架构架自动焊接生产流水线前。全长 120 米的生产线，有 5 台焊接机器人，沉重的钢铁构架在流水线上如同一个个小玩具，被任意传送、焊接、翻转、输出……

采访中，厂方提供了这样一组数据：

一列高速列车车体，有 1 万多个组件，其中提供电力驱动、内核控制、信号传输的电线就有 5 万多根，接线点 10 万多个；一列高速列车车厢，组装需要 4 个月时间，要有 700 人参与；一列高速列车的检验，总共有56000 个数据确认项点，需要进行 200 项试验检测；一列高速列车的调试，要经过大约 20 天，以零缺陷状态出厂交给客户。

采访得知，借力世界先进技术，经过 10 多年的努力，中国高速列车制造在较短时间实现了重大跨越。当初我国从欧洲、日本引进了"和谐号"

1 型车、2 型车、3 型车和 5 型车 4 种不同的技术平台。这些车型技术路径不同，虽然"兼容并包"结合了我国的技术特点，但也带来了诸多不便和"尴尬"。

由于技术平台标准不统一，没有做到标准化统型，不仅司机的操作台不一样，就连车厢里的定员座位也不一样，无法相互替代。一旦某节车厢出现故障，需要组织乘客换乘，临时调来的车很可能要么"挂不上"，要么"缺座位"。由于车型标准不统一，每种车都需要有备用车停在车站应急，动车检修的车间要把 4 种车的零部件全部配齐，高铁司机也要把各种车型都学习一遍。

研制"时速 350 公里的中国标准动车组"，正是为了构建体系完整、结构合理、先进科学的中国高速列车技术标准体系，这是迄今中国铁路史上最高级别的单个科研项目。该项目被列入"十二五"国家战略性新兴产业发展规划，由国家专项资金给予支持。2012 年春，由铁道部主导，集合国内有关企业、高校、科研单位等优势力量，启动了"中国标准动车组"研制工作。

来自全国 25 所一流高校、11 所科研院所、51 个国家实验室和工程中心的 68 位院士、600 多位教授级高级工程师、200 余位研究员以及上万名工程技术人员，形成了集合优势力量、产学研用紧密结合、协同创新的态势，全面展开了"中国标准动车组"的研发与制造。

高速列车是各种尖端技术的高速集合。中国标准动车组采用的"中国标准"涵盖了动车组总装、车体、转向架、牵引电气、司机室布置及设备、制动及供风、网络控制、运用维修等 10 多个方面关键技术和配套技术。一切都是自主设计，具有创新性、安全性、智能化、人性化、经济性等特点。承担中国标准动车组设计制造任务的青岛四方公司和长客公司，以"中国标准动车组"技术条件为依据，对动车组顶层技术指标进行分解，周密制定了各子系统的功能规范并开展相关技术方案设计，完成了动车组的总体设计、各子系统的技术参数匹配与相关结构设计，以及动车组的空气动力学仿真、车辆动力学性能仿真、动车组通过曲线能力仿真分析、牵引-制动特性仿真、铝合金车体与转向架结构可靠性分析等设计验证与校核计算。

采访中，我曾多次旁听专家们的讨论会，力求准确把握中国标准动车组研制工作思路。尽管是一知半解，但对"中国标准动车组"的设计方略还是有了一个朦胧的理解，即从原始逻辑起点，强调正向设计，从需求出发编制技术条件，自始至终凸显"中国基因"。

所谓正向设计，是一个从概念设计起步到CAD①建模、数控编程、数控加工的过程。即以完全适应中国的运用需求为基础，根据中国铁路特点制定中国标准，自主进行列车的顶层设计，软件全面自主化，逐级开展系统及零部件设计，试验验证方案设计，通过大量应用新技术，以适应技术进步的总体要求。

采访中了解到，中国标准动车组的设计研制，充分运用传感网、互联网和物联网等智能化技术，广泛采用轻量化、减震降噪、节能环保等技术，积极推进永磁电机、非黏着制动、电力电池双动力等新技术，实现高速动车组技术全面自主化，整体性能及车体、转向架、牵引、制动、网络等关键系统技术均达到国际先进水平。

据专家介绍，中国标准动车组采用全新低阻力流线型车头和车体平顺化设计，线条更优雅，跑起来也更节能。列车阻力比CRH380系列降低7.5%~12.3%，在时速350公里运行时，人均百公里能耗下降17%左右。大量运用镁合金、碳纤维等先进的轻量化材料，减轻了车休重量，扩展了车厢容积，列车高度从3700毫米增高到了4050毫米，座位间距更宽敞。

---

① CAD：全称 Computer Aided Design，计算机辅助设计。

中国标准动车组的"标准",意味着今后中国大地奔跑的所有高速列车都能连挂运营,互联互通。统一零部件技术标准,实现了各型号动车组相同零部件的互换使用,有效降低运用、检修等寿命周期成本,整车寿命可达 30 年。

强大完善的智能化感知系统,渗透到中国标准动车组的每个毛细血管里,大大提升了列车的"警惕性"。全车部署了 2500 余项监测点,能够对走行部状态、轴承温度、冷却系统温度、制动系统状态、客室环境进行全方位实时监测,采集车辆动态信息达到 1500 余项,为全方位、多维度故障诊断、维修提供支持。列车出现异常时,可自动报警或预警,并能根据安全策略自动采取限速或停车措施。

2015 年 6 月 30 日,两列具有完全自主知识产权、时速 350 公里的中国标准动车组分别在青岛四方公司和长客公司下线。集物联网、传感网、列车控制网络、车载传输网络的多网融合技术于一体的中国智能化高速列车由此诞生。

网民们对中国标准动车组的问世，表现出极大的兴趣。流线型的车身，仍然是以白色为基调，分别点缀蓝色或黄色标色。为此，网民将青岛四方公司生产的蓝标色动车组，称为"蓝海豚"；将长客公司生产的黄标色动车组，称为"金凤凰"。于是，中国标准动车组有了两个令人喜爱的昵称。

两列中国标准动车组的型号分别为"CR400AF"和"CR400BF"。"CR"是中国铁路总公司英文缩写，也指覆盖不同速度等级的中国标准动车组系列化产品平台；型号中的"400"为速度等级代码，代表该型动车组试验时速可达 400 公里及以上，持续运行时速为 350 公里；"A"和"B"为企业标识代码，"A"代表青岛四方公司研制的"蓝海豚"，"B"代表长客公司研制的"金凤凰"；"F"为技术类型代码，代表动力分散电动车组。

2015 年 11 月 18 日，两列中国标准动车组在大西高铁的运行试验中，都跑出了时速 385 公里的试验速度，列车各项技术性能表现优异，通过了高速试验"大考"。

据中国铁路总公司科技部介绍，中国标准动车组属于中国第三代高速动车组，也是我国高速列车生产的第四个技术平台。中国标准动车组的"中国"，意味着我国高速列车从最早的"洋基因""混血""以我为主"，到现在从内到外都是"纯中国"了，特别是软件全部是自主开发。在高速列车 254 项重要标准中，中国标准占 84%。

目前，我国已启动时速 350 公里速度级 16 节编组中国标准动车组、时速 250 公里速度级中国标准动车组、时速 160 公里速度级动力集中电力动车组及京张高铁智能列车的研发工作。还将根据运输市场需求，逐步研发 CR300 和 CR200 系列中国标准动车组。

惊艳的"交会瞬间"

2016年7月，中原大地烈日炎炎。

刚刚经过联调联试的郑徐高铁，完成了正式开通前的一系列准备工作。在这等待正式开通运营的间隙，郑徐高铁有了一个喘息的机会。

7月1日，两列一直处于运行试验中的中国标准动车组，相继到达郑徐高铁试验线路，准备在这里进行一次具有特别意义的世界最高速度的交会试验。两列车体都各自安装了2000多个传感器，可以动态监测动车组高速运行中各个部位的压力变化，为对动车组的整体鉴定提供依据。

几天时间里，两列中国标准动车组在郑徐高铁线路上多次进行了双组重联运行试验，两列不同厂家生产的动车首尾相连，进行统一操作运行，一切状态良好。这标志着中国标准动车组成功实现了互联互通及互操作。

15日上午10点，这是一个十分惊险而又富有刺激性的时刻。

在郑徐高铁民权特大桥上，蓄势而发的两列中国标准动车组均以最高时速420公里的速度迎面而来，风驰电掣一般，两列高速列车贴身而过，眨眼间，安全顺利地完成了高速交会试验。两车交会时间不过2秒。有资料表明，这是世界上首次成功在实际运营线环境和条件下的高速列车最高运行速度交会。

据专家介绍，在极近距离内高速交会，两列高速列车之间会产生强大的"吸引力"，对高速列车抗压力、承受力是个极大的考验，更何况两车都是420公里的时速。

从航拍画面可见，"金凤凰"和"蓝海豚"两列高速列车闪身而过，惊艳无比。舆论高度评价为，这是一个令世界惊艳的"交会瞬间"，一个新的世界纪录。

这次综合试验，成功获取了中国标准动车组运行能耗、振动噪声特性等大量现场资料，探索了时速400公里及以上高速铁路系统关键技术参数变化规律，为深化高速铁路轮轨关系、弓网关系、空气动力学等理论研究和高速铁路核心技术攻关、运营管理提供了大量的数据支撑。

专家认为，这次综合试验的成功，进一步验证了中国标准动车组的整体技术性能，标志着中国高铁工程建造、装备制造、列车运行控制等总体技术达到了世界先进水平。特别是首次实现了动车组牵引、制动、网络控制系统的全面自主化，表明我国具备设计制造满足世界各国不同需求动车组的能力。

这是中国标准动车组自2015年6月下线以来，完成的最后一次试验。至此，中国标准动车组先后完成了整车型式试验、科学实验、空载运行、模拟载荷运行等试验考核工作，试验考核指标全部符合标准规范和运用要求。这标志着中国标准动车组的安全性、适应性、稳定性、可靠性，以及制造质量和各项性能指标均达到设计要求，通过了专家评审，具备编入运行图实施载客运行的条件。

2016年8月15日，6时10分，G8041次列车驶出大连北站，沿着哈尔滨至大连高速铁路开往沈阳站。中国标准动车组首次实行载客运行。

2017年1月3日，中国标准动车组取得国家颁发的型号合格证和制造许可证。这标志着时速350公里的中国标准动车组，9大关键技术和10项配套技术完全实现自主化和重要技术突破，标志着中国铁路拥有了自主知识产权的高速动车组技术平台，同时具备了参与国际高速列车市场竞争的实力。

自此，中国标准动车组开始批量生产。

"金凤凰"与"蓝海豚"两列中国标准动车均以 420 公里的时速交会运行

中国工程院院士、著名铁路机车车辆专家傅志寰认为，中国标准动车组的意义在于：一是摆脱了核心技术和关键零部件受制于人的局面；二是改变了动车组引进种类过多、标准不一的局面；三是实现了零部件统型的多家供应商供货和主要部件换件修，降低了生产成本。

据悉，在时速 350 公里中国标准动车组基础上，我国还将开展时速 250 公里、时速 160 公里及动力集中、双层等系列化中国标准动车组研制，继续深入开展零部件统型、自主化、互联互通的研究工作。

"中国标准"的力量

"中国标准"即"以我为主，为我所有"的标准。

顾名思义，中国标准动车组，即按中国标准生产的动车组。这个中国标准，就是结合中国国家标准、行业标准、中国铁路总公司企业标准，制定的一系列技术标准的复合型标准，是符合中国铁路运行环境和运行需求的高速列车标准。

2017 年 2 月 25 日 10 时 33 分，随着 G65 次高速列车驶出北京西站，中国标准动车组开始在繁忙的京广高铁执行载客任务。与以往不同的是，这趟列车是由 8 节车厢的"蓝海豚"和 8 节车厢的"金凤凰"重联而成。两种来自不同厂家、不同型号的动车重联在一起进行载客运行，这在中国高铁实际运营中还是首次。事实上，与中国高铁线路上奔驰的其他动车组的本质区别在于，两列不同厂家生产的动车组采用的是统一的中国标准。

专家认为，"蓝海豚"和"金凤凰"实现重联载客运行，意义重大。两列动车组不仅机械挂钩相连，其内部电气车钩也完成联挂，司机可在一个驾驶室内，对两列列车同时操作。

据悉，内部电气线路设计不同的"金凤凰"和"蓝海豚"，之所以能够重联，是因为遵循了中国标准动车组规范生产。统一标准后动车组的性价比也大大提升，在零部件的更换上也可以保持一致，大大节省了运营周期的成本和减轻运营检修人员的压力。

一个新标准的确立，需要智慧、话语权和技术底气，是一种国力的彰显。遥想当年，世界各国铁路的轨距五花八门，有标准轨、窄轨、宽轨之分。标准轨脱胎于最早诞生铁路的英国。英国当年国力强大，号称日不落帝国，特别是作为工业革命的初始国，其工业技术底蕴丰厚。最终，铁路轨距只能是采用英式为标准轨。

谁掌握了科学技术的话语权，谁就是技术标准的缔造者。譬如在蒸汽机车发明之前，就有了铁轨。这时的铁轨不是用来跑火车的，而是为了方便马车拉煤。如今铁路的标准轨距——1435毫米，即为当年英国马车的轨距。百年来，这个马车轨距逐步通行各国，以至1937年国际铁路协会将1435毫米认定为铁路标准轨距。之后，在德、法等欧洲国家改造或者兴建高铁时，都采用了这一轨距。日本原本采用的是窄轨标准，但在20世纪60年代东京奥运会前，其开始兴建的高铁即采用了标准轨距，算是与世界接轨了。

旧中国留下的铁路，是多国标准的铁路，窄轨、宽轨、标准轨混用。新中国成立后，国家选定了标准轨，让中国铁路轨距与世界接轨。

我国高铁起步时，动车组技术曾先后引进过日本、法国、德国和加拿大等国技术，形成了制式多样、标准多样的局面。而出身不同的动车组因为系统不统一、语言不互通、操作界面不一样，根本就没有办法重联运行。经过多年的技术攻关，中国高铁技术创新实现全面突破，特别是牵引、制动、网络控制系统等核心技术的全面自主化，为中国标准动车组的诞生奠定了基础。

借用中国铁路总公司总经理陆东福的话来说，中国标准动车组的深层意义在于为世界高铁发展提供了"中国方案"。这个"中国方案"主要表现在：

一是技术性能达到世界先进水平。列车安全性、可靠性和平稳性得到明显提升。

二是装备简统化和互联互通取得重要进步。共完成列车11大系统、80余项零部件的统型，实现了多家供应商供应和主要部件的换件修；统一规范了动车组修程修制，方便了不同厂家动车组的维修运用。

三是旅客乘车体验明显改善。旅客普遍反映中国标准动车组运行平稳舒适，乘坐空间加大，气密性增强，列车运行中震动和噪声明显减小。

2015年10月14日世界标准日前夕，国家标准委批准发布了《高速动车组车辆玻璃性能检测方法》等5项高铁的相关国家标准。这些标准具有完全自主知识产权，极大提高了我国高速列车制造产业在世界上的整体竞争力，为高铁"走出去"提供了重要的技术支撑。

目前，我国铁路有国家标准182项、行业技术标准1036项、中国铁路总公司技术标准和标准性技术文件1582项。其中，我国自主制定的标准占80%左右，采用和借鉴的国际国外标准占20%左右；高速铁路领域自主制定的标准占2/3左右。中国铁路主持和参与了46项ISO、UIC国际标准制修订工作，中国高铁标准正逐步成为国际标准。

《韩国经济》曾刊登文章认为："包括高铁、核能等在内的中国高端制造业正在迅速扩展世界市场，由此带来的是'中国行业标准成为世界标准'。"

山东省委党校副教授孙西辉认为，在国际上，高铁已成为中国的国家新名片和金字招牌。中国有着自己的一套相对完备的高铁标准，一些技术甚至比欧美标准更先进。

2015年2月1日，中国高铁技术的首个国家标准《高速铁路设计规范》正式实施。中国致力于将此标准推广适用于马来西亚、新加坡、印度、俄罗斯等引进中国高铁的国家，未来包括伊朗、美国、委内瑞拉等全球 30 多个国家也有望采纳"中国标准"。

这正是"中国标准"的力量所在。

第三章　美妙的智慧高铁

采访中，中国铁路总公司总经理陆东福曾对我说："智慧高铁，是中国高铁的精华与追求。"

所谓智慧高铁，应该包括智能高铁与人文高铁两个方面，即物质与精神两个层面，乃中国高铁发展的永恒主题。

大数据、智能化、移动互联网与云计算结合的"大智移云"，代表了一个全新的大智慧时代。我国高铁依托移动互联网技术，运用大数据全覆盖，大力推进基础设施和装备现代化，实现了行车指挥智能化、列车控制技术自动化和线路监测网络化。全面感知、安全运输、融合处理和科学决策，推动高铁从数字化向智能、智慧化发展。

穿行高铁客站，领略高铁文化，感受人文高铁的魅力。平安、有序、温馨，彰显了人文高铁的内涵。旅客出行便捷化，客运服务精准化，让旅客赢得更多的便利和尊重。

第一节　高精度的轨道线

我曾经与采访京沪高铁的中外记者一同做过一个试验：在 G1 次高速列车上，我们将倒满开水的水杯放在车窗的边沿上。列车启动后，速度迅速攀升，时速 150 公里、200 公里、250 公里，直至 300 公里，水杯里的水纹丝不动。有位外国旅行者乘坐中国的高铁后，在网络上发了一个视频：飞驰的高速列车上，一枚硬币站立在列车的窗台上，9 分钟没倒。这些"魔术"一样的现实，表明中国高铁轨道线路的高精度和平稳性，达到了创造"魔力"的技术要求。

中国高速列车为什么跑得那么快？不仅因为动车组质量好，还有一个很重要的原因，就是线路的精确度高，加之良好的系统匹配，能够适应更高的速度。精准如丝的高铁线路，让高速列车无忧无虑地欢畅奔跑。

中国铁路总公司副总工程师赵国堂曾说，高铁对钢轨的平顺度要求特高，在 1 米长的范围内，平顺度不能超过 3 张普通打印纸的厚度。达不到这个标准，列车就很难跑到时速 300 公里以上。

如果说我国高铁的"线上"工程（主要指动车组）是"引进、消化、吸收、再创新"的产物，那么"线下"工程（主要指线路）则是由中国人自己创造的一个完整系统的标准。具有完全知识产权的无砟轨道、无缝线路成套技术，轨道线路沉降误差以毫米计，标准比 F1 赛车跑道还高。我国成熟的桥梁隧道技术，可以跨越任何江河天堑，穿越任何高山天险。

这个标准用一句话来概括就是：精准、精准、再精准。

没有石子的铁路

无砟轨道是一种浇筑道床混凝土一次成型的永久性轨道，是没有石子的铁路。

我们知道，传统铁路大都是将枕木铺在石砟上，再将钢轨放在枕木上。这叫有砟轨道。它具有弹性良好、价格低廉、更换与维修方便、吸噪特性好等优点。然而，列车速度高了，轨道上的石子就会飞起来。一般来

武广高铁武汉综合试验段无砟轨道长轨小张特大桥铺轨现场

说，当高速列车时速达到 250 公里以后，在车尾部会形成强烈的气旋风，如果是"有砟轨道"，那些碎石子会被掀起来，给列车运行造成极大危险。有资料表明，当列车时速为 250~300 公里时，通过总重达 3 亿吨后，其道砟需要全部更换，而有砟轨道的线路维修费相当于无砟轨道的两倍多。

无砟轨道平顺性好，稳定性好，具有使用寿命长、不易胀轨跑道、高速行车时不会有石砟飞溅等优点。因此，无砟轨道成为时速 250 公里以上高速铁路的必然选择。从桥梁、隧道发展到路基和道岔区，无砟轨道技术在高速铁路上的运用已成为发展趋势。

眼下，我国高速铁路轨道结构分为有砟轨道和无砟轨道。时速 250 公里以上的线路全部采用无砟轨道，时速 200~250 公里的线路可以采用无砟轨道，也可以选择有砟轨道。

2006 年 5 月 1 日，我国首条采用无砟轨道技术的遂（四川遂宁）渝（重庆）客运专线正式开通运营。全长 131 公里的遂渝客专，设置了 17 公里的无砟轨道综合试验段。在此之前，我国大约有 330 公里的无砟轨道，都是在桥上和隧道内，所采用的无砟轨道结构的 I 型和 II 型结构，主要是引进日本和德国的技术。

2005 年，我国在引进德国高铁技术时，其中有一张"水泥板"的图纸。这个"水泥板"，就是无砟轨道的轨道板。德国公司技术人员来中国当指导，轨道板的生产全过程开放，但中国技术人员就是没看懂。最关键的是检算（检测和计算）技术。每一块轨道板制作完毕后，要通过检算才知道它是否符合标准，这个环节德国人自己做。他只告诉你结果：合格或不合格。但为什么这块合格、那块不合格，则永远是个谜。

为了揭开谜底，铁道部科学研究院、北京交通大学、西南交通大学等相关领域的专家会聚一堂，集体研究攻关。一年后，终于弄清楚了德国无砟轨道的结构及轨道板的秘密，设计出了自己的检算软件。这种检算软件，解决了无砟轨道的特殊要求，即每一块都是根据线路基础定制的，是唯一的，每一块的长宽、厚薄都不相同，铺设时前后顺序都不能调。量身定制的轨道板，线路品质高端、质量精细。

2006 年 1 月 10 日，遂渝客专综合试验表明，无砟轨道的动车组时速达到 332 公里，其平稳性、舒适度达到优级，测试的各项数据都在安全标准之内。由此，遂渝客专无砟轨道当年申报专利 56 件，其中发明专利 26 件，实用新型专利 30 件。

2010 年 12 月，铁道部将遂渝客专无砟轨道轨道板正式定型为"CRTS Ⅲ型先张法预应力混凝土轨道板"。尔后，武广高铁、郑西高铁、京沪高铁、沪昆高铁等多条高铁线路都是采用的这种国产新型无砟轨道板。

初春时节，我来到成贵铁路乐山制板场采访。宽阔的制板场内，上万块 CRTS Ⅲ型轨道板列成长龙，气势恢宏。伸手触摸，混凝土浇筑出的板材竟具有端砚一样的触感，温润、滑腻。每块板长 5.65 米、宽 2.5 米、厚 0.3 米，看上去就像一张大席梦思床垫。生产一块轨道板要经混凝土配比、布料、浇灌、蒸汽养护、打磨等 30 道工序。设计寿命长达百年，与高铁项目设计的使用年限相同。

专家介绍道，CRTS Ⅲ型轨道板是我国唯一具有完全自主知识产权的无砟轨道板。这个轨道板里藏有一个"中国芯"。一名现场施工人员拿起一个像手机一样的仪器，贴近轨道板扫描了一下，有关电子档案信息、原材料、混凝土生产过程质量记录全部呈现在眼前。

"中国芯"就是轨道板的"身份证"，是在布料机浇筑混凝土之前就埋入板内的。电子芯片的安装与银行卡开卡过程类似，每个芯片的编码就好像每张银行卡的卡号。当芯片被激活后，它将实现联网，即接入铁路 CRTS Ⅲ型轨道板生产管理信息系统。

早先国外的高铁轨道板是没有电子芯片的，一旦出现问题，检修人员需要人工手动查询这块轨道板的纸质"档案"，在浩瀚的资料库里查询纸质档案可不是一件容易的事，还可能遗漏、毁坏。我国高铁轨道板设置电子芯片，极大地方便了轨道板问题的查询，检修人员只需要通过读卡器扫描一下芯片，就能立刻读取出轨道板的原有信息，对症下药，进行诊治。

由于是量身定制，CRTSⅢ型轨道板铺装极其方便，只需把轨道板按编号铺于路基上即可，精确度极高。以京沪高铁为例，全线40万块标准轨道板精确到"毫米级"。耐寒耐冻，无惧高山峡谷或是戈壁冻土，可在任何条件下施工，不会因为热胀冷缩而开裂。

多年来，我国铁路部门全力推进无砟轨道系统自主研制工作，系统开展设计理论、结构设计、工程材料、制造、施工和养护维修技术研究，形成了具有自主知识产权的高速铁路CRTSⅢ型板式无砟轨道技术体系。

轨枕板混凝土碱性变形、易腐蚀性问题，是世界性难题。铁道科学研究院经过反复试验配方，研制了自密实混凝土，作为轨道板和底座板之间的填充层，不仅能耐高温、高寒，而且能防腐变形，轨枕板的弹性和缓冲性达到世界一流水平。

"以桥为王"

众所周知，长江、黄河是中华民族的母亲河。

武汉长江大桥、南京长江大桥曾经是中国铁路建设史上里程碑式的标志性工程，许多中国人对此记忆犹新。

我国高铁线路有"以桥为王"之说，道明了桥梁在高铁线路上的重要地位。我是从京沪高铁实地采访中，真正感受到"以桥为王"这四个字的分量的。

2011年5月，京沪高铁开通前夕，我曾陪同由科技部部长万钢率领的专家调研组，考察调研即将开通运营的京沪高铁。伫立在高速列车的车窗前，一座座大桥，在眼前接连闪过，桥桥相连，大地飞虹，整个京沪高铁，就是一座巨大的桥。听专家介绍，全长 1318 公里的京沪高铁，桥梁总长度就达 1074 公里。其中丹阳至昆山段特大桥全长 164.85 公里，是当之无愧的世界第一长桥。

采访得知，我国已建成的高速铁路桥梁占比达到 50%~60%，有的甚至达到 80%~90%。而传统的普通铁路桥梁占比为 5%~6%，多的不超过 10%。

高速列车想要"飞"，没有平直的线路是不行的。何为平直？可以分两个方面来说："平"就是指线路不能有太大太多的起伏，不然不仅速度跑不快，还会降低旅客乘坐的舒适度；"直"就是线路不能有太多的弯道，即使有弯道，半径也要做得很大。因此，桥梁成为实现高铁线路平直、平顺和裁弯取直的最有效方式。穿越在山谷中的合福高铁，最高的桥墩就有 20 层楼高。

高铁线路对线路沉降要求很高，不然会影响高铁安全平稳运行。高铁高架桥的桩基很深，最深的能达到六七十米，这样可以有效防止线路沉降。普通铁路的填方路基是由黏土、碎石土等填筑而成，一是要靠机具压实，二是要有沉降周期。而桥梁则是建立在桩基之上的，一般要打到岩石层，这样基本就不会产生太大的沉降。我国高铁建设速度快，一个很重要的原因就是线路桥梁多。

更有意义的是，高架桥梁可以避免占用大量土地。桥上行车，桥下耕种。虽然桥梁建设的成本比较高，但是考虑到可以节约拆迁成本，其实高出的数量非常有限。传统铁路受地形限制，遇到地形复杂的地带要绕开。而高架桥解决了这些问题，可以不受其限制，保证了线路平直、顺畅。

翻阅中国高铁线路这部大书，桥梁是最为经典的章节。

2011 年 1 月 11 日上午，从上海虹桥站始发至合肥、武汉的 44 趟动车，从南京大胜关长江大桥顺利通过，标志着这座"世界之最"的铁路大桥正式通车。大胜关长江大桥为世界上首座设计时速 300 公里的六线铁路大桥，可以同时通过六列不同速度的列车。

2012 年 12 月 26 日，郑州黄河公铁两用桥与京广高铁同步开通运营。大桥全长 23 公里，设计时速高，技术含量高，施工难度大，大量采用代表当今世界桥梁建设领先水平的新结构、新技术、新工艺。铁路设计时速为 350 公里，公路设计时速为 100 公里，是世界设计标准最高的公铁两用桥。

我曾到建设中的沪通长江大桥采访。大桥上层为六车道高速公路，下层为四线铁路，集国铁、城际铁路和高速公路三项功能于一体。大桥的荷载量，要相当于五六座苏通大桥的承载能力，是世界上载重量最大的桥梁。沪通大桥是世界上首座跨度超千米的公铁两用桥，其工程规模之大，施工难度之大，创造了世界桥梁和中国桥梁建设的多个之"最"，代表着当前中国乃至世界桥梁建设的最高水平。

中国高铁桥梁吸引着世界的目光：武广高铁，桥梁占比 42%；郑西、郑徐、沪宁高铁，桥梁占比 70%；沪杭高铁，桥梁占比 92%……就建桥水平来说，桥梁高度和跨度是衡量一座桥梁建设水平的关键技术所在。从天兴洲长江大桥的 504 米主跨，到铜陵长江大桥的 630 米主跨，再到正在建设中的沪通长江大桥、五峰山长江大桥 1092 米主跨，中国高铁不断创造桥梁跨度的新纪录。

京沪高铁丹阳至昆山特大桥，全长 164.851 公里，是目前吉尼斯世界纪录所记载的世界第一长桥美国庞恰特雷恩湖桥长度的 4 倍多。它将 5 个车站连接在一起，成为中国江南水乡的空中长廊。

采访得知，我国高速铁路桥梁工程沉降控制在 2~3 毫米，路基沉降控制在 15 毫米内。隧道工程质量甚至严格控制到拱顶不能渗一滴水。因为高

高铁大桥　桥桥相连　佘中云/摄

速列车穿过时的速度太快，一滴水落下，就相当于打出一颗子弹。这些质量标准，远远超过世界其他国家的标准。毫无疑问，我国桥梁技术已经处于全球领先水平。目前，世界上所有高难度、创纪录的桥梁，大部分由中国建造。2016 年 9 月，央视影音在客户端首页推出"中国新十大奇迹工程"。这十大奇迹中，竟然有一半都与造桥有关，中国无愧是造桥领域的世界第一。

纵观国际桥梁建设发展历程，大有"三十年河东，三十年河西"的感觉。在 20 世纪前半叶，欧美国家比较领先；20 世纪后半叶，日本技术比较先进；21 世纪则轮到了中国。这主要得益于中国经济发展需求促进了交通发展。当今中国成为第二大经济体，高速铁路和高速公路的飞速发展，必然极大地带动中国桥梁工业的快速发展。

北京交通大学长大桥建养工程研发中心主任雷俊卿认为，中国广袤的地域和复杂的自然环境，决定了长大桥梁建设的需求，再加上我们国家正在向城镇化、工业化以及后工业化时代转变，交通和人流物流运输需求巨大，造就了最近 30 多年来中国桥梁发展的"黄金机遇期"，结果就是修建了全球各类排名靠前的顶级大桥。

我国高山、河流众多，高铁建设不仅需要修建大量的桥梁，而且要修建众多穿山过河的隧道，其中许多隧道需要修建在断层、岩溶等不良地质发育和黄土地层等特殊区段。

当高速列车通过隧道和两车在隧道交会时，会产生强烈的空气动力学效应，对隧道净空、断面型式、结构设计、防灾救援、抗震、洞门型式和环境都提出了特殊的要求。

中国高铁人经过不断地技术创新、攻关与实践，具备了在江河水下、高压富水岩溶、高瓦斯、特殊岩土、高地应力及软岩大变形等复杂条件下的隧道建设综合能力，掌握了大断面高铁隧道设计、施工技术，成功建设了大量地质条件复杂的长大隧道。石太高铁太行山隧道全长 27.8 公里、最大埋深 445 米，是目前我国开通运营最长的高铁山岭隧道，建设中破解了膏溶角砾岩段围岩大变形、防灾救援等重大技术难题，填补了长大深埋高铁隧道建造技术多项空白。

远伸的钢轨

乘坐火车，聆听"咣当咣当咣当——"的声音，是很多人难以忘却的经历。不过，当你今天乘坐高速列车时就会发现，车轮与钢轨有节奏的"咣当"声响已悄然消失。从浓烟滚滚的蒸汽机车，到疾驰的高铁动车，从木质枕木到无缝线路，铁路技术的不断进步，让列车的"咣当"声眨眼间成为遥远的过去。

记忆中，蜿蜒曲折的铁道是用一根根长度相同的钢轨连接而成的，而在钢轨衔接处都会特地留有缝隙。《十万个为什么》告诉我们，这是为解决钢轨热胀冷缩问题而设的缝隙。而这个缝隙，也就是"咣当咣当"响声的来源。专家告诉我，一列高速列车重量在 460 吨以上，而车轮与钢轨的接触面积只有 100 多平方毫米，这个面积差不多是指尖的大小。当列车高速行驶时，若钢轨面上有两根头发丝直径的凸起，车轮对钢轨产生的冲击力将会达到 7 吨，这个力量对高速行驶的列车绝对是个灾难，重则脱轨，轻则发生颠簸。

其实，也许很多人不清楚，高速列车要实现平稳快速运行，对钢轨平面的精度要求特别高。那么，怎样才能制造出一条无缝的钢轨呢？

无缝钢轨技术是我国的一大发明。

早在 1957 年，北京铁路局首先开始试制无缝线路。多年来，由于技

远伸的无缝钢轨线路　张学东/摄

术、材质等多种原因限制，我国铁路的无缝钢轨普及率一直不高。1997年开始，随着铁路六次大提速和高速铁路建设的全面启动，无缝钢轨技术迎来了科学的春天。

殊不知，消除"哐当哐当"的噪声，只是无缝钢轨技术应用的副产品。科学实验表明，当火车的时速超过140公里，就必须使用无缝钢轨线路。我们知道，是车轮对钢轨产生的冲击力，推进了列车的前行。列车运行速度过高的时候，钢轨之间的间隙，很容易导致列车脱轨。

何谓无缝钢轨？其实，钢轨出厂时每根的长度都是25米。铁路焊轨厂先把一根一根的钢轨，焊接成每根250米长的长钢轨。用长轨列车运到施工现场后，再通过无缝钢轨焊接机，将两根钢轨相邻两端升温至1000摄氏度以上，使之熔化然后挤压到一起，焊接成1到2公里长的长轨条，然后，用扣件将钢轨牢牢地扣在轨枕板上。随后，工程技术人员采用先进的焊接技术，对一段一段的长钢轨进行二次焊接，然后对焊点进行高精度的打磨，最终将接口的精度控制在 1/10 毫米级。这是目前全球轨道焊接上的最高精度，以确保接缝处看不出任何痕迹，过渡自然，水平光滑，最终使几百公里长的无缝轨道保持在同一个水平面上。

我国高铁全部采用了无缝钢轨线路，1318 公里的京沪高铁，竟然没有一个轨缝。

高铁线路上的钢轨没有了间隙，行车安全有了保障，旅客舒适感增强了，那钢轨热胀冷缩怎么办？钢轨受热伸长或受冷缩短，就会相互挤压、扭曲、上拱，导致整条铁路变形。

事实上，无缝钢轨并不是绝对没有间隙，只不过间隙大大减少，可以达到几十公里甚至上百公里的钢轨没有轨缝接头。上千公里线路，或没有间隙，或只有两三处间隙，一个间隙也就 11 毫米。我国沪宁高铁线上使用的是 303 公里长的超长无缝钢轨。也就是说，303 公里的无缝钢轨，只有一个接头间隙。

诚然，这么长的无缝钢轨要解决热胀冷缩问题，光靠几个接头缝隙显然是不够的。通常解决这个问题有两种途径：一种是长轨节自身承受全部温度应力。采用高强度的弹性扣件扣压住钢轨的轨底，通过高压锁定，使钢轨不会因热胀冷缩产生变形。这种方法适用于一年四季温度相差不大的南方地区。在温度相差较大的北方地区，就应该采取另一种方法，即自动放散应力或定期放散应力。在铺设的时候，尽量选择最佳温度铺设，使钢轨的伸缩值在最小范围内。然后，定期把扣件全部松开，使长长的钢轨随温度升降而自由收缩，再用扣件锁住。这样不管温度上升还是下降，钢轨的伸缩始终都控制在最小范围内。

高铁的无缝钢轨不仅缝隙极少，而且钢轨的体内也不能有针眼大的空洞，哪怕是 1 毫米的病伤，都有可能导致钢轨断轨。高铁在行驶过程中遭遇断轨，相当于汽车过桥时大桥断了，那将是很严重的事故。

高铁无缝钢轨探伤工享有"高铁医生"的美誉。他们主要运用钢轨数字探伤仪和焊缝通用探伤仪，对钢轨进行体检，有点类似医院的"B超"。根据屏幕上的波形，探伤工要准确判断钢轨的内部情况，即有没有损害。我曾多次跟随"高铁医生"体验巡诊，其巡诊过程为：先把探伤仪抬到轨道上，仪器底部有很小的轮子，正好卡在钢轨上，探伤工就这样推着仪器行走。一台仪器只能探测一根钢轨。如果发现有裂纹或空洞，就会报警。但很多报警，并不意味着钢轨有问题。比如，钢轨原有的洞口，是供螺丝通过使用的；钢轨上刻有编号，有凹陷处，探伤仪也会报警。这就需要探伤工仔细分辨。

和铁路很多工种一样，探伤工也是"夜猫子"，昼伏夜出，在"天窗"时间上轨道作业，1小时行走2公里。"天窗"是指没有高速列车运行的空当，一般是0点至凌晨4点。无论是刮风下雨还是酷暑严寒，夜半时分，这些"高铁医生"都会准时出现在高铁线路上。

谈及高速无缝线路技术，就不得不说高速道岔。道岔是从一条股轨道转入或越过另一条股轨道时必不可少的线路设备，与钢轨、接头并称为轨道线路的三大关键技术。

我国铁路部门曾与德国、法国等高铁技术先进的国家进行过为期两年的高速道岔技术合作谈判，无果而终。对方不仅漫天要价，还不转让核心技术。"这就意味着中国高铁发展，不仅要付出巨大的经济代价，还会受制于人。"采访中，西南交通大学土木工程学院教授王平动情地说。

2005年5月，国家把高速道岔技术研发项目的重任交给了西南交大。西南交大联合中铁三局等6家单位，组成"高速道岔自主研发课题组"，王平为课题组的副组长并主持研究工作。

西南交大成立了20多人的课题小组，从轮轨关系、轨道刚度、无缝道岔3个部分进行理论突破。2006年，成功地做出了第一组时速250公里的有砟道岔，并在胶州南站试验成功。

2007 年，西南交大课题组完成了 250 公里无砟道岔的理论突破，在绥宁县 10 多公里试验成功。2008 年，完成 350 公里无砟道岔的研发。西南交大高速道岔研发技术一路走高，逼得国外的道岔报价一路"降价"——从 570 多万元一组降到了 300 万元一组。

让王平教授记忆犹新的是，2008 年年底，在武广高铁乌龙泉车站举行了一场德国与中国高速道岔的试验比拼。当时车站北边的 4 组道岔是德国的，南边的 4 组道岔是中国的。采用同样的方法去测试，中国道岔与德国道岔测出的数据完全一样。自此，中国自主研发的高速道岔达到国际先进水平，开始大规模在高铁建设中应用。

戈壁挡风墙

戈壁荒漠，狂风肆虐，寸草不生，荒无人烟……

2014 年 11 月 16 日，新疆首府乌鲁木齐天高云淡，阳光普照。随着一声响亮鸣笛，满载旅客的 D8602 次高速列车驶出乌鲁木齐南站，标志着穿越"四大风区"的兰新高铁新疆段正式通车运营。

兰新高铁横跨甘肃、青海、新疆三省区，穿越了戈壁大漠、丘陵沟壑、天山峡谷和湿地草原，全长 1776 公里，设计时速 200 公里以上。这是一条横穿大漠风区的高铁，也是世界首条高海拔地区高铁。

这条高铁线沿途地质构造复杂，风害沙害严重，重点控制工程施工难度大、技术标准高。尤其是这里穿越了世界上风害最严重的地区——烟墩风区、百里风区、三十里风区和达坂城风区。四大风区总长度达 462 公里，风区最大风速可达每秒 60 米，相当于 17 级风，部分区段每年 8 级风以上的天数超过 200 天，可谓是"一年一场风，从春刮到冬"。

面对戈壁大风这道世界性难题，我国科技人员先后在风区建立了 19 个大风观测站，结合已有的气象资料，按照一定时间内的风速、瞬时风速、频率、地形等指标，把线路所经的风区由低到高分成五个区。中南大学、西南交通大学、兰州交通大学等院校联合攻关，通过数值模拟分析、风洞试验和室内外试验等手段，开展了路基、桥梁、明洞、接触网防风及大风预警技术研究，为有关设计参数的选取提供了科学依据。

经过综合试验，科研人员将挡风墙的合理位置定为距迎风侧线路中心 5.7 米。在这个距离时，动车组运行的气动力最小，气动性能相对最好。这个定位，接触网位置的横风风速也相对较小。

高铁建设者以打造"精品工程、安全工程"为目标，克服线路穿越戈壁荒漠、沿线极端天气多发等困难，在国内高速铁路建设中首次运用防风工程技术，破解了防风防沙、戈壁地段路基、干旱风沙地区混凝土质量控制等多项世界铁路建设难题。

我乘坐高速列车，从乌鲁木齐高铁站出发，一路东行。列车运行几十公里后，就进入达坂城风区。车窗外，一道约 4 米高的钢筋混凝土、耐候钢建结构"挡风墙"，赫然出现在高铁线路两侧，矗立在广袤的大漠里，蔚为壮观。

同行的专家告诉我，根据不同区域风力、风向、频率、地形及线路条件，在 V 级风区的百里风区、三十里风区核心地带都设置了抵御风速每秒 60 米的柱板式挡风墙，以保证大风条件下列车运行安全。这些悬臂式、扶臂式、柱板式钢筋混凝土等多类型挡风墙，桩基直径 1.25 米，埋深 12 米，坚固耐用。

兰新高铁十三间房特大桥，是 V 级风区的核心区域。因线路是东西走向，大桥两头被天山夹峙，处于一个巨大的风口，风与桥几乎垂直。大风刮过来，越野车迎风侧的玻璃和漆，瞬间便会碎掉。科研人员将这座特大桥的桥梁设计为槽形梁，安装了由不同尺寸的 H 形钢柱和开孔波形钢板组成的挡风屏，坚固无比。在大风频繁、风力最为强劲的百里风区，采用结构受力和防风结构相结合的槽形梁，这在国内高速铁路中是首次应用。

据悉，兰新高铁全线有桥梁 198 座，共计 124 公里，占线路总长的 17.4%，均采用这种槽形梁技术防风。同时，还有针对性地分别设计了 T 形、箱形、槽形桥梁结构挡风屏，长达 95 公里。

在百里风区的核心地带，设置防风明洞，也是一个伟大创举。十三间房特大桥向东不远，就是一座由钢筋混凝土拼接成的地上隧道。这座防风明洞全长 1.2 公里，是在路基上搭建起的一座"地上隧道"。迎风一侧为实墙，背风一侧留有通风和照明窗口，设计巧妙，功能多样。在这座钢铁隧道严实的包裹下，轨道路基就像穿了一层厚厚的铠甲，确保高速列车的运行安全。

钢筋混凝土挡风墙、桥梁上的挡风屏和"地上隧道"，是兰新高铁防风的三大法宝。全长 710 公里长的兰新高铁新疆段，有防风墙工程的路段就长达 462 公里，占线路总长的 65%。形象地说，就是把风挡在墙外面，墙里面安全跑动车。

兰新高铁新疆段开通两年多来，经受住了 12 级大风的多次考验。由于防风工程的保护，11 级大风下，高速列车可以在 200 公里时速下运行；13 级大风下，列车可以在 120 公里时速下运行。在百里风区，可能出现的列车停轮避风天数由过去的 60 天减少到 10 天左右。

路基有了挡风墙，必然把风赶到了上面，加大了高铁电力接触网的受风强度，使接触网防风设计更具挑战性。借鉴先期研究成果，科研人员研制出一系列防风手段，采用了满足大风环境下稳定可靠的 H 形钢柱等国内首创的新科技，极大地提升了接触网承受风力的强度。

第二节　智能化高铁网络

2014 年 8 月 22 日，首都北京，艳阳高照。

国务院总理李克强专程来到中国铁路总公司视察。作为国民眼中的
"高铁代言人"，李克强总理十分关心中国高铁的发展。每次出国访问和视

中国铁路总公司调度指挥中心　陈涛/摄

察，他走到哪里，中国高铁旋风就刮到哪里。

总理走进世界最大的国家级铁路运输调度指挥中心，墙体上巨大的圆弧形显示屏，可以任意点击调看全国铁路各客站的实时监控画面、各条线路上的列车运行图以及与铁路客货运输相关的信息。

眼前的巨大显示屏上，正同步显示着南京南站售票大厅、上海虹桥站候车大厅的实时画面，旅客购票候车秩序井然；青藏铁路楚玛尔河大桥上空，飘落着零星小雪；京沪高铁线路上，一列列高速列车在飞驰……

李克强总理认真观看，不时询问智能化高铁的有关问题，笑容满面。

CTC 智能化司令部

因工作需要，我经常出入这座现代化的铁路运输调度指挥中心。

这里的每一个调度台，我都感到十分亲切。这里是全国铁路运输指挥的"中枢神经"，享有"CTC（调度集中系统）智能化司令部"美誉。巨大的显示屏上，始终显示的是人潮涌动，繁忙无比。

我国构建了以中国铁路总公司为全路指挥中心、以各铁路局为地区调度中心、以车站为执行中心的铁路运输调度指挥体系。

从这里出发，与全国 12 万公里铁路线和几千座客运站相连的是一条条无形的信息河流。这些信息河流的河床，就是 CTC 调度集中系统。

专家告诉我，我国高速铁路行车指挥智能化平台，是以 CTC 调度集中系统为核心，以行车指挥自动化为目标，构建起的具有完全自主知识产权的智能化调度指挥受理系统。所谓 CTC 调度集中系统，是基于计算机技术、通信技术和信号技术以及 TDCS（列车调度指挥系统）构建的一种新型的行车指挥和信号控制系统。它采用智能化分散自律设计原则，以列车运行调整计划控制为核心，兼顾列车与调车作业的高度自动化，运用计算机分布式网络控制技术和信息化处理技术，实现新的高效的高铁运输组织管理模式。

高速铁路运输具有高速度、高密度、高效率、安全正点、舒适平稳等特点，运输组织必须具备调度集中指挥、运力资源合理调配、运行秩序调整与实施、灾害事故的处理指挥、车站无人化管理等多项功能。

经考证，高铁 CTC 系统是 DMIS（全国铁路调度指挥系统）的升级版，能够实现高铁调度员对区段内信号设备的集中控制，对列车运行直接指挥和管理；具备高速列车进路及调车进路的控制、列车运行监视、车次号自动追踪、列车运行计划调整和列控限速设置等功能。

CTC 系统是建立在原有的全国铁路调度系统基础上的。中国铁路总公司运输调度指挥中心，是 DMIS 的核心，与全国 18 个铁路局（公司）调度中心通过 DMIS 调度系统远程连接，直接获取各路局分界口、重要铁路枢纽、主要干线等的运输状况和调度监督等实时信息，采用数字化、网络化、信息化技术，直接指挥全路运输生产，实现调度指挥工作的现代化管理。

伴随着高速铁路建设事业的蓬勃发展，我国形成了运营里程长、覆盖范围广、车辆类型多、线路类型复杂的高铁网络，亟须实现调度集中控制系统的安全可控，保证调度指挥科学、安全、畅达与高效。由此，对 CTC 系统提出了更高的功能性能要求。

经过科研人员的积极探索创新，我国高铁已经建立起了融合信号、通信、计算机、数据传输和多媒体技术的开放、集中、透明的 CTC 运输调度集中控制系统，集列车运行控制系统、行车指挥系统、计算机联锁系统、电务集中监测系统、信号电源系统为一体，健全敏捷的高铁智能化司令部。

在此之前，欧洲、日本等在 CTC 系统的开发和应用方面长期处于领先地位，但这些地区和国家铁路的运行速度及网络复杂度低于我国，符合我国高速铁路建设需要的 CTC 系统在国内外既缺少技术积累，也无工程实施经验。

中国铁路通信信号股份有限公司组织研发力量，在充分调研分析我国高速铁路 CTC 系统运营需求和技术特点的基础上开展攻关，引进消化了德国西门子公司、法国阿尔斯通公司等的先进技术，结合中国高铁线路的实际情况，形成了"为我所用、为我所有"的 CTC 调度集中指挥系统。

CTC 系统创新了运输调度组织模式，使列车实时追踪与报点系统的精度达到秒级，实现列控等级动态转换和车站行车作业集中控制与自动化；采取多重校验措施，突破相关通信安全难题，提高了控制信息传输与交互的安全性；实现了列车自动折返、自动变换车次，减少人工操作，提高运输效率。

我们可以这样理解，CTC 系统就是一个以大数据为依托的智能化大平台，CTCS（中国列车运行控制系统）、GSM-R（全球数字移动通信系统）和 CIR（机车综合无线通信设备）等多路系统汇聚于此，实现车次号传输、调度命令传输、列控数据传输、车地通信、应急指挥通信等功能，以保障高速铁路安全、稳定、高效、舒适运营。

"最强大脑"探秘

高速列车之所以能够安全有序地飞驰，因为它有着一个"最强大脑"，让它运行有序、舒展自如。高速列车的运行速度之快，不可能靠人瞭望、人工驾驶来保证行车安全。科学实验证明，当列车时速大于 160 公里时，人的智能受限，必须装备列车运行控制系统，以实现对列车间隔和速度的自动控制，保证行车安全。

列车控制系统，与轨道技术、动车组技术并列为高铁最关键的三大核心技术，称为决定高铁运行表现的"定海神针"。列车控制系统运用信号技术控制列车，指挥列车的一举一动，堪称高速列车的"最强大脑"。

早在 2000 年，铁道部就组织科研人员成功研制了 ZPW-2000A 型区间自动信号闭塞系统，改进创新了国产信号调度集中行车指挥系统，在秦沈客专等铁路线运用，取得了明显效果。

2003 年 10 月，铁道部正式制定了《中国列车运行控制系统（CTCS）技术规范总则（暂行）》和 CTCS 技术条件。

2007 年年底开始，铁道部组织中国通号公司（中国铁路通信信号集团公司）、铁道科学研究院、北京和利时系统工程有限公司联合攻关组，依托国外先进列控系统技术，结合中国国情，很快搭建起高铁信号技术仿真实验室平台。专家们像开足马力的发动机 24 小时分班运行，轮回进行模拟试验，查找问题，修改数据，再回归测试，经过 4000 多个场景仿真试验模拟，成功研制出中国列车运行控制系统。几年来，经过科研人员积极努力和顽强攻关，CTCS 系统实现了不断升级，相继推出了 CTCS-1 级、CTCS-2 级、CTCS-3 级和 CTCS-4 级，适应了中国高铁发展的需要。

通俗地讲，CTCS-1 级，以人工控制为优先，超速防护，用于传统普速铁路。CTCS-2 级，以机器控制为优先，基于轨道电路+应答器的地对车单向信息传递，用于时速 250 公里的客运专线，5 分钟追踪。CTCS-3 级，以机器控制更为优先，基于无限数据传输平台（GSM-R）车地双向列控信息传递，用于时速 350 公里客运专线，3 分钟追踪。CTCS-4 级，采取目标距离控制模式，列车按移动闭塞或虚拟闭塞方式运行，还未实施商业应用。

依据中国铁路技术标准规定，在时速 300 公里及以上的线路采用 CTCS-3 级列控系统。目前，CTCS-3 级列控系统已成功运用在京沪、京广、沪昆等多条高铁线上。

当 2007 年铁路实施第六次大提速时，中国通号公司就运用自主研发的 CTCS-2 级列车控制系统，满足了六大干线动车组时速 250 公里的列控需求。随后，在武广高铁列控系统技术攻关中，中国通号公司在 CTCS-2 的基础上，吸引国际一流企业加盟，"以我为主，联合开发"，实现了 CTCS-3 系统创新，即 RBC（无线闭塞中心系统）和 ATP（列车超速防护系统）两大核心技术的重大突破。首次通过无线通信的方式实现了对长大距离范围内时速 350 公里列车的安全可靠运行控制；创建了全速、全景综合设计集成平台和一整套测试验证方法。其中"弯道超车"，超越了阿尔斯通、西门子等老牌外企，实现了不同速度等级动车组共线跨越运行。

CTCS-3 系统有多复杂？先看这一串数字。十余个子系统，一个子系统又有上百个模块构建，仅地面固定控制点就达上万个。这些还不算，每个子系统间都要通过多维度、多层次的网络接口有机连接，才能形成一个完整的控制系统。

在 2012 年 4 月，科技部公布的《高速列车科技发展"十二五"专项规划》中，就提出了要实现"高速列车谱系化、高铁指挥智能化"，并勾画出了中国高铁智能化发展方向。中国高速铁路智能化系统，主要包括列车控制系统、调度指挥系统、供电电力系统和信息系统等。

先进的列车控制系统，是高速列车安全、高密度运行的基本保证。它集微机控制、数据传输和综合管理于一体，是当代铁路适应高速运营、控制与管理而采用的最新综合性高科技系统。

采访得知，目前我国的高速列车采用的是 CTCS-3 级国际先进列控系统，相当于人的大脑。普速铁路是以人控为主，机控为辅；而高速铁路是反过来的，以机控为主，人控为辅。同时，列控系统能对列车运行速度进行监督与控制，自动调整各列车间的追踪间隔，避免追尾、相撞等恶性事故的发生。

CTCS-3 系统的核心技术在于应用无线传输方式控制列车运行。其中有两个关键设备，一个在地面，一个是车载。地面设备叫 RBC，中文名字叫无线闭塞中心系统。RBC 的功能就是及时发出指令，让列车该走的时候就走，该停的时候就停。车载设备叫 ATP，中文名字叫列车超速防护系统。ATP 的功能就是连续不间断地对列车运行速度监督，实现超速防护。

譬如说，CTCS-3 列控系统有一个列车追踪预警装置，就是在本车与前车距离过近时，能够按提示、预警和报警三级实施语音提示，并将本车的相关信息传输给地面预警服务器，以供后车预警，车内车外联动，最大限度地增强安全防护。据测算，时速 350 公里的高速列车如果瞬间非常制动，需要减速滑行 6500 米。通过 CTCS-3 系统的控制，不仅能够确保列车自身不超速，还能够确保前后两列车之间的距离控制在安全范围之内。

我国高速列车最高时速 350 公里、最小行车间隔为 3 分钟。在如此高速度、高密度行车条件下，要想切实做到安全行车，列控系统这个中枢神经和智慧大脑责任重大。

高速列车遵从"高可靠、高可用、高安全原则"，当系统检测到任何可能影响列车安全运行的因素时，列控系统都会自动采取措施，及时防止发生严重后果。这些措施包括设备故障切换、降级运行，以及减速停车等等。总之，就是预估一切可能出现的不利因素，及时采取措施，避免出现事故及运营秩序混乱。

目前，中国通号公司已经加入中国铁路总公司进军海外的产业联盟，在巩固阿根廷、巴基斯坦、乌兹别克斯坦、埃塞俄比亚、越南、安哥拉等国家市场的基础上，正在逐步向中东、亚太、美洲、非洲和欧洲全面进军。

当今"千里眼"

当高速列车从眼前呼啸而过时，那种转瞬即逝的感觉让人们不得不发问：高速列车跑得那么快，司机能看清路吗？

高速列车的速度非常快，最低时速标准是 200 公里。且不说能见度低的雾霾天，就是晴空万里的大白天，即使是视力好的司机，也不能保证正确识别地面的信号。当肉眼看到前面有障碍时，已经来不及反应。

专家告诉我，目前，我国时速 300 公里以上的高铁线路不设置信号机，高速列车不用看信号行车，而是通过列控系统自动识别前进方向。其工作流程为，由 GSM-R（即铁路专用的全球数字移动通信系统）来实现数据传输，控制中心实时接收无线电波信号，由计算机自动排列出每趟列车的最佳运行速度和最小行车间隔距离，实现实时追踪控制，确保高速列车间隔合理地安全运行。当然，时速 200~250 公里的高铁线路，仍然设置信号灯控制装置，由传统的轨道电路进行信号传输。

中国自古就有"千里眼"的传说，今日高铁让古人的传说成为现实。

所谓"千里眼"，即高铁沿线的摄像头，几毫米见方的石子儿也逃不过它的法眼。通过摄像头实时采集沿线高速列车运行的信息，一旦出现故障或异物侵限，高铁调度指挥中心监控终端的界面上就会出现一个红色的框将目标锁定，同时，监控系统马上报警显示。调度指挥中心会迅速把指令传递给高速列车司机。

我曾多次走进高速列车驾驶舱，目睹了司机驾驶操作的全过程。这个狭窄的驾驶舱，简直就是一个大数据的聚集地。多路信息纷至沓来，支撑着高速列车的飞奔。

在驾驶舱正面的显示屏上，司机通过信息采集系统能"看"得很远，能超前看清前方的路况信息，从容地应对一切突发事件。驾驶控制台上有一个黄色的按钮，控制台下有一踏板，运行过程中，司机每隔一段时间（不长于1分钟，不短于30秒）就必须按下按钮或者踩下踏板，否则驾驶舱就会报警。司机告诉我，报警几秒后，系统确认没有检测到司机确实正常行驶的信息（或分神或打瞌睡），列车就会紧急停车。

我发现，在驾驶舱内还有一个名叫列车车载设备的电子眼，时刻记录着司机的一言一行，一旦通过电子眼看不到司机的驾驶情况，远程总调度系统便会启动应急预案，自动紧急制动。这个电子眼名为"电子检测系统"。一路上，司机与调度保持着热线联系，高速列车行驶过程中，调度中心会根据检测到的（包括摄像头）动车运行路况、车体信息，将调度命令实时传递给动车司机。比如动车现在运行速度控制的范围、如何变更线路、何时停靠等，司机在听到调度命令后都要回应确认信息，再进行下一步操作。

由此可见，司机任何一个操作出现纰漏都会引起列车紧急制动。换句话说，高速列车司机一边被电子眼拍下一举一动，一边还要不时接收来自控制中心的信息指示，然后回应命令，同时，还不能忘了间隔几十秒脚踩踏板或按下"无人警惕"按钮。

显然，高铁司机从事的高强度作业，心理和生理都承受着巨大的压力，实在不易。然而，毕竟人命关天，必须运用智能化手段提示和防范。对于这种高强度的作业，铁路部门有一条规定：高速列车司机被强制要求不能连续工作超过4小时，长途列车在4小时之内就要停一次，更换其他司机驾驶。

地处全国路网中心的郑州通信段，担负着郑州铁路局管内几千公里铁路干线、255个车站铁路专用通信设备的维护养护任务，其中高铁线路上的摄像头就有 4200 多个。这些被誉为"千里眼"的摄像头，平均每隔 3 公里就有一个，全天候对线路和列车运行状态，进行 360 度的实时监测。

"千里眼"的精准度取决于数据获得和传输，数据传输质量则高度依赖于数据网的维护。我曾经体验过电务维修人员的"夜生活"。他们的维修时间一般在 0 点到凌晨 4 点 30 分之间，这个时间为高铁线路整修期。每天夜半时，电务系统的高铁人就会沿着高铁线路巡查，看光缆、摄像头是否正常。他们时差颠倒，昼伏夜出，这无疑是非常枯燥的"夜生活"。

我不由得感叹道，默默奉献的高铁人，他们是中国高铁的坚强基石。

"高铁心脏"最强音

高速列车的动力之源来自空中的电力接触网。

高铁供电系统，被称为"高铁心脏"。高铁空中的一条条高压线，就是高铁的血脉。心脏的健壮，血脉的畅通，直接支撑和呵护着高速列车的畅快行驶。高速铁路依靠电能为列车提供动力，牵引供电正是引入电能、转换电能、输送电能的一体化系统，它由变、配电及接触网等子系统组成。形象地讲，高速列车上的受电弓①如同移动的电源插头，供电网如同电源插座，而两者的接触点则至关重要，直接影响到运行的可靠性和接触质量以及运行寿命。

高铁电力接触网，是沿钢轨上空"之"字形架设、供列车受电弓取流的高压输电线。通过沿线诸多的变电站，将进电 110 千伏的电压进行变向

---

① 受电弓：电力牵引机车从接触网取得电能的电气设备，安装在机车或动车车顶上。

后，以对地电压 27.5 千伏输出，满足高速列车的需要。

我国高铁的牵引供电和电力方面都采用 SCADA（数据采集与监视控制）系统。这个系统可以在调度中心内完成对远方处于分散状态生产过程的数据采集、监视，实现对电力供电及牵引供电系统的运行状态的监测及远程控制。

在电力系统中，SCADA 系统应用最为广泛，技术发展也最为成熟。它作为能量管理系统（EMS）的一个最主要的子系统，有着信息完整、提高效率、正确掌握系统运行状态、加快决策、能帮助快速诊断出系统故障状态等优势，现已成为电力调度不可缺少的工具。

在高铁供电系统中，接触网是最容易出现故障的部位。接触网是高铁的牵引供电系统，从铁路上方架设的接触网上取得高压电流，从而获得持续充足的动力。柔性的接触网，最易受到外力的影响发生位移，在遭到雷击后发生短路时，列车断电停车可能性很大。

在大众的记忆中，谈及高铁供电，自然就会联想起 2011 年 7 月 10 日至 13 日，刚开通不久的京沪高铁接连发生多起供电设备故障，迫使多趟高速列车连续"抛锚"途中，高密度的故障让京沪高铁一时间陷入质疑声中。应该承认，京沪高铁开通之初接连不断的高铁供电故障，有自然灾害的影响，也有技术上的原因。

值得欣喜的是，经过多年的努力，我国高铁成功实施了高速牵引供电技术创新，取得了数十项重大研究成果，构建和优化了具有自主知识产权的 350 公里以上牵引供电技术平台。实现了牵引供电的领先与超越，理论和技术水平位居世界前列。西南交大教授钱清泉、高仕斌带领团队奋战 8 年，突破了多项核心技术，研制成功了我国第一套高铁供电综合监控系统。该系统完全实现了国产化，在京沪、武广、哈大等高铁工程中得到广泛应用，占全国 100% 高铁供电调度系统和 50% 以上被控站市场。

一条高铁的电力接触网上有几千万个零部件，我国研发了接触网智能移动巡检系统，实现了"人和设备对话"。将智能芯片粘贴在接触网、电力变电设备上，使每个设备有了电子档案。操作人员只要手持终端，通过NFC（近场通信）技术和芯片对话，即可实现基础数据保存。数据查询、记录表格统计打印、一杆一档等功能，提高了设备的信息化管理水平，确保每一个零件状态、性能稳定，实现实时可控。

高铁正线一般区段设计时速 350 公里，为了能够满足运行速度的需要，我国研发了 25 千牛以上大张力牵引供电接触网系统，一些高铁试验段，接触网张力可达到 40 千牛，乃目前世界高铁牵引供电系统中张力系数最大的张力体系。采用高强度、超高强度的铜镁合金接触线和高强高导的铬锆铜合金接触线，接触张力分别达到 31.5 千牛和 33 千牛。国产"300 公里超细晶强化型铜镁合金接触线"，可以满足时速 300 公里及以上高速铁路供电技术要求，填补了国内空白并达到国际领先水平。研发了特种接线 AT牵引变压器和远程控制系统等先进设备，满足动车组可靠受流和实时监控监测。

我国庞大的高铁供电接触网，经受了大密度高速列车运行和大电流冲击的考验，实现了无硬点、无高差、无离线，是国内也是世界上最稳定、质量最好的牵引供电系统。我国高铁接触网所采用的全部零部件具有完全的知识产权。

综合考察智慧高铁，以互联网为特征的多样信息系统，还包括客运服务系统、综合调度系统、防灾安全监控系统等。其中客运服务系统包含票务系统、旅客服务系统、办公自动化系统、公安管理信息系统、辅助设施和铁路建设项目管理信息系统。以 12306 客服网为代表，表明中国高铁客运服务信息系统居于世界领先水平。中国高铁的自然灾害防护与监测系统，做到了对高速铁路沿线的风、雨、雪、地震和异物侵限等实时监测并提示报警，确保列车行车安全。

据专家介绍，高铁建设通常可粗略地分为"站前工程"和"站后工程"。"站前工程"包括路基、桥涵、隧道、轨道建设等，占高铁总投资的六成以上。"站后工程"包括"四电"、信息化数字化系统建设。高铁有别于传统铁路的关键之一，在于其高度的信息化数字化。智能化建设总体投资比例不高，占总投资的 6%～8%，但对于整个系统的安全有效运营、管理以及服务起着至关重要的作用。

以京沪高铁为代表的中国高铁，在通信、信号、牵引供电系统，坚持系统集成创新，满足中国高速铁路系统集成的标准和智能化要求。在整个运行过程中，实现了对现有的各类信息化系统进行更高层次的整合和优化。应用计算机技术、信息处理技术、地理信息技术、数据通信技术等采集、传输、共享来自铁路运输环境中的各类信息，并根据上述信息进行人工决策和自动化控制，确保高铁安全运营。

第三节　高铁银线穿明珠

历来，火车站就有"明珠"之誉。

如果把一条条高铁线比喻为银线，那么，一座座高铁客运站就是银线上的明珠。如今高铁已成为一个城市的时代象征，时尚、大气、富有文化气息的高铁客运站，无疑是一个城市的标志性建筑，也是一个城市的气质体现。

著名诗人林莽说，崭新的高铁客运站不是到达一个城市的终点，而是进入一个城市的起点。一个客运站，代表一座城市。一个客运站，就是一道风景。一条条银线集聚到这里，又从这里伸向远方；一股股人流会聚到这里，又从这里走向远方。这就是客运站的魅力所在。独具匠心的设计，人与自然的和谐，让每一个高铁客运站都像雕刻在中华大地上的一件精美的艺术品，都像镶嵌于文明古国中的一颗璀璨的文化明珠。

城市新地标

新型时尚的高铁客运站，已经成为城市的新地标。

气势恢宏的高铁客运站建筑，给人以简洁大方、特色鲜明的视觉刺激。高铁客运站的地标性要求与城市地域文化特色完美结合，打开了城市的一扇窗口。

走近上海虹桥站，我眼前呈现出一座全新概念的交通枢纽客运站。天上飞机，地上高铁，还有地铁、公交车，汇聚在一个空间里。巨型的长方形建筑综合体，宽敞、通透、明亮，特时尚，特有韵味。无论是建筑综合体的设计，还是立体空间的利用，都充分体现了现代交通枢纽的集约性和高科技特征。多功能的相互渗透，多种交通工具的"零换乘"，极大地增加了高铁客运站的公共性和吸引力，满足了广大旅客及不同人群的需求。

回首我国火车站的经历，有上百年历史，但真正得到快速发展还是在改革开放以后，特别是伴随着高铁建设的突飞猛进，引发了铁路客运站的革命性变化，其功能由单一化走向多样化。近10年来，我国立足高起点、高标准、高水平，相继建成了以北京南、武汉、广州南、上海虹桥为代表

中国智慧：中国高速铁路创新纪实

的一大批具有世界一流水平的大型高铁客运站。

新建的高铁客运站无论在站区规划、功能布局、交通流线、建筑造型、关键技术上，还是在服务理念、服务设施上，与以往的火车站相比都有着重大创新和突破，发生了根本性变化。坚持"以人为本"的设计理念，综合考虑了铁路网规划、城市发展布局、综合交通衔接、商业生态配套，从而确立了"功能性、系统性、先进性、文化性、经济性"的中国高铁客运站建设的定位，打造舒适、自然、时尚、文化气息浓厚的旅途中转环境。

布局上，立体化开发。我国过去的普铁火车站站房布局大都为"等候式"模式，在站房中布置若干候车室及服务空间，适应旅客在站停留时间较长的情况。高铁客运站则采用"通过式"的布局模式，旅客即到即买票（或提前订票）即出发，在客运站停留时间较短、流动性强，站房设置一个共享候车大厅空间。

高铁客运站通过立体化的空间布局，以空间换取平面，节约了宝贵的土地资源。大胆采用"站桥合一"和无柱风雨棚的新型空间结构，践行"上进下出"的设计理念，将站房分为地面层、站台层和高架层。列车在高架桥上进出，旅客由站前立交上到二层进站乘车，各行其道，安全方便。大跨度候车大厅，空旷明亮，视野开阔。如北京南站，实施上下五层立体化布局模式，采用"上进下出"和"下进下出"相结合的流线设计方式，车站内部各条流线便捷顺畅。

高铁客运站庞大的人流量，导致了站前广场的平面空间十分有限，但在有限的空间内又需容纳多种功能，再加上过长的交通流线，与高铁人流快速便捷疏导的要求相悖。因此，我国高铁客运站站前广场坚持做到了地面、地下多层面的立体化综合开发，这一设计方法有利于城市土地资源的集约化利用，与高铁站房上进下出的布局协调和谐。

功能上，以旅客为本。传统火车站对旅客的服务和疏导是以强制管理为主，而高铁客运站则强调多方位地服务旅客。明亮宽敞的候车大厅给人一种舒适、安全的感觉。扩大进出站流动空间的建筑面积，将普铁客运站中众多独立的候车室综合成一个共享候车大空间，同时配备各种服务空间。高铁客运站站房实际上是一个综合的换乘枢纽，候车仅仅只是其中一个功能。配套服务与交通换乘的有机融合，让站前广场搭建起连接高铁与城市的桥梁。旅客在客运站区域可以进行候车、换乘、商务办公、旅游咨询等各项活动。

我曾与武汉站负责人交谈，探讨高铁客运站以旅客为本的表现。他认为，这表现为三个"提供"，即提供方便舒适的乘车环境，提供快捷便利的换乘条件，提供人性化的优质服务。

2017年春运前夕，北京、上海等大型高铁客运站相继开通了自助"刷脸检票"通道。智能化电脑人脸识别技术，替代了传统的人工验票过程，让进站人流更畅快的同时，也让旅客赢得了一份尊重。

在便捷方面，零距离换乘。我国高铁客运站设计上积极践行"零距离换乘"理念，大力完善城市多交通综合功能，实现了以高铁客运站为中心，多条高铁、地铁、公交和公路的无缝对接。有些客运站还做到了高铁与航空的一体化"亲密接触"，形成了现代化客运枢纽和旅客中转换乘中心的融合，满足了旅客换乘便捷、候车舒适的需求。如广州南站，已经建设成为京广、广深高铁和广珠城际快轨以及地铁、公路等衔接的综合交通中心。西安北站，建设成为徐兰高铁、西成高铁、大西高铁、西银高铁及关中城际铁路网的中心枢纽站。地处沪杭高铁、沪宁高铁与京沪高铁交会点的上海虹桥站，是上海虹桥综合交通枢纽的重要组成部分，可以同时容纳1万人候车。与上海虹桥国际机场T2航站楼连为一体，享有"天地合一"之誉。

客运站建筑新美学

一位高铁客运站设计师告诉我，中国现代化的高铁客运站，实现了高科技成果和文化韵味在建筑学领域的结合，有着深刻的美学意义。这个美学意义在于，运用先进的科技成果，实现结构美学与形象美学的统一，在有限的空间里，表达无限的文化与美感。

基于综合交通枢纽的功能定位、立体化布局模式和高速列车通过对客运站的要求，尤其是大空间、大跨度的空间结构体系，需要承受的张力和动车组高速通过的震动力，我国高铁客运站建设者依靠科技进步，勇于创新，攻坚克难，相继解决了特大型高铁客运站空间结构、节能环保、环境控制、消防安全等一系列技术难题，确保了高铁客运站建设的顺利推进。

京津城际铁路延伸线上的于家堡站，其"大贝壳"结构美学，至今让中国高铁客运站的设计者引以为豪。

位于天津滨海新区的于家堡站，是一个地下高铁站。别的高铁站房都是"地上起高楼"，它却建在地下30多米深的地方。客运站设计者以海洋文化为灵感，屋顶采用贝壳式螺旋线形结构，造型新颖独特。"大贝壳"长144米、宽81米、高26米，中间没有支撑，穹顶钢结构总重量达4600吨，相当于半个埃菲尔铁塔的重量。这项工程结构体系缺陷性敏感，工艺复杂，技术含量高，施工难度大。大吨位、大跨度、大面积的超大型构件，以及新材料、新技术的应用，堪称"站房工法博物馆"。

工程项目技术团队与设计院积极合作，共同设计完成穹顶钢结构风洞试验、穹顶钢结构与主体结构底环梁的支座设计，并对变截面箱梁进行深化设计和改进，从而开创了站房穹顶采光屋面创新设计国内先例。历时2000多个昼夜奋战，这枚精美的"大贝壳"终于雕琢完成。远远看去，就是一个卧伏在地面上的彩色大贝壳，熠熠生辉，给人以无限遐想。

2009年12月，随着武广高铁开通运营，武汉站——这座"黄鹤展翅"的新型客运站矗立在人们眼前。这个运用全新的现代化综合交通枢纽理念精心设计的火车站，以其奇妙的空间流线和建筑形象，令人耳目一新。

武汉站距离天兴洲长江大桥仅4公里，客运站站台与站前广场之间有10米左右的高差。高铁设计者一改过去高堆土的路基形式，将客运站全部的11个站台20条股道线，以10座铁路双线桥的形式完全架空通过车站用地。同时，还将火车站候车大厅、乘降站台、城市换乘广场以及地铁站，自上而下立体叠合在这个全架空的站场范围之内。充分利用桥下空间设置铁路售票、进出站广场和地铁出入口，人流车流，各行其道，畅通无阻。

这种叠合式立体布局，空间视线通透，视角美感通畅。借助自动垂直升降设施，可以使旅客进出流线大大压缩，创造了舒适的乘车环境，开创了我国高铁站场整体"凌空高架"的先例。由此，武汉站成为我国高铁站房建设的里程碑工程，荣获"鲁班奖"。

我国高铁客运站还以其"高大上"的态势，充分展示了新美学观念，设计者通过对流线型的采用，淋漓尽致地表现出客运站的动态感。巧妙地采用弯曲的形态，为旅客营造多维的视觉效果，体现交通建筑的流动特性。一座座高铁客运站，已经成为展示中国成就、中国气派的亮丽风景。高铁客运站的建筑既功能先进，又典雅美观，体现了科技创新与和谐人文的特色，给人一种赏心悦目的时代感。

众所周知，高铁客运站候车大空间，在满足旅客多种需要的同时，也提升了建筑工程难度。这不仅是形象美学问题，也是结构美学的探索。近

年来，经过一系列的技术创新，钢框架、钢桁架、空间网架已经成为我国高铁客运站常用的结构形式。如何让这些冷冰冰的钢铁更富有美感，高铁设计者挖空了心思，运用多种结构形式，将高铁客运站的屋顶形态设计为遮阳效果明显的悬挑式，使得建筑整体更具飘逸感与动态感；将重复的柱廊和大面积玻璃幕墙设计于主立面中，以增强建筑构件的韵律感和节奏感。同时，还利用丰富多彩的光影效果，给旅客带来多角度的视觉享受。

　　根据《中长期铁路网规划》，按照点线能力配套的原则，到2016年年底，中国已经建成现代化高铁客运站800多座，基本形成了适应客流特点、满足客流需要、便于客运组织、利于城市发展的中国现代化高铁客运站体系。

高铁客运站文化

一座高铁客运站，就是一张城市文化名片。

高铁客运站的建筑形象，实际上就是一种文化的展示，实现了高铁客运站的交通功能、时代特征与地域文化的完美结合，展示了形神兼备、和而不同的高铁文化特征。

如今人们出行首选高铁，于是高铁客运站的建筑形象成为城市面貌的窗口，也是地域文化的图解和引介。我国高铁设计师十分注重高铁客运站建筑设计的城市文化元素的运用，将城市的精神文化面貌活灵活现地展现在世人面前。

高铁客运站文化的意义在于，将城市的现代化时尚元素与城市文化内涵融合起来，用文化形式表现城市风貌、体现城市味道、散发文化底蕴。

城市高铁客运站人流量大，将城市高铁客运站设计为城市地域特色和精神面貌的展示窗口，无疑是一个明智的选择。充分考虑当地的自然环境、地形地貌等资源条件，设计出适宜的地域建筑形态。将城市传统的建筑肌理融入客运站设计中，对传统文化元素进行抽象、创新和再创作，充分体现地域文化特色。

采访中，我曾沿着有着"文化长廊"之誉的京沪高铁行走，一路文化，一路追寻，一路惊叹。千里银线穿珠，熠熠生辉，美不胜收。京沪高铁全线共设置 24 个车站，一条高铁银线穿起 24 座城市，形成了"环渤海"与"长三角"两大经济带城市间的 5 小时以内快速交通圈。沿线客运站建筑文化各具特色，风格各异，韵味厚重，让人们尽情享受高铁文化大

　　中国智慧：中国高速铁路创新纪实

北京南站是我国第一个建成的高铁车站，高铁地铁公交融为一体，换乘方便。原瑞伦/摄

餐的愉悦与快感。

北京南站是中国高铁的第一站，也是京沪高铁、京津城际的起点站。其建筑外貌为椭圆形结构，以天坛鸟瞰效果为基本形状，将天坛的顶层演化为中央屋盖，将天坛的二、三层分别演化为站房两侧跌落式的雨棚，站台为岛式 13 台 24 线的地上站台。中间椭圆形主体建筑设有 3 个层次，承担候车、换乘等功能，隐喻中国皇家建筑的层次感和地位。借鉴天坛的建筑元素，既古典庄严，又散发着时代的气息。结合站房整体平面布局及功能需求，在椭圆站房南北侧设置四座独立的实体办公建筑，其形象恰似两扇大门，面向城市敞开。

济南西站，以济南"山、泉、湖、河、城"五大空间特色要素为背景，透过山水相连的腊山，依托聚水成湖的龙山湖与腊山湖，架构起山水相间的高铁客运站图景，风景宜人美如画。

孔子故里曲阜东站，正面浅灰色基调的石材幕墙和通透的玻璃幕墙交相辉映，造型与曲阜儒学文化区整体建筑风格相协调，体现厚重的气势与内涵。遍刻篆体的"礼、乐、射、御、书、数"的六艺群雕，传统韵味与现代时尚交织，飘浮着浓烈的文化气息。气势恢宏的玻璃屋顶将天光引入室内，隐喻新儒学思想对中国文化的精神指引。建筑与城市文化背景有机融合，表达出天人合一的境界。

鲁班故里滕州东站，运用斗拱、窗花、线脚等中国古典建筑符号，强化了建筑轮廓和线条，主体突出，工艺精细，彰显了中国工匠精神。

南京南站，集科技、人文、景观于一身的现代建筑典范。南京乃六朝古都，有着丰富的历史积淀。客运站紧扣"古都新站"的特色主题，从南京的城市意向入手，突出了南京作为历史文化名城的文脉传承意愿。运用中国传统建筑的斗拱木构特点和南京城墙的肌理特征，以宫廷建筑的重檐木构、雨花石的色彩斑斓、中华门的三重空间序列为元素，创造出与南京历史文化名城的城市气质相契合的别具一格的建筑风格。巧妙构想，出其不意，延续了古都韵味，展示了新站风貌。

终于到了上海虹桥站，这是一个平直、方正、厚重的建筑造型，线条分明，格局大气，表现出一种既稳重又充满活力的建筑效果。站房采用线上高架候车结构，包括东西两个站房和高架站房，并在两侧设置站前高架和落客平台。在浪漫的海派风格中，融入了大都市的时尚与稳重元素，好似一艘停泊在东海上的综合交通"航母"。

盘点中国高铁客运站文化之美，可谓话题多多。

芭蕉叶外形的广州南站，椰风吹拂，浓郁的岭南特色，让人如醉如痴；鼎状外形的郑州东站，浓缩了千年商都的厚重，展示了中原文化庄严、沉稳、宏大的气质；大鸟展翅外形的武汉站，波浪形重檐，像列队飞翔的黄鹤，寓意千年鹤归，与武汉著名景点黄鹤楼相呼应。该站荣获美国芝加哥雅典娜建筑与设计博物馆颁发的 2012 年国际建筑奖，被评为世界最美建筑。

中国高铁客运站之最

世界最大的地下高铁站：福田站。位于深圳广深港高铁线上的福田站，是目前亚洲最大的地下火车站，于 2015 年 12 月 30 日正式启用。

福田站占地面积达 8.1 万平方米，相当于 11 个半足球场。如果说，地下有 26 条铁路线的美国纽约中央火车站是世界上最大的地下火车站，那么，福田站则是世界上最大的地下高铁站。整个车站为三层式结构，地下一层为换乘大厅；地下二层为站厅层和候车大厅，可供 3000 名旅客同时候车；地下三层为站台层，共设 8 条股道 4 个站台。高铁福田站与深圳地铁福田站连在一起，一共有 36 个出入口，涵盖了深圳地铁的 4 个地铁站。

深圳市有深圳北站和福田站两个高铁站，深圳北站主要承担中长途客流，辐射深圳市范围。福田站则主要承担广、深、港之间的城际客流，本应该直接进入中心区。然而，福田区地面很难承建一座火车站，于是，就有了这座地下高铁站。

全国客流量最大的高铁站：广州南站。广州南站连接京广、广深港、贵广多条高铁，以及广珠城轨、南广快速铁路。18 条公交线路和 2 条地铁线往返市区，实现了高速铁路、城际铁路、快速铁路、地铁、公路等多种交通方式的无缝衔接。

广州南站经停列车位列全国第一。站内换乘便捷，联程票旅客换乘不必出站。2016 年，该站日均客流量 16 万人次，超过上海虹桥站及北京南站。2017 年春运期间，该站累计到发旅客 1474.34 万人次，日均到发旅客 36.86 万人次，最高峰值为 44.62 万人次，是名副其实的全国客流量最大的高铁站。

我国最北的高铁站：齐齐哈尔南站。齐齐哈尔南站是我国最北最寒的哈齐高铁线的终点站，也是我国高寒和高纬地区高铁的重要枢纽站。迄今为止，齐齐哈尔南站是我国最北端的高铁车站。

齐齐哈尔为中国著名鹤城。这里芦苇、沼泽广袤辽远，是鸟类繁衍的天堂。齐齐哈尔南站的站房设计也彰显了城市的特色——以飞翔的丹顶鹤为主要设计元素，白鹤展翅，洁白无瑕。齐齐哈尔南站于 2015 年 8 月 17 日正式投入使用。总建筑面积 67962 平方米，站房为三层结构，地上一层、二层都设有候车大厅，最高聚集人数可达 6000 人。

我国最西部的高铁站：乌鲁木齐站。乌鲁木齐站于 2016 年 7 月 1 日启用，是目前中国最西部的高铁站。乌鲁木齐站是丝绸之路经济带上的重要交通枢纽，可容纳 8000 名旅客候车，日客流量可达 24 万人次。车站建筑分为地上二层、地下一层。布局 9 台 18 线，站房总建筑面积约 10 万平方米。车站采取"线上候车"的方式，候车厅位于 9 条到发线正上方，旅客只需下几个楼梯就可到站台。该站实现了各种交通方式换乘无缝对接，为新疆铁路最重要的旅客集散地。

我国目前海拔最高的高铁站：西宁站。西宁站海拔高达 2295 米，是青藏高原的东方门户。现有兰青铁路、青藏铁路、兰新高铁交会于此。2014 年 12 月 26 日，随着兰新高铁全线开通运营，西宁站就成为我国海拔最高的高铁站。

西宁自古就是"丝绸之路"南路和"唐蕃古道"的必经之地，是西北交通要道和军事重地。西宁站始建于 1959 年。2015 年，改造扩建后的新西宁站正式投入使用。现有建筑面积约 13 万平方米，站房主体共三层，分为高架候车层、站台层和出站厅，最高聚集人数 12000 人。车站共设 9 个站台 21 条到发线。

我国最小的高铁站：五府山站。合福高铁线上的五府山站，是我国目前最袖珍的高铁站。五府山主峰海拔 1891 米，北望三清，南依武夷，乃华东第三高峰。这里自然环境独特，地质构造复杂，地貌类型多样，集悬崖、峭壁、飞瀑、险滩、秀林湖泊于一身，素来就有"饶南仙子"的美誉。

五府山站有 2 个站台、2 个人工售票口、2 台自动取票机，最多集聚旅客可达 400 人。旅客进入五府山站，还需要走一段台阶，因此，它也是我国目前台阶数最多的一个高铁站。车站现办理营业旅客列车 18 趟，能直达北京、上海、天津、合肥、福州、厦门、长沙等城市。

亚洲规模最大的高铁站：西安北站。郑西、大西、西兰、西成、西渝、西武、银西、包海和关中城际铁路等 19 条高铁引入该站，成为沟通中国东部和西部重要的铁路中转换乘站，乃全国最大的高铁"米"字形枢纽，是目前亚洲规模最大的高铁站。

车站总建筑面积 42.5 万平方米，主体建筑面积 33.6 万平方米，其中主站房面积为 17.1 万平方米，无柱站台雨棚 9.4 万平方米，建筑高度 43.6 米。车场为 3 场 18 站台 34 股道，日均开行动车组列车 123 对，2016 年日均到达和发送旅客 13.3 万人次，集高铁、地铁、公交、城际铁路于一体，十分便捷。

第四章　安全环保高铁行

中国高铁到底有多安全？

采访中，我多次请教高铁专家。专家告诉我，中国高速列车制动距离短，时速350公里运行的列车制动距离是4公里，在突发情况下，可以在数十秒内紧急制动；中国高速列车及高铁线路上设有很多监视传感器，一旦发现异常，高速列车会自动停车。再说，与飞机、汽车、轮船相比，高速列车本身不携带任何燃油和其他燃料，不会有失火爆炸的风险。

高铁专家解释道，这就叫作高科技保安全。高铁集当今高新技术之大成，通过结构化的综合布线系统和计算机网络技术，将分离的设备、功能和信息等集成为一体，实现集中、高效、便利的运用和受理，确保高速列车的运营安全。

绿色环保，更是高铁的最佳优势所在。在各类交通工具中，高铁节能、省地，低碳环保。以电代油，以桥代路，绿色出行，被誉为开往新生活的环保列车。

第一节 高科技安全屏障

故障导向安全

故障导向安全，是高铁设计最根本的原则。原指铁路信号设备在发生障碍、错误、失效的情况下，应具有可以减轻以至避免损失的功能，以确保行车安全。在高铁迅猛发展的今天，故障导向安全显然不能局限在信号设备这个范围，它应该是所有高铁设备发生故障时或非正常情况下，各环节各部位都应该自动导向安全。

"故障导向安全"概念表达是全方位的。目前，我国高铁已经建立起了完备的高铁技术安全防控体系，实现了高科技保安全。我国高铁技术体系由6个部分组成：工务工程、高速动车、列控系统、牵引供电、运营管理和风险防控。故障导向安全，主要表现在发生自然灾害、设备故障、突发事件等非正常情况下的安全保障。高铁设备一旦出现非正常情况，首先是自动停车，然后才是准确判断故障原因及影响情况，在确保安全的前提下恢复行车。

据专家介绍，高铁所有系统都是按照"故障导向安全"的理念设计的，具有非常高的安全可靠性。如铁路信号器件、部件和系统的输出可以划分为正常、安全侧故障、危险侧故障三种输出方式。在发生故障时，通过符合"故障-安全"原则的技术手段，使之只有安全侧输出。不仅铁路信号设计如此，其他设备均是如此。譬如说，高速列车 GTO 逆变器同步电动机驱动系统一旦出现故障时，立即导向优先电制动，迅速让列车停下。我国高速列车的制动系统普遍采用微处理机作为控制中心，通过电气指令，与车辆控制单元通信，本着故障导向安全理念，对行驶中的高速列车，或正常完成制动过程，或实施非常制动。

2011 年 7 月中旬，刚开通运营不久的京沪高铁，接连因雷电和供电故障影响，造成了部分列车晚点，影响了京沪高铁运行秩序。一时间，网上

高速列车"医生"检修忙

指责声一片。

时任铁道部总工程师的何华武向媒体解释道，正是因为高铁所有系统都是按照"故障导向安全"的理念设计，无论是线路、车辆、接触网、通信信号等任何一个环节、任何一个点上出现故障或检测到危及安全的信息，系统都会按照这一设计原则，采取自动导向安全的应对措施，让高速列车自动减速或立即停车。

相比其他交通工具，高铁在抵御恶劣天气的影响方面，确实有一定的优势，但这并不意味着高铁在任何气候条件下都可畅通无阻。尤其是以300 公里时速运行的高速列车，当恶劣天气有可能威胁到列车安全时，它的第一反应就是在最短时间内自动切断电源停止运行，保证旅客的生命财产安全。

毫无疑问，高速行驶的列车一旦出现非正常情况，停下来是相对安全的。这样尽管有可能损失运输效率，但保证了安全。可以说，"故障导向安全"理念的核心，是以效率换安全。

TEDS 监控系统

TEDS 监控系统，即"动车组列车运行故障图像检测系统"。这个具有国际先进水平的高速列车底部成像检测系统，借力于先进的计算机网络，利用视频技术，对高铁移动设备的运用和维护进行实时监控。对危及行车安全的动车组底部、侧部可视部位故障自动监测预报，确保高速列车安全运行。

TEDS 系统的工作流程是，依托安装在轨道线路上的视频探头，实时监测采集高速列车底部、转向架、裙板等可视部件的完整图像。由设置在沿线的 TEDS 探测点对图像进行搜集，通过网络传送至相关动车段 TEDS 中心进行自动图像分析和识别，一旦发现异常，及时通知责任单位处置，消除故障隐患。

与此同时，高速列车的各个部位都设置有灵敏度极高的传感器，动态监测和诊断列车故障。仅 CRH380B 型动车组就设置有 1100 多个传感器，检测点多达 1800 多项。TEDS 监控系统与高速列车自检系统构筑起了高速列车坚固的安全屏障。

目前，我国高铁 TEDS 监控系统，是一个由 TEDS 探测站、动车段监控中心、铁路局、总公司四级联网的高速列车监控平台，一个集监测、控制和管理决策为一体的高速列车安全监控系统，实时对高速列车运行故障图像数据进行自动采集、处理和报警。同时，监控系统将高速列车的各种运行状态信息按不同级别和重要性分别传输到动车维修基地、动车制造工厂和运用管理部门，指导动车组的保养、维护、检修，确保了高速列车的运营安全。

2015 年 11 月下旬，北京突降大雪，铺天盖地，气温随之降至零下 12 摄氏度。北京动车段 TEDS 中心立刻处于高度紧张、忙碌的气氛中。22 日，中心分析员监控发现管内的 20 列动车组车底部有结冰迹象，立即上报提出限速请求。运输部门迅速向各动车运用所下达了打冰除雪的信息。

紧接着，气温越来越低，北京地区的气温跌落至历史同期极值。24 日，北京动车段 TEDS 中心又相继监测出 32 列列车底部结冰严重，紧急通知相关动车运用所立即打冰除险……在这场突如其来的暴雪冰冻灾害面前，由于 TEDS 中心信息准确及时，相关动车运用所及时打冰除雪、抢修整备，北京铁路局配属的动车组及其他铁路局经停北京的动车组，没有一列因车底冰冻而停运或影响行车，全部安全正点出库、运行。

据北京动车段 TEDS 中心负责人介绍，大面积冰冻覆盖车底，加之冰体洁白反光，导致监测项点在系统显示界面上变得十分模糊，极大地影响了分析员对图像隐患的判断。然而，分析员们以高度的责任感，精力高度集中，监测认真负责，结果反复核对，确保了有效监控防范。在启动暴雪应急预案的几天内，TEDS 中心的故障监测准确率始终保持在 80% 以上。

2014 年 1 月，北京铁路局率先在北京动车段成立了全国铁路第一家 TEDS 集中监控中心。同时，该局管内还建立起了 15 处 TEDS 探测站。紧接着，各铁路局动车段相继组建了 TEDS 中心和搭建起了 TEDS 监控平台。

走进 TEDS 中心，宽敞的大厅洁净明快，这里没有机器轰鸣的嘈杂，只有鼠标点击时发出的微弱声响，一片宁静和谐的气氛。这里的工作人员都是清一色的小伙子。他们说，运用 TEDS 系统实时监控动车组列车的运行，远没有想象中那么简单。其中"看"，就很有讲究。既要在系统图像上"看"，又要在现场复核时"看"，更要在日积月累中"看"。

怎样看图？采访中，我曾盯着显示屏认真地看，眼前却是一片茫然。分析员告诉我，由于依附在高速列车上的摄像头是从轨道角度由下向上拍的，是黑白平面图，加之列车运行时掀起的灰尘等因素的干扰，传回的图像辨别起来非常困难。这需要练就一双"火眼金睛"。

我做过一个实地调查：北京动车段 TEDS 中心，每天实时接收 TEDS 探测站传输来的动车组图片多达数万张。特别是每天上午为北京地区三大客运站动车组始发的高峰时段，此时段内平均每名分析员要监控 60 趟列车。也就是说，每 1.5 分钟到 2 分钟之间就要监控 1 节车厢。动车组车底有铆钉、工艺开孔等不同的部件，仅螺栓就有 1 万多个。如空心铆钉、铆钉丢失故障，显示到电脑屏幕上都是一个小黑洞，如果不小心看漏了，后果将不堪设想。

TEDS 中心分析员的选拔条件很严格，要求是视力好、耐心细致的小伙子。专业培训也很枯燥，就是成天埋头于动车组车体的海量图片中，反复看，反复训练其看图能力。

为能准确判断图片上的故障，TEDS 中心的小伙子们经常利用休班时间，在北京动车段职教科老师的带领下，来到动车检修车间，下地沟、看车底，仔细观察熟悉动车组底部配件，了解每一个配件的材质、用途及位置，做到"知其然也要知其所以然"，对每个车型、每个车底部件都了然于胸，熟悉于脑。

TEDS 监控系统将动车组分成右侧下部、左侧下部等 7 个不同的部位。车型不同，则部位不同，鼠标走向也不一样。以 CRH2 型动车组为例，分析员查看图片共有 8 种鼠标画线方式。当看右侧上部、左侧上部时，要用"一"字形作业法，确保每一个螺栓都检查到位；如果观测的是右侧下部、左侧下部，鼠标就沿着裙板"Z"字形画线；等画到转向架时，又要用"OMO"字形作业法，能更精确地看到轴端盖的每一个螺栓。

采访中，小伙子们给我讲了这样一个故事：2015 年 1 月 13 日，当分析员刘志昆运用鼠标走向法查看回库的动车组列车图片时，发现一张动车底部图片中的牵引变流器附近有一道黑影，不仔细看很容易被忽略掉。他突然联想到，不久前有过类似记录，那一道黑影是铁丝。这次同样的位置再次出现了黑影，又会是什么问题呢？他提示监测站进行重点盯控，然后又赶到现场进行复核确认。原来是该动车组列车牵引变流器的铁丝滤网破损，从车体缝隙中伸出一截，在图片上留下了一道黑影。小刘的"神眼"，防止了一起可能导致动车组列车滤网破损脱落的事故。

单调的黑白色、重复的位置图、紧张的节奏感，练就了 TEDS 中心分析员的"神眼"和工作定力。仅北京动车段 TEDS 中心，每年通过图片分析发现动车故障隐患过千件。

自然灾害巧防控

许多人把高铁想象得很玄乎，称之为"风雨无阻"。下大雪了，高速公路封了，机场关闭了，唯有高铁客运站人流涌动。其实，与大自然的险恶相比，高速列车也很"低调"。

我国高速铁路纵横交错，沿线地质、气候和环境条件复杂多变，大风、暴雨、洪水或地震等自然灾害时有发生，对高速列车的安全运行会造成极大威胁。全面开展自然灾害风险防控，努力减少自然灾害对高速列车安全运行的影响，是我国高铁科研人员一直在认真研究和探讨的重要课题。

如今，我国高铁沿线都已经建立起了光纤护栏高铁防灾安全自动检测报警系统，能有效对大风、降雪、降雨、异物侵限等灾害进行实时预警和监控。建立了高铁地震监控预警系统、牵引供电和通信信号的雷电防护体系，保证在严重自然灾害情况下高铁的安全。同时，加强治安防范，防止人为破坏。与此同时，针对各种可能出现的自然灾害，制订应急处置预案，一旦大灾降临，可有条不紊地进行处置，确保非正常情况下的高铁行车安全。高科技的防控体系，为一条条高铁戴上"安全防护罩"。

何为应急处置？采访中，我实地观看了一次应急处置演练。假设郑州地区突降暴雪，郑州铁路局调度所的处置流程为：首先，高铁调度员根据现场降雪情况及设备部门的请求，及时发布限速调度命令，命令进入郑州降雪地区的高速列车，时速降至160公里至200公里；然后，通知郑州站、郑州东站防止因降雪造成的道岔转换不畅，采取固定列车运行径路的措

高铁穿过美丽的家乡　张伟明/摄

施，对高速列车停靠车站，上下行各选择一条有站台的线路作为固定通道，减少道岔扳动次数。最后，根据高速列车运行状况和主要客运站客流情况，及时调整运行方案，避免客车循环晚点。

2016年2月8日，大年初一。北京大街小巷一片热闹，北京铁路局调度大楼却是一派紧张繁忙的景象。13时20分，G555次高速列车司机反映，京广高铁高碑店东站至徐水东站间接触网上挂有几米长的塑料布。当班高铁调度员杨爱军、曲艺立即下令，分别扣停下行后续的G6703次和上行的G26次、G6712次高速列车。紧接着，安排供电人员登乘G6703次高速列车进入区间进行接触网异物处理。70分钟后，接触网异物处理完毕。由于司机及时报告，调度员及时扣车，应急处置导向安全，防止了一起有可能发生的塑料布挂坏接触网事故。

网上可查，因塑料布挂坏接触网，导致供电故障，致使高速列车停车

中国智慧：中国高速铁路创新纪实

事故时有发生。

铁路公安部门还依托互联网、红外线视频监控和卫星定位巡检等前沿科技，在沿线特大桥、"四电"机房、救生通道、低矮桥墩和复杂区段，安装红外线视频监控、报警系统，对线路治安情况24小时实时监控，形成了集实时监控报警、数据分析、调度指挥和人员考核于一体的信息化高铁治安防控体系，为高铁安全保驾护航。

"黄医生"与"白医生"

2017年3月21日，一列黄色的CRH380AJ-0203动车组列车从兰州西站出发，开始对即将开通运营的宝兰高铁行车设备进行综合检测。这也意味着中国高铁横贯东西的"最后一公里"即将打通。站台上，闻讯赶来看热闹的人们对着黄色的检测车呼喊着："黄医生，黄医生。"

高铁沿线的人们都熟悉了，每当新的高铁线路开通时，就会看到一种黄色的高速列车率先飞驰而来。人们高兴地称它为"黄医生"。无论是一马平川的京广高铁线，还是飞沙走石的兰新高铁线；无论是天涯海角的海南东环高铁线，还是寒风凛冽的东北哈大高铁线，都留下了它的身影。"黄医生"永远扮演着高铁先遣军或开拓者的角色。

目前，我国高铁有两种高速综合检测列车。沿线民众根据车体涂装颜色的不同，分别叫它们为"黄医生"和"白医生"。"黄医生"担负新高铁线路开通前的检测任务，"白医生"担当每天高铁线路日常夜间整修后的试跑任务。

医生的职责是治病救人。顾名思义，高铁"黄医生"和"白医生"的职责就是检测诊治高铁线上各种疾病。

"黄医生"全称"中国铁路高速综合检测列车"，由我国最先进的CRH380AJ动车组担任。时速300~350公里，最高时速可达420公里，可以对高铁线的轨道、接触网、通信信号等固定设备进行全方位综合动态检测，对即将开通的高铁线路进行综合调试。

目前，我国共有12组"高速综合检测列车"，均隶属于中国铁路总公司及中国铁道科学研究院。有一部分高速综合检测列车是从现有的商业运营车型改造而来的，涂成黄色。

登上高速综合检测列车，车厢里没有座椅，两侧摆满了各种各样的装备。全列8节车厢，一节是休息区，设有卧铺，一节作为会议室，空间通透。其他都是工作车，分为工务、电务等工作区。检测车上的工作人员，分属于铁路不同的部门。列车飞驰，车上各工作区的技术人员十分忙碌。他们熟练地操纵着检测设备，对线路及通信设施的各项参数进行严格校对。

由专家领着，我对车上的设备区域——认识。这里有录像装置、架线间隔测定装置、ATC测定装置、列车无线设备测定装置及测定台，有轴重横压测定轴、轴箱测定加速度计，有轨道高低变位和车辆摇动测定装置、线路状态监视装置、轮重横压数据处理装置和录像装置，有架线磨耗偏位高低测定装置、集电状态监视装置、受电弓观测装置，有电力测定台、数据处理装置、供电回路测定装置、车次号地面设备测定装置，等等。与医院的各种检测仪器一样，应有尽有。我指着一台红外探测仪问其功能，专家说，这台设备依靠激光三维定位技术，可以对高铁线路进行全面的精测精量，能测出毫米之差。

"黄医生"的工作体系，是涵盖目标、责任、制度、方法和控制等全方位的高铁质量管理体系。检测的项目包括轨道、路基、桥梁、隧道、电力牵引供电、通信系统、信号系统、客运服务系统、自然灾害及异物侵限监测系统、综合接地、电磁兼容、震动噪声、声屏障等。

2017 年初春，凌晨 3 点，天气十分寒冷，郑州东动车组停车场，灯火通明。郑州机务段动车司机王丰登上洁白的动车组，经过一系列检查准备，确认动车组具备出所条件。4 点 15 分，王丰驾驶 0J8579 次列车穿过夜色，驶离郑州东动车运用所。

这是一趟特殊的动车组列车。它不在图定的列车时刻表中，不搭载旅客，也不对外公布，名曰"确认车"。民众称它"白医生"，动车司机笑称它为"蹚雷车"。如果把线路安全隐患称为"地雷"，那么，这列动检车的作用就是"排雷"。

"白医生"没有"黄医生"检测车那样多的检测设备，主要是靠试跑发现线路整修后是否存在问题。据专家介绍，高铁线路一般都是白天开车，夜间检修。线路经过检修后，只有得到"白医生"的确认，才能正常开行高速列车。

采访得知，我国高铁实行工务、电务、供电设备"三合一"养修管理检修体系。每天夜间有 4 小时维修"天窗"，对线路和设备进行预防修、故障修和大修组织作业，保证高铁设备始终处于良好状态。

每天凌晨，首趟开行的高速列车就是"白医生"。它的职责是对高铁线路进行巡诊。检测夜间线路整修后的质量，确认线路是否达标，及时发现可能危及行车安全的隐患。

一条高铁线路，每天通过几十趟甚至上百趟高速列车，这些高速列车都以每小时 200~300 公里的速度运行，一秒钟能跑出 83 米。线路上任何细微的偏差，都可能影响旅客的乘车体验，甚至危及列车安全。列车高速运行中，轮子对线路的冲击力是巨大的，尽管是整体道床，也必须每天晚上对线路进行整修和微调。目前，我国高铁线路实现了雷达遥控监测，线路几何尺寸发生任何细微的变化都能被发现。

要说开"蹚雷车"与平时载客的高铁列车有什么区别，高铁司机王丰说："由于是首趟列车，自然肩负着更多的安全责任，不仅要严格按照程序，还要特别细心、认真。"每天凌晨两三点，在郑州站和郑州东站正式开行高速列车、城际列车之前，都会开行"白医生"列车。风雨无阻，每天如此。

4点30分，王丰驾驶的"白医生"到达郑州东站。车次变更为DJ8580次，从郑州东站开出。出站后，运行时速迅速升至300公里。5点47分到达商丘站。一路上，"白医生"车厢里的各种检测仪器显示正常。车到商丘站后，6点20分，车次改为G6605次旅客列车，成为商丘站当日开出的首趟高速列车，往郑州东方向疾驰。

据悉，郑州铁路局管内的"白医生"列车，全部属于郑州机务段，每天对东至砀山南、南至武汉、西至郑州西、北至石家庄间的高铁线路进行"扫雷"。

"白医生"如同"黄医生"一样，都是一种特殊的动车组列车，按照分工对高铁线路进行有效检测。包括对轨道结构、路基沉降、复杂桥梁、特长隧道、接触网、列控系统等进行实时检测，及时发现问题，并一丝不苟地记录在案。车上除了司机外，还有工务、供电人员，以及乘警、乘务员和随车机械师等。尽管是夜间检测，他们也能做到一丝不漏，一旦发现设备异常或状态不良，立即向相关部门报告，确保高铁设备质量动态达标，处于稳定状态。

正是如此，"白医生"列车实现了对运营中的高铁基础设施的多方位、全覆盖实时检测监测。

第二节　可贵的"绿色通道"

绿色，象征着生命与希望。绿色作为环保的代名词，流淌着时代的气息，表达了人们对美好的向往与追求。

火车自问世之日起，就是烧煤的。煤将水变成蒸汽，蒸汽推动活塞做功，带动轮子运转。电的使用和电动机的发明，让火车有了新的清洁能源。高铁的横空出世，优化了铁路能耗结构，大大地提升了铁路电气化水平和品质。铁路大面积"以电代油"工程，在大量节约石油资源的同时，也大大减少了环境污染。

节能环保是高铁的一大优势。我国高速列车人均百公里耗电不到 8 千瓦时。我国高铁线路大量采用"以桥代路"方式，每公里节约土地 3/5。高铁客运站采用太阳能光伏发电、地缘热泵等新能源技术，实现了低耗高效。还有高铁施工不忘路基边坡植物防护、覆土复耕复植等水土保护，采用设置声屏障和减震措施，有效降低高铁噪声，确保了高铁环境宜人。

顶呱呱的环保列车

采访中，我曾试图搬动一个用普通钢制造的高速列车车钩，可我用尽了力气，它却一丝不动。这个车钩重84公斤；而另一个同样大小的车钩，我却轻而易举就拎了起来。这个用镁合金材料制作的高速列车车钩，仅有18公斤。试验证明，镁合金车钩的性能并不输于钢制车钩。

镁合金是最轻的金属工程结构材料，随着镁合金技术的广泛运用，中国高速列车和高铁装备更轻、更环保。高速列车"减重瘦身"了，车身的负担就更小，能耗、排放也会相应降低。

一位西方记者体验京沪高铁后，在新闻报道中写道：身轻如燕的高速列车，就是节能高效的环保列车。

以"和谐号"动车组为例，由于采用了流线型车体和轻量化技术，重量比一般普速铁路客车轻30%以上，减轻轮轨作用力，降低轮轨磨耗，取得了降低能耗的最佳效果。"和谐号"CRH3型动车组列车，每小时人均耗电仅15千瓦时，从北京南站到天津站人均耗电7.5千瓦时，是陆路运输方式中最节能的。

我国高速列车不但比国外的车底轻，而且车厢比国外同类车宽，载客量也会大一些，同时在车体的构造方面进行了创新，减小了运行阻力，提升了运行速度，节省了能源。

研究资料表明，高速列车与小汽车、飞机相比，一公里平均每人的能耗比为1：5.3：5.6。如果以每个旅客消耗1单位燃料所能行驶的里程来比较，则高速铁路为1.0，公路为0.62，航空为0.26。以人·公里为单位换算能耗，公路是铁路的 1.8~2.4 倍。按每人每公里标准能耗计算，各种运输方式能耗比较系数为：内燃机车牵引为 2.86，电力机车牵引为 1.93，高速列车为 2.73，高速公路为 22.05，飞机为 44.1。

"和谐号" CRH380 型系列高速列车，堪称节能环保的表率，主要体现在低能耗、轻量化、污物收集等方面。列车高速运行时，降低气动阻力是控制高速列车能耗的关键。为了降低 CRH380A 头型的气动阻力，科研人员进行了概念设计、仿真计算、风洞试验、样车试制等多个研发流程，提升了气动阻力性能，车头气动阻力降低 15.4%，线路实测整车阻力降低约 5%。

据测算，"和谐号" CRH380A 高速列车以时速 300 公里运行时，人均百公里耗电仅为 3.64 千瓦时，相当于客运飞机的 1/12、小轿车的 1/8、中型客车的 1/3。京沪高铁一次旅行人均耗电约为 48 千瓦时。

众所周知，列车在制动过程中，为了将高速运行的列车在短时间内速度降为零，不仅要消耗制动系统的能量，还要把高速运行的列车能量通过其他形式转化掉。这个过程最基本的方式是，以热能的形式消耗机械能。这种列车制动过程中的能量转换，实际上也是一种能量损耗。

如何最大限度地利用再生制动能源？这是高铁节能环保的新思路。为此，我国科研人员进行了积极探索。"和谐号" CRH380A 高速列车采用了电空复合制动新技术，将牵引电机转换为发电机，将转换的能量反馈到电网，最大发电功率比牵引功率高 50%，再生制动利用率达 90%。

高速列车采用电力牵引，不消耗日益减少的石油等化石燃料，减少了对不可再生能源的依赖性。相对于汽车、飞机、轮船等交通工具，具有明显的低碳排放特性。等长的高铁和普通铁路相比，电力使用量相当于普通铁路的数倍，大大提高了电能在整个铁路能源使用中的比重，优化了铁路的能耗结构。

有关数据显示，以跨境巴士行驶高铁香港段路程计算，每年会增加

4700 吨的二氧化碳排放；若采用高铁运行，便能减少 4700 吨碳排放。如果以每位旅客每公里的碳排放量计算，高铁的碳排放量只是飞机和汽车的 15%~25%，高铁对环境的保护显而易见。

我国高速列车广泛采用 LED（发光二极管）节能光源、真空集便系统，实现了全程零排放。高速列车的马桶用水量极少，与平常家里的和飞机上的马桶都不一样，主要是靠吸力的作用，当按下冲水键以后，以很少的水量和很高的速度，瞬间非常猛地把脏东西冲下去。高速列车设置了很多垃圾筒，放在车头车尾，十分方便。列车到大站时，保洁人员会马上将垃圾取出来放到站台上及时清理掉。

环境友好型典范

马云说，阿里巴巴做的不是生意，而是生态。意思是说，网络运营丝毫不会造成对生态环境的破坏。

诚然，网络是一种虚拟世界，它没有面对面的生态表现。然而，高铁却是一个实实在在的人间世界，面对川流不息的人流，以及沿线的山山水水、城市乡村，其环境友好的意义更为重大。

高铁把环境当成朋友，与环境为伍，互惠互利。你好好地爱护生态环境，生态环境就会给你好好的生存条件，这就是我们常说的"环境友好"。美国政府期盼引进高铁，有一条重要理由，就是环境友好。

高速铁路适合中国国情，其技术经济优势在中国有可能得到最充分的发挥。中国人均资源紧缺，人均耕地面积仅为世界平均值的 1/3，人均能源资源仅为世界平均值的 1/2。生态环境问题突出，交通安全形势严峻，最大的问题是人口众多，客运能力严重不足，建设高速铁路可以充分发挥其运输能力强大的优势。

就现阶段中国社会消费水平而言，相对于航空而言，价廉、正点的高速铁路较易为广大人民群众接受。因此，在21世纪初中国经济社会条件下，高速铁路的一系列技术经济优势可以得到最充分的发挥。这对于建设符合中国人口、资源特色的交通运输体系具有重要意义。

土地是不可再生的宝贵资源。与高速铁路相比，高速公路和航空占地面积大而运量小。一条双向四车道高速公路的占地面积，是复线高速铁路的1.6倍；一个大型飞机场的占地面积，相当于建1000公里复线高速铁路。

与公路相比，运送相等数量的旅客，高速铁路所需的基础设施占地面积仅是公路所需面积的25%。京津城际铁路沿线经济发达，道路纵横交错，土地资源极其宝贵。设计中，科研人员广泛采用了桥梁替代传统路基技术，用桥梁搭建起了北京至天津间的"空中通道"。一列列洁白的"和谐号"动车组列车几乎全在空中"飞行"。全长120公里的京津城际铁路，桥梁长度占线路总长度的87%。与8米填高的路基相比，每公里桥梁可节约土地55亩，仅此就节约土地5500余亩。京沪高铁全长1318公里，建桥288座，桥梁总长度占线路总长的81.5%。"以桥代路"的京沪高铁，节省用地59070亩。

在高铁线路设计中，我国将节约用地作为绿色环保的主要目标之一，大量采用桥（隧）代路，减少夹心地、减少高填深挖，集中设置沿线设施，尽量与公路、既有铁路共用同一走廊等多项措施，有效减少了对沿线城镇的切割，节省了大量土地。京沪高铁、沪汉蓉高铁、宁安城际铁路、沪宁城际铁路及各联络线路并行地段，最小并行间距降低为10米，虽然加大了施工难度，但是节约了大量用地。南京高铁南站为减少两端用地，宁安高铁和沪汉蓉高铁站坪都采用了曲线布置形式，同时，将不能避免的包夹地设计为动车存车场，从而减少了站外南京南动车运用所的占地规模。

海南环岛高铁环保调查表明，高铁在占地、运能、环保、节能等方面具有其他交通方式无法比拟的优势，包括大幅度减少汽车尾气排放。经科学测算，一条双线城际高铁与一条16车道的高速公路运输能力相当，占地仅为公路的1/8，单位运输量能源消耗仅为公共汽车的3/5，私人用车的1/6。与公路相比，高铁可年减少污染物排放1万吨，也就是减少97.8%的污染。

我国高铁客运站通过立体化的空间布局，以空间换取平面，大胆采用"站桥合一"和无柱雨棚的新型空间结构，将站房分为地面层、站台层和高架层，节约了大量的土地资源。

高铁先进的无缝钢轨，有效避免了传统铁路钢轨间隙的轮轨碰撞声。通过设置声屏障，加上高速列车重量较轻，有效控制了噪声污染，体现了高铁的环保优势。

环境友好型的高速铁路　武羽/摄

可见，高铁不光是低碳经济，也是最节能、最环保、最节省土地、最具有生命力的绿色交通方式。高铁在带给人们安全便捷的同时，也让人们感受到了其独特的"生态价值"——一条节能环保的"绿色通道"。

客运站"神秘之光"

一位西方记者写道："宽敞明亮的中国高铁客运站，完全可以与一些国际机场的候机大厅媲美。令人惊讶的是，这些明亮很多是大自然的馈赠。"

采访中，我十分陶醉于高铁客运站的"敞亮"，这是一种源于大自然的柔美与和谐。许多高铁客运站都在高架候车厅屋顶中央采光带，设置了大量的太阳能光电板，辅助解决车站用电问题。即使是没有阳光的夜晚，太阳能发电和光伏发电技术也会充分利用太阳能赢得的"巨大光明"，让高铁客运站夜如白昼。这种依靠先进技术取得的环保成果，在节省资源的同时，也带来了较好的经济效益。

以上海虹桥站为例，高大宽敞的候车大厅，采用目前国际最先进的太阳光光纤导入照明系统。利用7万平方米的无柱雨棚屋面和候车大厅建筑物屋面，铺设了23885块太阳能电池板，总装机容量6688千瓦时，年均发电630万千瓦时，减排二氧化碳6600多吨，节约标煤近8000吨。

高铁客运站建筑大多使用绿色环保材料，其墙体、屋顶都选用节能新型材料。顶层采用大跨度空间流线型金属钢结构，空旷明亮，视野开阔。绿色植物装点其中，生机盎然，令人心旷神怡。连同声、光、温等一系列室内环境控制技术，大大提高了候车大厅的环境品质。

走进北京南站，圆形大面积的玻璃穹顶，让大厅各个角落都阳光充足。即使有些背光的隔层，也都进行了透光设计，借光照明，同样亮堂。北京南站还采用热、电、冷三联供和污水源热泵技术，实现能源的梯级利用，该系统的年发电量能满足站房49%的用电负荷，每年可节省运营成本约600万元。

上海虹桥站空调系统采用浅层地热资源高效节能技术，在4万平方米的站台板下空间，安装地源热泵机组，利用土层中较恒定的温度，与土壤进行热量交换，达到夏季制冷、冬季供热的目的，减轻了城市热岛效应，实现了可再生能源的有效利用。

一些高铁客运站还积极发挥本地资源优势，利用城市原生污水冬季水温高于大气温度、夏季水温低于大气温度的特点，冬季从污水取热供暖，夏季利用污水排热制冷，实现了客运站生态循环型供暖、制冷。

由此可见，高铁客运站的"神秘之光"，是一种幸福之光、吉祥之光。它源于大自然，又回归大自然，在凸显环保意义的同时，这种返璞归真的境界，正是中国高铁客运站的理念与追求。

第三节　乘坐高铁不可任性

任性，是当今社会一个具有热度的词，特指一些社会人，听凭秉性行事，或想法行事恣意放纵，或无所顾忌唯我独尊，以求满足自己的欲望或达到自己某种不正当的目的。

高铁旅客中，也有这样一些任性者，只图自己方便与享受，不顾社会公德，我行我素。这些不文明之举，不仅损害了广大旅客的利益，也严重威胁着高铁安全，与高铁品质和良好的乘车环境格格不入。

动车对烟民说"不"

一杯茶，一支烟，看着车窗外的风景，打发漫长的火车旅途生活，已成为许多旅客的习惯。封闭的高速列车内不允许抽烟，让许多旅客一时接受不了。

记得京沪高铁刚开通时，一个时期列车故障频发，造成了部分列车减速运行或临时停车，打乱了京沪高铁的运行秩序。其中有些故障，就是旅客在车内抽烟所致。

高速列车上的吸烟问题，一时间成为社会民众及各媒体高度关注的焦点。人民网等诸多网站相继发表评论《动车组吸烟何时能止?》《动车组吸烟考验良知》，对高速列车上的吸烟者表示出极大的忧虑和愤怒。

媒体评论认为，社会在进步，铁路在发展。安全，是铁路的主旋律。动车组上全程全列禁烟的原因，跟其他公共场所大不一样。乘坐动车时吸烟，不仅危害他人的身心健康、有损社会公德，更有可能影响整条线路的列车运行秩序，甚至危及列车和旅客生命财产安全。

也有网民提出一连串的质疑：乘坐高铁为什么不能吸烟？是不是我国设计的高速列车太娇贵，或者说是很脆弱，技术水平经不起实践的检验？

乘坐过高速列车和普速列车的旅客都深有体会，高速列车无论是在速

高速列车上的优质服务　杨宝森/摄

度上还是乘坐环境上，比普速列车优越得多。相对于普速列车，在高速列车上吸烟后果更严重。高速列车运行速度快、密封性强，故障自动报警系统十分完善，对烟雾、明火非常敏感。为了保障列车运行的绝对安全，高速列车上分布着许多故障传感器和烟雾报警器，一旦有人吸烟，车上的烟火报警系统就会报警，列车就会自动减速运行甚至停车。因此，不仅是在高速列车车厢内不能吸烟，在车厢连接处、厕所和盥洗间也不能吸烟。一些任性者为了躲避铁路工作人员的检查，将未抽尽的烟头随手扔进垃圾桶内，很容易引发火灾，其后果不堪设想。

　　中国铁路总公司总工程师何华武解释道，以京沪高铁所使用的CRH380型高速列车为例，其智能化程度非常高，车上包括两节车厢连接处和厕所里设置的各种检测传感器有1000多个，特别是烟感系统格外灵敏，一旦吸烟产生的烟雾触发烟雾报警器，就会立即启动应急响应，自动降速直至停车。这样高可靠、高灵敏的安全监测保障系统，虽给任性旅客带来一些限制，却能及时预警隐患，从而避免列车事故的发生，保障旅客安全。

2014 年 1 月 1 日开始施行的《铁路安全管理条例》，对在高速列车或在普速列车的禁烟区域吸烟等危害铁路安全行为做了明确规定：旅客在动车组列车上吸烟属于违法行为，违反该规定的，由公安机关责令改正，并对个人处 500 元以上 2000 元以下的罚款。铁路部门提醒，为了大家的安全，乘客应自觉养成文明出行的好习惯，让文明的出行行为伴随和谐旅途。

然而，仍有胆大者我行我素。经常有旅客因在高速列车上吸烟，被铁路公安派出所依照《铁路安全管理条例》罚款。2013 年 12 月，广西陆续开通南宁至桂林、柳州、北海、防城港、钦州、梧州等地的高铁，八桂大地出现了动车飞驰的新景观，动车很快成为这些地区人们出行的首选方式。然而，一些旅客虽然坐上了高铁，但仍未改掉在车上吸烟的习惯，屡屡违规，受到处罚。南宁铁路公安局的统计数据显示，仅 2014 年，累计有 106 名旅客因在动车上吸烟受到处罚。

据央广网报道，赣瑞龙高铁开通一周年，就有 40 余名吸烟者被处罚。这些吸烟者，自以为躲到卫生间吸烟，乘警就不会发现。"没想到偷着抽烟，还能引起动车降速！"多数在高铁动车上偷着吸烟的烟民，往往会这样狡辩。2015 年 12 月 13 日，由赣州开往上海虹桥的 D3146 次列车从赣州站开出后不久，一名旅客因烟瘾难耐，躲到厕所抽烟触发烟雾报警，导致列车减速运行。根据《铁路安全管理条例》第七十七条、第九十五条规定，该旅客被处 500 元罚款。

2016 年 11 月 23 日，从上海虹桥开往合肥南的 G7167 次高铁，行驶在南京南至合肥南区间时，由于有人躲在厕所抽烟，驾驶室的车载信息系统突然发出异响，烟火报警器亮起红灯，列车自动紧急采取降速措施。此时，列车广播正在提醒旅客不要在车上吸烟。然而，这些抽烟者依然我行我素，抱着侥幸心态过烟瘾。

据昆明铁路局局长刘柏盛介绍，云南高铁开通不到半年，平均每天发生3起以上因旅客吸烟导致动车组降速或停车事件。2017年5月1日起，《云南省高速铁路安全管理规定》开始实施。《规定》对动车吸烟者处罚相当严格。一旦有人在动车上吸烟，公安机关将对吸烟旅客给予罚款、拘留等处罚，铁路部门还会将其列入黑名单，5年内限制乘坐高铁。

应该谴责的是，一些人在生活中随手一根烟已养成习惯，硬要在高铁内"过把瘾"，舒服了自己，却扰乱了高铁秩序，影响了其他旅客的行程，让他人为自己的任性买单。这无疑是一种劣根性的表现。有效地遏制高铁吸烟者，需要广大旅客和铁路部门的共同努力，需要依法治理。在公众场合中真正顾全大局，文明才能真正大于私心，旅客在出行中才会有一个安全、温馨、舒适的好环境。

动车"掏粪男孩"

2017年春运期间，一段"90后"动车组机械师"掏粪男孩"视频火遍网络。视频里，四个身着蓝色工装的男孩和声齐道："污污污污，掏粪男孩就是我。"引发网民广泛关注。

提起"掏粪"工作，许多人的脑海里就会联想到小学课本中的淘粪工时传祥。尽管两者所处的时代不同，但对于社会、民众的意义却是同样非凡，因为他们的所作所为符合传统价值观——敬业。对于这份"敬业"，广大网民在点赞的同时，更多的是探寻背后的深刻意义。

"掏粪"看似不起眼，其实很重要。如今，高铁已经成了万千民众出行的首选，由2017年春运高铁客运量占铁路客运量的七成以上就可见一斑。如此高的上座率，旅客使用列车卫生间的频次更多，势必也带来安全保障的压力。

高速列车卫生间采用的是真空集便装置。通常情况下，污物可直接被空气压力抽入集便装置，但如果污物过大、过硬，就极易造成管道堵塞。如果有污物堵住了排污口，卫生间就将无法使用，必然严重地影响旅客的乘车舒适度。

据郑州动车段郑州东动车所内部统计，2016年动车组卫生间故障共发生900余起。其中，由异物堵塞造成的故障就达580起，占比高达64.4%。排查一个卫生间的故障需要半小时到40分钟，如果堵塞厉害，清理时间则需要3到4个小时。据了解，每列动车组检修的时间为两个半小时左右，而处理卫生间堵塞故障只能在无电作业的1小时内进行，如多个卫生间堵塞且未在时限内处理完毕，就会使检修延时，严重时甚至会造成列车晚点开行。

这些列车卫生间故障的原因，大多是旅客将某些物品掉入池内造成的，如尿不湿、卫生巾、瓶盖、方便面叉子等。特别是到了春运、暑运、黄金周和小长假的时候，由于旅客暴增，卫生间堵塞故障频发。

网络走红的四名"90后"高铁"掏粪男孩"，原本是郑州动车段的动车组机械师。他们的职责是在动车组入库后，抓紧对动车组列车进行故障排查与检修，当然也包括对卫生间故障的处置。

2015年8月，大学专科毕业的田庄来到了郑州铁路局郑州动车段，成为一名见习动车组机械师，跟着师傅学习处理动车组功能性故障。在动车组故障中，检修人员最头疼的就是卫生间下水管堵塞。打开中转箱，那令人作呕的气味，着实让人"销魂"。

工长梁军比田庄大5岁。刚开始，梁军让他在一旁看着学，自己撸起袖子就干。"看到师傅直接用手去掏，我很震撼，也有点不服气。"一个月后，田莊开始动手"掏粪"。

说起自己第一次掏粪，田莊至今记忆犹新。一身密不透风的防化服，身上仅有的透气口被田莊用胶带死死地封住，生怕等会儿污物会溅到身上。当卫生间中转箱最后一层盖板被打开时，发酵的污物带着一股刺鼻的腺臭味扑面而来。"当时脑子里一阵天旋地转，感觉快死了。"田莊说，由于是第一次"掏粪"，经验不足，足足掏了快一个小时。

因为太脏，田莊戴着三层手套。但隔着塑料袋摸到硬物打滑，抠不出来，拿螺丝刀也撬不出，只好脱去手套去掏。一年多来，他曾多次犹豫过，要不要另谋职业？但最终还是坚持下来了。很快，以田莊为首的一批"90后"小伙儿挑起了生产大梁。

每天晚上6点半，田莊会从家出发，赶到25公里外的单位——郑州东动车所上班。他的工具包里，有活扳、十字螺丝刀、电笔、老虎钳、尖嘴钳、卷尺和内六角等工具。

郑州东动车所有6个检修库，师傅们按标准组来计算工作量，每8节车厢是一个标准组。2017年春运期间，每天有超过30个标准组的动车开进这里检修。其中，全动车所102名职工的工作涉及卫生间故障处理。田莊所在的整修组有30多名员工，一半是学员。

用手掏粪可以，但心甘情愿地天天掏就不是"90后"青年的性格了。一次田莊和"大徒弟"武振轩交流时，师徒俩萌生了倡导旅客文明出行的想法。他们想到，应该通过视频画面的直观效果，警示旅客的行为，呼唤人们对文明出行的重视。

2016年暑运时，田莊和同事们开始筹备拍视频。进入9月份后，班组30多人都参与进来。这群"90后"小伙各有特长，田莊撰写解说词，全童做视频，朱政龙画漫画……《是啥给动车组添了"堵"》《拯救瓶盖君——掏粪男孩的不眠之夜》等微视频作品相继完成。配上朱政龙设计的

　　中国智慧：中国高速铁路创新纪实

"掏粪男孩"漫画形象，让整个视频立即灵动起来，起到了真正的画龙点睛作用。

2017年春运期间，"掏粪男孩"视频由郑州铁路局微信平台推出，引发网民极大关注，瞬间便扩散开来。人民网、新华网、央视网、中青在线、人民铁道网等网络媒体争相转载。央视新闻也很快播出了高铁"掏粪男孩"呼唤文明出行的画面。视频里，师傅们和声齐道："伸进去，掏出来，垃圾一坨坨，污污污污，掏粪男孩就是我。"这些画面强烈地震撼着广大受众的心，产生了巨大的社会反响。

"我们相信，动车组卫生间故障也许源于旅客的无心之举，但是我希望能让更多的人加入我们的行列，把文明之声传播得更远，让更多的旅客爱护公共设施，维护公共秩序。"田莊说。

"掏粪男孩"，尽管是自嘲，但更多的是呼唤，意在让人们从"掏粪男孩"的视频中，了解乱扔垃圾行为给高铁环境、安全所带来的影响。向列车便池乱扔东西，不仅给同行的旅客使用卫生间带来不便，也将耗时费力增加管理成本的"麻烦"留给了列车，让高铁检修工不得不去"掏粪"。乘坐高铁的旅客应该知晓自身所作所为的影响，在使用卫生间时要按照提示处理纸巾等垃圾，自觉爱护环境、文明乘车。

期待着动车"掏粪男孩"不再"掏粪"。

车厢里的任性脸谱

人们在充分享受高铁快捷、便利服务的同时，有些乘车者的不文明、不道德行为也是层出不穷。如醉酒大闹高铁、高铁上煮粥，高铁无理占座哥，大呼小叫的"电话粥"……如此表现何止是奇葩、没素质，而是公然涉嫌扰乱公共秩序。

醉酒旅客砸车窗

2015 年 3 月 25 日，在太原南站开往北京西站的 G614 次高速列车上，一名醉酒旅客突然举起酒瓶击碎车窗玻璃，被依法行政拘留。这名旅客的任性之举，不但威胁列车运行的安全，而且威胁到旅客的生命安全。高速列车上的车窗玻璃，是一种全密封式的双层中空玻璃，以防止外部空气流入。一旦击碎一层，表面看上去没什么太大影响，但实际上已经造成整块玻璃"内伤"，且列车的高速运行会加速"伤口"撕裂，时间一长难免在中途完全掉落。整块玻璃掉落后，一方面，旅客没有保护屏障会被吸出车外，甚至被碾到车底；另一方面，高速运行中的列车，车厢两侧处于动态的压力平衡，一旦车窗玻璃被打破，也就打破了这种平衡，列车车厢就有倾覆的危险。醉汉击碎车窗玻璃，挑战了国家相关法律法规，严重危害了广大旅客的生命财产安全。对于这种任性行为，必须是零容忍。争当文明旅客，从我做起，大家共同营造清净、安全的乘车环境。

乘客高铁上煮粥

2016 年 11 月的一天，一名旅客因赶高铁来不及吃早饭，竟然用自带的电饭锅在高速列车上煮粥。幸被巡视车厢的乘警发现，及时制止。警方提醒，乘坐高铁出行，一定要注意用电安全，切忌在高铁上使用大功率电器，以免发生危险。

这则新闻，令广大网民气愤、费解。这种置公共安全于不顾的奇葩行为，引来公众的一致谴责。"上车前我没来得及吃饭，上车了，肚子饿了，为什么就不能煮点粥喝？"这位旅客很委屈地申辩道。

从法律的角度说，旅客买票乘车，铁路部门和旅客之间形成了运输合同关系，即把旅客从一个地方安全正点地运送到另一个地方。高速列车属于公共场所，车上设备和其他公共场所的设备一样，乘客使用时都必须遵守有关规定。那么，高速列车上不允许用电饭锅煮粥也就在情理之中了。

从安全的角度说，众所周知，汽车上的线路较细，载流量小，因此，在汽车里不可能使用大功率的设备。同理，高速列车上的线路载流量也不高，电插座只能是供临时补充手机、笔记本电脑等低电量电子设备用电。如果使用电饭锅这类大功率的电器煮粥，很可能造成线路过载，容易引起短路、火灾，严重影响到列车运行安全和旅客人身安全。

从公共道德的角度说，高速列车上不允许煮粥，如同地铁里不许裸奔、飞机上不许光膀子、公交车上不许吃臭豆腐一样。一名旅客要顾及大家的感受，不能做有损公共道德的事情。当事人的任性而为，显然是公共道德意识不强，把列车当自己家，确实让人啼笑皆非。

由此可见，维护好高速列车上的公共环境，做文明旅客，应该从我做起。要提升国人素质，强化公共环境意识，需要媒体、学校、企业等全社会各种团体和个人一起努力。要利用多种渠道普及安全知识，如自行车不能上高铁，禁止吸烟、禁止大功率设备用电等。在网络、电视、手机上不断推送，从而增强旅客的安全意识。要强化高速列车监管，不能仅依靠列车工作人员，更应该让每一名旅客成为安全员，发现违规行为立即提醒和举报，及时快速消除安全隐患。

高铁无理占座哥

2015年5月3日，一则名为《高铁无理占座哥》的视频引发网友关注。这是继这年2月之后，又一则高铁旅客占座并与乘务员发生冲突的视频。这段视频录制于宁波开往上海的G7514次高速列车上。

视频显示，一名手持一等座车票的旅客，坐在商务座的位子上，对前来劝阻的列车乘务员狡辩，因为一等座座位空间狭窄，自己的腿不能放直，所以暂时坐在商务座上，等到商务座旅客来了以后便会让座。乘务员再三解释说，一等座和商务座的票价不同，座位自然不同。但该旅客态度强硬："我不管价格，我只要回到上海就行了，我哪儿都不去。"几经劝阻，占座旅客才回到了自己的座位，但仍恶狠狠地威胁道："我在上海黑社会混了 18 年，还会怕你？"

视频末尾，传来乘务员走出车厢时的哭声。铁路部门相关人员称，可能每个"高姐"都会遇到类似情况。一个最基本的常识——对号入座，怎么这些人就不懂这个理？对于"高姐"受到的委屈，铁路部门作为服务部门，只能是通过谈心方式进行安抚，再就是颁发"委屈奖"。

有评论认为，对铁路部门的这种委曲求全持保留意见，这种无奈之举只会让"高铁无理占座哥"之流更加有恃无恐。买什么票，坐什么车，这是规矩。一分价钱，一分货，这是小孩子都知道的道理。"高铁无理占座哥"表现得如此嚣张，竟然拿出"黑社会"来吓唬人，被曝光的"嚣张哥"理应受到社会的谴责。否则，社会的公平、安定又从何而来？

既然我们每个人都是社会人，就应该遵守社会规则，遵守社会上的各项法律法规。每个人做出的行为都应该考虑到他人的感受，不顾及他人感受，只知道自己方便，带来的只能是自己的更不方便。我不知道，这名"高铁无理占座哥"在网站上看到自己的丑陋表演时，会不会脸红，毕竟这样的表演太丑陋了。

其实，对于"高铁无理占座哥"的治理还是有法可依的，在列车上就有"越席乘车，补交票款"的规定。对于"高铁占座哥"的行为应该视作不文明的行为，依法进行处理，绝对不能纵容。就像法院对"老赖"行为广而告之，采取"禁行""限贷"等措施，才会有威慑力一样，应该让那些游走于法律边缘的高铁任性者，有所顾忌、有所收敛。

第五章　我们同住地球村

我和你，在一起，同住地球村。

1964年，美国传播学大师麦克卢汉在《理解媒体》一书中首次提出了"地球村"概念。他认为，随着现代电子通信传媒的快速传递，地球缩小成为弹丸，就像一个村庄。后来，人们不断丰富了这个概念。高速公路、高速铁路等现代交通方式的飞速发展，社交媒体、物联网、大数据、金融科技与区块链、虚拟现实、人工智能等数字技术的日新月异，使互联互通成为当今时代的"元模式"。速度将世界变小了，整个世界紧缩成了一个"村落"，全球化已然成为不可逆转的时代潮流。

高铁改变了时代格局和人们的出行方式，颠覆了当今空间和时间的概念，人与人之间的时空距离骤然间缩短了。高铁创造的新速度，让世界之间的交往日益频繁便利；高速度，消除了地域的界限和文化的隔膜，把人类大家庭结为一体，开创了一种新的和谐与和平。

四通八达的高铁网，让您行走如飞；同城效应，让城市间不再分你我；互联网+高铁，高铁旅游热，诗歌高铁行，诠释着一种全新的生活方式。

第一节　打造中国高铁网

高速铁路始于 20 世纪后半叶，作为铁路复兴的重要标志，在一些先进国家得以快速发展。进入 21 世纪以来，为适应经济全球化、贸易自由化的深入发展，应对能源短缺、气候变化的严峻挑战，高速铁路以其高速度、大能力、舒适安全、节能环保等比较优势，越来越引起世界各国的重视。

我国高铁发展后来居上。从 20 世纪 90 年代初开始高铁技术研究和工程实践，到 2015 年年底，我国"四纵四横"高铁主骨架基本形成，长三角、珠三角、环渤海等特大城市群的高铁相继连片成网。到 2020 年，我国将建成"八纵八横"高铁主通道，高速铁路将达到 3 万公里，覆盖 80% 以上的城区常住人口 100 万以上的城市。

敢问路在何方

2003 年 9 月 8 日，《经济日报》在一版二条显著位置，发表了一篇题为《铁路会不会拖小康建设的后腿》的读者来信。同时配发题为《我们能无动于衷吗?》的编辑点评。写信者是中国铁道科学研究院首席专家钱立新。

钱立新在这封"读者来信"中，集中了近年来铁路多个部门的调研成果，列举了发人深省的一组数据：

2002年，全世界铁路营业里程约120万公里，中国铁路有7.2万公里，约占6%；全世界铁路完成的工作量为8.5万亿换算吨公里，中国铁路完成了2万亿换算吨公里，占23.53%。

我国以占世界6%的铁路里程，完成了全世界铁路运输总量的将近1/4，运输密度为世界之最。

由于铁路运输能力有限，我国人均乘车率很低，仅为0.8次，而日本为43次，德国为19次，印度为5次，俄罗斯为3.8次，均远远高于中国。

据当时铁道部权威人士分析，到2020年，中国GDP（国内生产总值）将比2000年翻两番，年均增速达7.2%以上。按照国民经济这一发展速度，铁路货物周转量将增长119%，铁路货物发送量将达到40亿吨，铁路旅客周转量将比2003年增长200%左右，铁路旅客发送量将达到40亿人次左右，比2003年的10.5亿人次翻两番，铁路不适应的矛盾会更加突出。

铁路需要大发展，路在何方？

由此，《经济日报》因势利导，以读者来信为契机，组织开展了一场有关铁路发展的专题大讨论，相继发表了《企业盼望铁路尽快打破瓶颈》《百姓盼望铁路加快发展》《中国需要多少铁路》《铁路为美国贡献了什么》《铁路带动日本经济腾飞》《法国铁路经历两度辉煌》《加快建设客运专线是大势所趋》等14篇大篇幅的讨论文章。

显然，《经济日报》的这场大讨论为铁路大发展提供了舆论准备。

2004年年初，国务院常务会议讨论通过了《中长期铁路网规划》（以下简称《规划》）。《规划》显示，到2020年，铁路将建成超过1.2万公里时速200公里及以上的客运专线和约1.6万公里的其他新线，全国铁路营业里程达到 10 万公里，主要繁忙干线实现客货分线运输，复线率和电气化率达到 50%，运输能力满足国民经济和社会发展需要。

《规划》首次提出了"中国高铁网构想"。其布局，可以称之为"四纵四横"。高铁将覆盖 450 万平方公里的国土，让 8 亿人口的区域受益。

南北方向称为纵向，"四纵"为：北京—沈阳—哈尔滨（大连）高速铁路，全长 1612 公里，连接东北和关内地区。由沈阳过承德，与北京接轨；北京—上海高速铁路，全长 1318 公里，贯通环渤海和长三角东部沿海经济发达地区；上海—杭州—宁波—福州—深圳高速铁路，全长 1650 公里，连接长三角、东南沿海、珠三角地区；北京—武汉—广州—深圳（香港）高速铁路，全长 2350 公里，连接华北、华中和华南地区。

东西方向为横向，"四横"为：青岛—石家庄—太原高速铁路，全长 906 公里，连接华北和华东地区，由太原到石家庄向东，在德州与京沪高速铁路接轨，再向东到胶东半岛；徐州—郑州—兰州高速铁路，全长 1346 公里，连接西北和华东地区，由郑州到西安，然后向东在徐州与京沪高速铁路接轨，从西安向西延到兰州；上海—南京—武汉—重庆—成都高速铁路，全长 1922 公里，连接西南和华东地区，在南京与京沪高速铁路接轨，从武汉向西沿长江到重庆、成都，形成沪汉蓉沿江大通道；上海—杭州—南昌—长沙—昆明高速铁路，全长 2264 公里，连接华东、华中和西南地区，从长三角经南昌，在长沙与京广高速铁路接轨，经贵阳到昆明，形成沪昆大通道。

同时，以环渤海地区、长三角地区、珠三角地区，以及辽中南、山东半岛、中原地区、江汉平原、湘东地区、关中地区、成渝地区、海峡西岸等经济发达和人口稠密地区为重点，建设城际高速铁路，覆盖区域内主要城镇。

随着国民经济持续快速增长，区域经济发展战略实施，工业化、城镇化、市场化进程加快,社会主义和谐社会和资源节约型、环境友好型社会

纵横交错的高速铁路网　杨阳/摄

建设，均对交通运输发展提出新的更高要求，运输需求和运输结构也将发生深刻变化，铁路在综合运输体系中的作用更为突出。

2008 年 10 月 31 日，国务院又颁布了《中长期铁路网规划》调整方案。新调整的方案，将 2020 年全国铁路营业里程规划目标由 10 万公里调整为 12 万公里以上，客运专线由 1.2 万公里调整为 1.6 万公里，其中时速 250 公里的线路有 5000 公里，时速 350 公里的线路有 8000 公里，并与既有线提速改造工程相衔接。铁路电气化率由 50% 调整为 60%。

在原"四纵四横"高铁网的基础骨架上，进一步延伸并扩大客运专线覆盖面，加强客运专线之间相互连通和衔接；进一步扩大城际客运系统的组团建设，在环渤海、长三角、珠三角城际铁路的基础上，加快了长株潭、成渝、中原、武汉、关中、海峡西岸城镇群等经济发达和人口稠密地区的城际轨道交通建设步伐，未来将形成连接所有省会及 50 万人口以上的城市，覆盖全国 90% 以上的人口，总里程达到 5 万公里以上的快速客运网。这将大大缩短城市间的时空距离，省会城市间总旅行时间能够节省 50% 以上。

到 2020 年，中国将会形成以北京为中心的 1 至 8 小时的高速铁路网络圈。除乌鲁木齐、拉萨、海口以外，绝大部分省会城市及区域中心城市都将被高速铁路网络圈所覆盖，城市之间的时空距离将会被进一步拉近，经济和社会运行效率将会大大提高，将会有更多的城市和地区享受到高速铁路带来的便捷生活与全方位的"拉动效应"。

这是一张布局合理、结构清晰、功能完善、衔接顺畅的铁路网络图。繁忙干线实现客货分线，迅速释放既有线的货运能力，加之快速发达的客运专线网，将有效形成人便其行、货畅其流的运输格局。运输能力满足国民经济和社会发展需要，主要技术装备达到或接近国际先进水平的规划目标。

京津城际样板

2008 年 8 月 1 日，北京蓝天如洗，风和日丽。

我国第一条时速 350 公里的高速铁路——京津城际铁路正式投入运营。

首发的两列"和谐号"动车组分别从北京南站和天津站同时启动，相对而开，北京方面是中国高铁"1 号"司机李东晓，天津方面是"2 号"司机赵威，他们激动而又平静地按响第一声风笛，奏响了中国高铁时代的序曲！

这天中午，北京南站宽大的候车大厅里，人流涌动。在电子牌的引导下，旅客相继登上了由北京南站开往天津的 C2275 次"和谐号"高速列车。这是京津城际铁路首次载客运行。12 时 35 分，列车缓缓启动，随后时速迅速攀升至 350 公里。运行中的列车很稳，听不到钢轨接缝处的"哐当"声，也几乎没有噪声。高速运行的列车并没有带来丝毫不适的感觉。

30 分钟后，C2275 次列车正点到达天津站。

对天津来说，这也是一个特别的日子。这天，奥运圣火在滨海新区传递，加之京津城际铁路正式通车，可谓双喜临门。

京津地区是中国经济发展最快的区域之一，也是中国城市化水平最高的地区之一。

北京与天津相距 120 公里，历史上的两城关系十分纠结。新中国成立前，天津是北京的海上门户，因为有海港和租界，对外贸易比较繁荣，工业也比较发达，经济基础比北京还好一些。新中国成立后，受到敌对势力的封锁，对外贸易的重心放在了上海和广州，紧临北京的天津的外贸优势就没有了，只剩下工业支撑。

改革开放后，北京和天津都得到了快速发展。到 2002 年年底，北京市常住人口 1423 万人，人均生产总值 28449 元。天津常住人口 1007 万人，人均生产总值 22380 元。据当时预测，到 2015 年，京津通道年客流密度将达到 1.24 亿人次。

打通京津快速通道，自然成了两城人民的期盼。

京津铁路通道连接京原、京包、京通、京山、京沪、京广、京九等多条重要干线，是京沪、京哈客运通道的共同段，也是环渤海京津冀地区城际轨道交通网的主轴，还是中亚和欧洲地区路桥走廊，承担着区域对外中长途交流和区域内城际客流。

《中长期铁路网规划》明确提出，京津通道需要修建三条客运专线，"十一五"期间先修建京沪高铁和京津城际铁路。2004 年 12 月 3 日，国家发改委批复了京津城际轨道交通建设项目可行性研究报告。这样，京津通道既是京沪通道的组成部分，又与津秦客专一起，构成关内外交流的主通道。以最小的代价，尽快形成和完善京津通道和城际铁路网。

2005 年 3 月 28 日，国家发改委公布了《环渤海京津冀地区、长江三角洲地区、珠江三角洲地区城际轨道交通网规划（2005～2020 年）》，在 2010 年阶段目标中，明确提出了"建成北京—天津—塘沽城际轨道交通线，构建京津冀地区城际轨道交通网的主轴"的要求。这条城际高速铁路，设计的年度最大区段客流密度，近期为 2320 万人次，远期为 3280 万人次。

毫无疑问，设计时速 350 公里、无砟轨道的京津城际铁路，是当今世界等级最高的高速铁路。由此，铁路有关部门展开了一场高铁技术的攻坚战。他们在系统总结秦沈客运专线基础工程、遂渝线无砟轨道综合试验段、第六次大提速时速 250 公里线路等技术成果的基础上，提出了 110 项重大科研课题，开展客运专线技术创新工作。

2005 年 7 月 4 日，京津城际铁路在北京与天津交界处的大王沽镇开工建设。

天津，传说是哪吒的故乡。当年哪吒协助姜子牙讨伐纣王，凭借高强的武功和风火轮的神速屡立战功。京津城际铁路的开工建设，无疑为天津的发展装上了追风赶月的"风火轮"。

细观京津城际铁路走向，由北京南站东端引出，沿既有京山铁路线南侧向东，再沿既有京山线北侧至天津站，全长 120 公里，设北京南、亦庄、武清、天津 4 个车站，预留永乐站。同时，还预留了至首都国际机场、天津西站和塘沽方向（天津滨海国际机场）的出线条件。由铁道部、天津市、北京市、中海油共同投资建设。

京津城际铁路告别了枕木，采用新研发出的国际最先进的、具有自主知识产权的 CRTS Ⅱ 型板式无砟轨道系统。全线铺设板式轨道板 34535 块，精度达到 0.1 毫米。这标志着我国已经完全掌握了无砟轨道的设计建造技术，形成了中国铁路无砟轨道技术标准和规范。无砟轨道使用寿命能达到 60 年，大大降低了综合维护成本。

还有集成创新的时速 350 公里的"和谐号"动车组，自主设计的轻量化简单链型悬挂接触网系统等，这些先进技术的运用，实现了不同速度级列车混合运行、地-车安全信息连续传输等多项创新，实现了重要设备远程监控和远程操纵。

3 年中，铁道科学研究院、铁道第三勘察设计院等单位的诸多专家学者，中科院、工程院诸多院士，以及一大批工程技术人员，日夜奋战在实验室和工程现场，在多年技术积累的基础上，以中国人的聪明才智，系统解决了高速铁路的一系列重大关键技术问题。

京津城际铁路开通的当年，来自美国、英国、俄罗斯、日本、意大利、澳大利亚、印度、南非、波兰等 30 多个国家的政要、国际组织领导人、铁路同行和境外记者等累计 200 多批次、上万人慕名前来考察，对中国高速铁路发展快、水平高、投入少的表现，给予充分肯定，赞叹不已。

北京奥运会和残奥会期间，京津城际铁路更是让大批国内外游客感受了"中国速度"，领略到了中国高速铁路的风采。

2008 年 7 月，14 名日本高速铁路知名专家在体验了京津城际铁路后非常震惊。他们感叹道："做梦也没想到中国高速铁路发展这么快，技术水平在很多方面已超过日本。"

同年 8 月 2 日，英国《泰晤士报》发表评论说，京津城际铁路高速列车 350 公里的时速，令法国的高速列车相形见绌，让日本的子弹头列车看起来像蒸汽机车。

京津城际铁路的成功运营，无疑向世界展示了一张亮丽的"中国名片"。尤其可贵的是，京津城际铁路作为中国高速铁路建设的示范性工程，为大规模的高速铁路建设，特别是京沪高铁的建设运营提供了极为宝贵的经验和样板。

京沪高铁经典

以京津城际铁路为起点，中国高铁建设热潮席卷全国。舆论认为，京津城际铁路就是京沪高铁的"袖珍版"。

穿越中国经济发达的长三角，跨过广袤的黄淮海平原，京沪高铁是新中国成立以来最为宏大的世纪工程，堪称当代高铁技术创新的世界地标。

北京交通大学运输管理学院教授杨浩认为，作为在全国推广建设高速铁路前的一个实验和示范工程，京津高速铁路从基础设施建造，到动车组生产，各个方面都成为国内高速铁路建设的技术储备。

2008 年 4 月 18 日，位于北京大兴区的京沪高铁北京特大桥施工现场，艳阳高照，彩旗飘扬。8 台大型旋挖钻机同时开钻，标志着京沪高速铁路全线开工。千呼万唤始出来，京沪高速铁路终于迎来了它灿烂的黎明。

若从 1990 年京沪高速铁路的相关可行性研究提上日程算起，到准备着手修建，历经李鹏、朱镕基、温家宝担任国务院总理的三届政府，争论不休，几起几落，整整期盼了 18 年。这 18 年，让中国铁路人思考得太多太多；这 18 年，让中国铁路人积累了一笔丰厚的财富。

2006 年 2 月 22 日，国务院第 126 次会议研究并批准了京沪高速铁路立项方案。这是党中央、国务院的一项重大决策，在中国铁路发展的历史上具有划时代的意义。

3 月 7 日，国家发展和改革委员会在《关于京沪高速铁路项目批复》中指出，经过充分论证、科学比选，各方面就技术方案等重大问题基本取得一致，项目建设时机已经成熟，同意建设京沪高速铁路。批复强调，京沪高速铁路采用轮轨技术建设，与既有京沪铁路的走向大体平行，全线为新建双线，按最高时速 350 公里设计。

这标志着京沪高速铁路由论证决策进入即将开工建设的新阶段，也意味着"轮轨"与"磁悬浮"长达 10 多年的争论终于水落石出，中国未来"四纵四横"的高速铁路干线网络将深深打上轮轨烙印。其实，就这 10 多年的争论而言，是人们对高铁不断认知的过程，更是统一认识和积蓄力量的过程。

多年来，为了拥有自己的高速铁路，为了真正拥有自己的高铁技术，中国一大批专家学者奋发图强，先后研制出了"中华之星""先锋号""长白山号"国产动车组，以及引进、消化、吸收、再创新国外先进技术，研制生产"和谐号"动车组，掌握了无砟轨道高速线路技术，为打造中国高铁品牌，迈出了实质性坚实步伐。

新华社及时向社会发布了这一喜讯，消息的正题是：京沪高铁预计年内开工。副题是：全程运行时间只需 5 小时。消息写道，届时，京沪线将实现客货运输的分离，客运时速可达 300 公里，从而实现中国两大经济区——京津唐地区与长三角之间的客货无障碍运输。

京沪高速铁路自北京南站至上海虹桥站，连接北京和上海两个中国经济规模最大的直辖市。全长 1318 公里，设置 23 个客运站。总投资达2209.4亿元。为当时世界上一次建成线路最长、标准最高的高速铁路，完全由我国自主建设。

京沪高铁一次性投资规模大，完全可以与三峡工程、青藏铁路、西气东输、南水北调等重大工程相提并论，在人类工程建设史上亦有资格占据一席之地。从此，京沪高速铁路重大工程建设正式进入普通民众的视线。当日，各大媒体都将其作为头条重大新闻进行了报道，多家网站亦制作专题、专栏进行跟踪报道。

紧接着，京沪高速铁路上海虹桥站及相关工程在上海奠基。

上海虹桥站集高铁、航空、地铁、城市公交等多种运输方式为一体，是一个现代化综合交通枢纽。虹桥站北端引接京沪高铁、京沪铁路、沪宁城际铁路，南端与沪昆铁路、沪杭甬客运专线、沪杭城际铁路接轨。

2010 年 11 月 15 日，京沪高速铁路全线铺轨完成。

京沪高铁沿线分布着广泛的软土、松软土和深厚软土，其中有厚度达 38 米的淤泥质土的不利地质条件。控制路基沉降和结构变形是高铁建设中遇到的难题之一。施工中，工程技术人员在对全线 19 个典型工点的桩基进行了实验研究后，对 30 多万根桩基设计进行了验证和优化。路基竣工后，沉降最大未超过 2 毫米，桥梁墩台沉降未超过 1 毫米，大大低于 15 毫米的控制标准。轨道几何状态合格率达 100%，优良率达 98%。

京沪高铁全线有 104 项重点性控制工程，沿线有 70 处跨越省级以上公路干线，与 59 条既有铁路交叉，跨越 26 条通航河流，设计中尽量与公路、既有铁路共用同一走廊。线路的最小曲线半径、最大坡度、线间距、隧道净空断面等主要技术标准，都居于当前世界高铁之最。

2011年5月25日，京沪高铁全线开通前夕，全国政协副主席、科技部部长万钢及国内30名工程界知名院士、专家，乘坐CRH高速动车组，对京沪高铁进行了检查评估。我作为铁道部陪同人员，一路同行。

在检测车上，万钢与参与高速列车自主创新联合行动计划的专家组成员进行座谈。他谈笑风生，兴致勃勃，对中国高速铁路自主创新取得的成就予以高度评价，对铁路部门为提升国家竞争力、造福广大人民群众做出的重要贡献表示崇高敬意。

我寻机采访了万钢部长，请他谈谈对"和谐号"动车组的感受。他高兴地说道："今天多项检测结果表明，京沪高铁的线路质量、'和谐号'动车组的运行质量，都堪称世界一流。我们研制开发高速列车，目的是造福人民群众，增强中国自主创新能力，同时对世界科技进步也做出了积极贡献。"

专家组一致认为，京沪高铁轨道状态达到了高平顺和高稳定的要求；通信信号和牵引供电系统稳定可靠；CRH型"和谐号"动车组符合高速度、高舒适性要求；运营安全保障设施齐全，开行方案合理；各项指标均达到世界先进水平。

2011年6月30日，京沪高铁全线开通运营，这是世界上一次建成线路最长、标准最高的高速铁路。它贯穿北京、天津、河北、山东、安徽、江苏、上海7省市，连接环渤海和长三角两大经济区。

中国工程院院士王梦恕在接受凤凰网记者采访时谈道：经综合检测，京沪高铁稳定性相当好，整体上已经达到国际先进水平。譬如说，北京到上海温差很大，京沪高铁钢轨热胀冷缩就有几公里，不仅做到了不让它热胀冷缩，而且做到了轨距不大于±2毫米，高差不大于2毫米。

"八纵八横"构想

2016年12月28日，沪昆高铁贵阳至昆明段开通运营，在我国大西南与东部沿海之间画下浓墨重彩的"一横"。沪昆高铁的全线开通，在使长沙到昆明在迈入4个小时交通圈的同时，也标志着我国早期规划的"四纵四横"高铁干线网正式成型。

目前，在全国高铁路网中，已有京沪、京广、沪汉蓉、东南沿海、哈大、沪昆6条干线开通运营，青太、徐兰等干线也将在近年陆续贯通运营。北京至上海、北京至武汉、武汉至广州、上海至武汉等区域大城市间，以及北京至天津、上海至南京、广州至深圳间实现了高铁动车组列车的密集开行，形成了1000公里内5小时到达、2000公里内8小时到达的客流吸引圈。

从平原水乡到戈壁沙漠，从高原冻土到热带雨林，高铁新线建设如火如荼。高速列车的身影在中国大地到处闪现。仅2016年，高铁新线开通捷报频传。除沪昆高铁全线贯通之外，9月10日，郑徐高铁全线正式开通运营，途经河南、安徽、江苏三个省份。正是因为郑徐高铁的开通，西安到南京的时间缩短至5小时。11月16日，青岛—荣成城际铁路开通，首开城际列车18对。12月26日，长株潭城际铁路开通运营，长沙至株洲、湘潭的最短运行时间为30分钟。

"四纵四横"高铁网的形成，展示出我国高铁发展的美丽画卷，极大地促进了我国经济社会的发展。要想富，修高铁。随着高铁优越性的不断显现，各地政府和民众要求修建高铁的呼声日益强烈。

四通八达任我行　鲍赣生/摄

　　2016 年 6 月 29 日，国务院常务会议原则通过新的《中长期铁路网规划》（以下简称《规划》）。《规划》提出，一是要构建中国"八纵八横"高速铁路主通道。"八纵"通道为沿海通道、京沪通道、京港（台）通道、京哈—京港澳通道、呼南通道、京昆通道、包（银）海通道、兰（西）广通道，"八横"通道为绥满通道、京兰通道、青银通道、陆桥通道、沿江通道、沪昆通道、厦渝通道、广昆通道。二是要在"八纵八横"主通道的基础上，规划布局高速铁路区域连接线。三是要在优先利用高速铁路、普速铁路开行城际列车的同时，规划建设支撑和引领新型城镇化发展、有效连接大中城市与中心城镇、服务通勤功能的城市群城际客运铁路。实现相邻大中城市间 1 至 4 小时交通圈、城市群内半小时至 2 小时交通圈。

与四条纵线相比，八条纵向高铁的变化在于，沿海大通道，向北由原来的上海延伸到辽宁丹东，向南由原来的深圳延伸到广西的防城港；京哈、京港澳通道南北打通；京沪通道在原有京沪高铁的基础上新增一条由京津城际延长经东营、潍坊、临沂、淮安、扬州、南通到上海的通道。

这些新通道的走向为：北京经合肥到香港九龙和台北的京港台通道；呼和浩特经太原、郑州到南宁的呼南通道；北京经石家庄、太原、西安、成都到昆明的京昆通道；包头经西安、重庆、贵阳到海口的包海通道；兰州经西宁、重庆、贵阳到广州的兰广通道。

八条横线中新增的四条由北往南依次是：绥芬河经牡丹江、哈尔滨、齐齐哈尔、海拉尔到满洲里的绥满通道；北京经呼和浩特、银川到兰州的京兰通道；厦门经龙岩、赣州、长沙、张家界到重庆的厦渝通道；广州经南宁到昆明的广昆通道。

到 2020 年，中国铁路网规模将达到 15 万公里，其中高速铁路 3 万公里，覆盖 80%以上的城区常住人口 100 万以上的城市。到 2025 年，铁路网规模达 17.5 万公里左右，其中高速铁路 3.8 万公里左右。随着"八纵八横"高铁主通道的建立，中国绝大多数城市和地区都会享受到高铁带来的诸多红利。这些红利包括，培育壮大高铁经济新业态，促进沿线区域交流合作和资源优化配置，加速产业梯度转移，带动制造业和整个经济转型升级，等等。

第二节　高铁把世界变小

人类的生存与发展，在时间中延续，在空间中拓展。节省时间，就是延长生命，拓展空间，就是放大生命。人类对速度的不断追求，赢得了更多时间，拓展了更广阔的空间。

高铁把世界变小。随着我国高铁运力持续增强，社会人流、物流周转明显加快，旅客的旅行时间大幅缩短，全社会物流成本有效降低。高铁的快速发展，不仅加速了我国产业转型升级，优化了产业结构，同时也在改变着中国人的生活方式，改变着中国经济生活的方方面面。

正点率

中国书协主席苏士澍先生是位著名的社会活动家。以文会友，行走四方，是他的生活常态。苏先生曾对我说："我喜欢坐高铁，现在出行我都是首选高铁，因为高铁很正点，几乎是分秒不差。乘坐高铁，你可以有计划地办事，不会因为晚点而打乱你的行程安排。"

快速、准时、舒适，是出行者对交通工具的企盼。中国高铁极高的正点率，是吸引众多旅客拥向高铁的重要原因之一。列车正点，提升了出行的幸福指数。

我国高铁自动化控制的可靠性和高超的运输组织水平，保证了高速列车极高的正点率，真正做到了分秒不差。中国铁路总公司提供的资料表明，2015年，我国高速列车始发正点率达98.8%，终到正点率达95.4%。

2010年8月1日，京津城际铁路开通运营两周年时，新华社记者曾做过一次高速列车正点率调查。调查结果显示，两年中，京津城际铁路在确保安全运行的同时，高速列车正点率接近100%。京津城际高速列车以其"安全、快捷、舒适"的优势，正在成为往来京津旅客的首选交通工具。

正点率高，是高铁的明显优势。除了受严重的恶劣天气和偶发的设备故障影响外，我国高速列车做到了基本不晚点，正点率高达95%以上。这是航空、公路和水路交通工具望尘莫及的。

为确保高速列车安全正点运行，各个铁路局调度所都设立了专门的动车组调度台；各高铁客运站做到固定径路、固定股道、固定站台、固定停车位；站长及驻站公安人员亲自接发列车，做好旅客乘降组织，准确无误地做好动车组列车的接发车工作。

"时速300公里的高速列车，每秒行进83.3米，一秒都不能放松，必须一秒一秒地抠，才能保证安全正点！"一位高铁司机这样对我说。

高铁正点率虽然很高，但偶尔碰上一次延误也会打乱旅客的出行计划、破坏出行的好心情。这个时候，高铁调度员更是不敢有丝毫的懈怠，他们在严格按图行车的同时，会密切注视各高速列车运行情况，积极应对偶发晚点列车，做好运行调整、旅客乘降等组织工作，尽快恢复列车正点。必要时，协调其他交通工具，疏散旅客，避免客流积压。

2015 年 3 月 8 日下午，沪杭高铁因接触网故障，部分高速列车晚点。上海虹桥站接到高铁调度指令后，及时与虹桥机场和航空公司联系，派人赶赴机场，帮助购买了"空铁通"产品的转乘旅客预先换好登机牌，确保了 200 多位旅客在晚点到达上海虹桥机场后的顺利登机。

"同城效应"的快乐

当今，人类已经密集地聚居于城市。

飘逸的长裙、光亮的领结、优雅的华尔兹舞步舞出生活的美好。然而，对速度的渴望仍然是一个永恒的话题，从某种意义上，速度决定了人们的生活圈。

高铁将许多地区浓缩成了"半小时经济圈""一小时经济带""一日生活圈"。

小廖是天津音乐学院的学生，时常关注北京音乐会的演出信息。他说："北京的大型剧场比较多，音乐会、话剧几乎每天都有，从天津跑过去享受一下是经常的事。"京津城际铁路开通之前，他是坐动车组列车跑北京，一个单程 70 分钟，时间不算长也不算短，再加上赶往火车站的时间、等候下一班列车的时间，怎么也要三个小时。如今高速列车一个小时就搞定了。

"中午从北京到天津吃顿包子，下午回去还不耽误上班。"已故著名艺术家阎肃在乘坐京津城际高速列车后，曾经做了这样一个形象的描述。有了京津城际铁路，京津两地的百姓在居住、工作、教育、娱乐等方面的选择更加广泛，文化、休闲的资源在城市间实现了共享。

京津城际列车实行公交化运输，最小行车间隔只有 3 分钟，京津间全程直达运行时间半小时。从空中鸟瞰，一列列白色铁龙，鱼贯而入，飞速穿行，好似一条流动的时间生产线。

北京地铁线路最小行车间隔为两分半钟，由此可见，京津城际铁路已达到了公交化的运行标准。同时，列车发车模式采取交错发车的方式，每一列车只在一个站停留，以保证列车能够高速运营。

"大运量、高密度、公交化"的城际铁路相继开通，让城际铁路沿线城市居民的工作、生活范围迅速扩大。城市间的高铁成为城市居民上下班的通勤工具，实现了高速的公交化运营。高铁银线穿起的长三角、珠三角、武汉城市群、中原城市群，成就了一个个"经济圈""经济带""生活圈"，显现出巨大的"同城效应"。"双城记""三城记"升级成为"同城记"。

有研究表明，北京人上下班的拥堵成本每个月是 375 元，上海人可以忍受的拥堵时间为 48 分钟……而现在人们仅花几十元，30 分钟即可从北京到天津，50 分钟即可从杭州到上海，这无疑大大节约了出行成本。

中国铁路总公司总工程师何华武的笔记本上，记录着一组密密麻麻的有趣数字。他以机场轨道交通为例，给乘坐京津城际高速列车的旅客算了一笔账：在机场轨道交通费用上，香港 34 公里需要 100 元，上海 30 公里需要 50 元，北京从东直门出发 26.1 公里需要 25 元，而京津城际 120 公里的票价不超过 70 元！

在"2016 中国国际轨道交通博览会暨高铁经济论坛"上，国家铁路局党组成员郑健谈得最多的就是高铁经济。他强调指出："高铁提升了出行品质，引发了'同城效应'，激活了旅游市场，促进了资源开发，树立了国家形象，高铁经济成为国家经济新引擎。"郑健举例说，通高铁城市与不通高铁城市相比，综合经济竞争力高出 71.15%，可持续竞争力高出 56.91%。

经济学家李迅雷谈高铁印象：2011年，他第一次坐高铁到一个从未去过的城市参加会议，那个城市叫郴州。他想，如果没有高铁，主办方估计就不会在那里举办资本市场研讨会。后来，他又去了枣庄，据说自从京沪高铁开通之后，枣庄就成了作为金融中心的上海和作为政治中心的北京这两个中心城市之间的中心。确实，高铁改变或正在改变中国的经济地理——这是一个非常有意思的变化。

中国高铁横空出世，不仅是一场经济地理上的革命，也是一场时空观念上的革命，影响着中国社会生态，改变着人们的生活观念。高铁让中国变小，让人们生活圈扩大。异地工作、异地消费、异地置业，都成为可能。高铁像魔术师一样，悄然改变了人们的时空观念和生活方式。

高铁集聚效应，加速了区域要素的流动，核心城市的中心地位大幅强化，吸引区域的人口、资金等要素不断向其集聚，特别是一线人口集中度持续提升。

高铁扩散效应，加速了城市边界的模糊，居民跨城通行时间大幅缩短，中心城市的信息、资金、人口等要素能够更畅通地向周围扩散。2016年，中国一线城市调查表明，广州、深圳外来人口的流入规模在继续扩大，而北京、上海的人口流入规模近两年已开始出现萎缩。

京沪高铁开通运营后，北京至上海最快不到5小时，实现"朝发夕归"，当日往返。乘坐这条高铁，上海到南京只需1个多小时。在上海上班、南京安家成为一部分人的选择。"高铁改变了时空概念，我可以居住在苏州，在上海上班，感觉很方便。"大学生张良这样描绘道。

位于江苏省东南部的昆山市，京沪高铁使它与上海这座大都市的时间距离只有18分钟。高铁带来的全新速度，让原本并不遥远的两座城市变成了一个"社区"，昆山成为上海的"后花园"，越来越多的上海人在昆山居住。这种"同城效应"在沪宁、杭甬、广珠、长吉、昌九、沪杭等高铁沿线都日益显现。

高速铁路让这个世界变小　张富源/摄

乘坐京沪高铁从北京南出发至河北廊坊，最快只要 21 分钟，廊坊经济技术开发区目前已吸引来自 30 多个国家和地区的 1500 家企业入驻，总投资超过 700 亿元。高铁的建设和开通促进了产业结构优化升级，使铁路发展转变为现实生产力，不断创造新的经济增长点，为民生改善创造条件。

京广高铁通车后，北京至广州 2298 公里的距离只要 8 小时便可到达，高铁将环渤海、中原、武汉、长株潭和珠三角城市群连为一体，迅速进入跨区域的"同城化"时代。

目前，从北京乘高铁半日可达 54 个城市，最快 30 分钟可达。这些城市分布在河北、山东、河南、山西、江苏、安徽等 11 个省市。2016 年年底，我国高速铁路营业里程达到 2.2 万公里，以高速铁路为主骨架，包括区际快速铁路、城际铁路及既有线提速线路等构成的快速铁路网基本建成，总规模达 4 万公里以上，基本覆盖 50 万人口以上的城市。

高铁促进了社会资源和要素的合理流动，让不同城市的人共享优质社会资源。速度缩短了空间距离，也催生出"星期天工程师""假日专家"等新的职业。京沪高铁开通运营 3 年时的数据显示，山东省德州市引进硕士博士 2000 余人，专家级领军人物 300 余人，充实了宝贵的"智力资本"。

高铁客流冲击波

安全、方便、快捷、舒适的高铁，已经成为人们出行的首选。当你伫立于人流如织的高铁客运站，看到高速列车载着一批批旅客，又有一批批旅客乘坐高速列车而去，你一定会觉得眼前的高铁太值得宠爱、太神奇了。

美国《新闻周刊》撰文认为："中国正在进行的铁路革命，使多年来以幅员辽阔为特色的中国大大缩小……高铁改变的不只是距离，也改变了个人对自身局限性的认知，改变了人们对其居住大陆的看法。"

走进"和谐号"高速列车车厢，如同进入了一个崭新的时空，人们会发现，旅客列车瞬间改变了模样。舒适的软座椅，车窗大、采光好，视野开阔。座椅要比飞机上的大，座位的前后空间足以伸开腿，还可以在车厢两端公共空间散步。全自动恒温空调系统，让车内始终保持适宜的温度、湿度和清新空气。车厢内设有轮椅存放区、婴儿护理桌、残障人士卫生间，让您出门不再作难。在高雅的生活空间里，旅客们静静地看电脑、看杂志或休息，不再吵吵闹闹、大声喧哗，旅客的品位和气质与快捷舒适的

"和谐号"高速列车一等座车厢　陈涛/摄

高速列车、温馨得体的服务形成一道和谐的景观。

我国高速列车分为时速 300~350 公里和 200~250 公里两个速度等级，座车设有一等、二等和商务车厢，还有适合长途旅行的卧铺动车组。与其他交通工具相比，我国高速列车受气候环境影响小，能够适应气温最低 -40℃、最高 40℃ 以及各种复杂的气候环境。

城市因高铁而年轻，乡村因高铁而生动，中国人的生活因高铁而改变。毫无疑问，今天的中国，高速列车已经成为现代生活一个极具表征意义的符号。

面对中国这个 13 亿多人口的大国，有车就有客，有客就有流，这似乎成了一个铁定的事实。呼啸而过的高速列车，必定带来强大的高铁客流冲击波，形成巨大的高铁客流市场。

2016 年的春运 40 天，有 1.47 亿人次的旅客乘坐高铁列车，高铁的客流量已占铁路客运量的近一半。作为大型、高速的公共交通工具，高铁在中国人的生活和经济社会中，越来越表现出强大的力量。这是一种改变中国时空的巨大力量。

到 2017 年上半年，我国已投入运营的高速列车达 2600 多组，每天开行高速列车 5000 多列，运送旅客 400 多万人次，居世界首位。高速列车开行数量已占我国旅客列车开行总量的 63%，高铁旅客发送量占铁路旅客发送总量的 45.8%。高速列车已经成为我国铁路客运的主力军。

前些年，社会上对高铁不理解，多有微词，其中客流量不足是一个重要方面。客观上来说，在高铁线路开通初期或者在一些不太好的运营时段（如凌晨和深夜）会存在客流量不高的现象。但总体看来，高铁线路开通后，经过一段时间的市场培育或者不需要市场培育，客流量就会迅猛增长，甚至可以说超出预期。

在 2016 年 5 月 15 日新实施的铁路运行图中，铁路部门进一步增加了主要高铁线路动车组列车开行密度，增开动车组列车 137 对，总对数增加至 2118 对。近年来，随着大量新建高铁线路的开通，动车组客运市场快速扩大，市场占有率从 2007 年的 4.3% 上升至 2015 年年底的 45.8%，乘坐动车组列车已成为越来越多旅客出行的首选。

刚刚过去的 2016 年，全国铁路投产新线 3281 公里，新开工项目 46 个，新增投资规模 5500 亿元，到年底，全国铁路营业里程达 12.4 万公里，其中高速铁路 2.2 万公里以上。这一年，国家铁路完成旅客发送量 27.7 亿人次，同比增长 11.2%，其中动车组发送 14.43 亿人次，占比超过 52%。

2017 年春运期间，全路开行动车组列车达 2400 多对，占列车开行总量的 60% 以上，"高铁春运" 已成为铁路春运十分明显的特征。

今天，当人们再次审视铁路春运，发现它承载的不再是辛酸的记忆。穿梭在中国大地上的 "和谐号" 高速列车，拉近了城市与城市、城市与乡村的距离，增进了相互间的情感，改变着东部到西部、南方到北方的时空距离，给人们带来了愉悦的高速度体验和回家的快乐。

高铁成网运营，极大方便了沿线城市旅客的出行，主要干线客流均呈现出快速增长的态势。如今，高铁安全快捷的优势，以及舒适的乘车环境，吸引着越来越多的乘客。

世界银行的研究报告显示，由高铁诱发生成的新增客流量，占高铁客流量的 50% 以上。这一数据的重要意义在于，它说明社会上一度热议的 "被高铁" 现象并不客观、并不准确，只是某一个时期的表象。高铁的客流中有一部分是从传统铁路转移过来的，但不占主流，更多的则是新生成客流。它说明高铁的诞生创造了出行需求，很多本来被压抑的出行需求，因为高铁的诞生获得了释放。这就是高铁拉动出行需求、拉动内需增长、拉动经济发展的证明。

以京津城际为例，2008 年之前，京津间的普通列车客流量每年大约800 万人次，但高铁开通后，客流逐年大幅度增加，2015 年达到了 2887 万人次。在此基础上，目前的客流需求中，每年大约有 2000 万人次的旅客，要么是从私家车转移来的，要么是新生成的客流。保守估计，京津城际的新生成客流比例占 65% 以上。

每年春运、节日小长假等重要的客运节点，已经成为铁路客运上量的"黄金时段"。高铁的客运市场份额日益增加，引擎效应更加显著。以 2015 年国庆黄金周为例，9 月 30 日，全国铁路动车组旅客发送量达 480.9 万人次，创动车组单日发送新高；10 月 1 日，全国铁路发送旅客 1253.7 万人次，创铁路单日旅客发送新高。这一年的春运、暑运、小长假和国庆黄金周期间，铁路旅客发送总量、高峰日旅客发送量均超过历史最高水平，实现同比大幅增长。显然，这些巨大的客流，大都是由于高铁的快捷、便利所带来的。高铁的方便，让许多人随机而行，由此形成众多的新生客流。

京沪高铁作为中国高速铁路的标杆，正在发挥典型的示范效应。自 2011 年 6 月 30 日通车运营以来，京沪高铁客流逐年大幅度攀升，到 2014 年开通三周年之时，就实现了赢利。2015 年，京沪高铁运送旅客 1.22 亿人次，其客流高峰日运送旅客 48.9 万人次，上座率 94%。

截至 2015 年 12 月 31 日，京沪高铁累计开行高速动车组 367556 列，日均 223 列；累计运送旅客 4.02 亿人次，日均运送旅客 24.4 万人次。京沪高铁为沿线百姓创造了安全、方便、温馨的出行环境，客运量从通车当年日均发送旅客 13.2 万人次，上升到 2015 年日均发送旅客 33.5 万人次。大数据显示，截至 2015 年年底，全路已有京沪高铁、武广高铁、京津城际、沪宁城际、胶济客专、沪杭客专等 12 家高铁公司实现赢利。

高铁开通，让客货分线运输有了可能，腾出了既有线空间，极大地释放了运输生产力，全社会人流、物流周转明显加快，社会物流成本有效降低。胶济高铁开通后，既有胶济铁路图定货物列车增加 11 对，年货运能力增加 2920 万吨。京津城际开通后，小京山线图定货物列车增加 4 对，年货运能力增加 1095 万吨。武广高铁开通后，既有京广铁路武广段图定货物列车增加 33 对，年货运能力增加 8760 万吨。郑西线开通后，既有线增加货物列车 5 对，年货物运输能力增加 1460 万吨。沪宁城际开通后，既有线增加货物列车 32 对，年货运能力增加 8395 万吨。仅这 5 条高铁释放的既有线货运能力，每年合计达到 2.26 亿吨。

与此同时，全国铁路 28 个区域循环列车实现套环运行，增加了批量货物快运直达列车开行数量。西南、华北、华中、长江经济带等区域实行货运营销联动，将铁路局管内优势扩展到区域优势，带动了国际联运、铁水联运、货物快运、特色物流等多方面的建设和发展，物流总包运量实现快速增长。2015 年，国家铁路新增集装箱办理站 283 个，铁路零散货物运量同比增长 18.7%，集装箱发送量同比增长 20.2%。全年开行中欧班列 815 列，同比增长 165%；组织开行特需货物列车 2820 趟。

近年来，世界银行做出了一系列报告，高度评价中国高铁项目对经济的影响。2015 年年初，世界银行报告认为："中国拥有世界上最大的高铁网络，且仍在继续扩张。未来 20 年，高铁的客运量将继续快速增长。"

"高铁快运"达天下

快运，是当今人们生活的快节奏表现。

一夜间，高铁快运突然加盟物流业，让许多人欣喜不已。

据《人民铁道》报道，2016 年 11 月 11 日至 20 日 10 天时间，铁路共发送电商快递货物 1525 万件。在此期间，共有 170 列、总运力达 2650 吨的高铁动车组列车投入"双 11"的运输大战中。据了解，"双 11"期间全国铁路大批量集中开展高铁快运业务，这在铁路运输史上尚属首次。

据了解，2016 年"双 11"期间，中国铁路总公司借鉴铁路旅客运输黄金周组织模式，充分依托高铁快运、铁路干线运输优势，加强与电商、快递企业合作，推出高铁快运"当日达""次晨达"及电商班列"一日达"等快捷货运产品，打造铁路"电商黄金周"运输服务品牌。

有趣的是，"双11"期间正是人们出行淡季，铁路利用高铁多余运力，用客流相对平稳的高速列车运输"双11"商品，每次仅占用一节车厢，装80~100件集装件。各大城市间，基本上实现了当日送到买家手中。

2016年"双11"期间，广铁集团联合中铁快运、顺丰速运、邮政EMS等企业，开展高铁快运业务，主要提供"当日达"和"次晨达"两种服务，利用每天从广州南、深圳北、长沙南开往北京、上海、武汉、郑州、西安、成都等方向的20趟高速列车发送快递，每天可发送快递48吨。如此大面积地实行"高铁快运"，这在铁路运输史上尚属首次。

同济大学铁道与城市轨道交通研究院教授孙章认为，高铁发达的路网覆盖全国各地，高铁的速度使物流流通更快速和便捷。高铁正点率高，且受天气影响小。相对飞机而言，高铁快运价格便宜，让更多的消费者受益，也促进快运业的良性竞争。

孙章说，高铁快运是一种"多赢"的模式，既符合铁路货运组织改革的转型战略，是推进铁路供给侧结构性改革、适应我国快递业发展的需要，同时也有助于快递企业借助高铁优势加快现代物流企业建设。

2016年"双11"期间，仅在北京，中铁快运北京分公司每天利用北京始发的200余趟高铁列车进行快件运输。与此同时，其他省市地区也积极加入高铁送快递的阵容中来：沈阳"双11"期间每日高铁快递160吨；湖南40趟高铁加入"双11"快运大军；长三角区域47趟动车组助力"双11"。

很快，高铁快运服务网络就扩展至全国所有高铁覆盖区域的505个城市，基本实现直辖市、省会城市、中东部地区地级市和经济发达县域全覆盖。随着铁路部门在全国高铁到达的所有城市试行高铁快运业务，中铁快运公司顺理成章成为淘宝平台物流服务供应商。

阿里巴巴研究院物流专家栗日认为，高铁快递已不是新鲜物。早在2012年，广铁集团与顺丰、EMS等合作，在武广高铁广州南至长沙南之间尝试高铁快递。2013年又开通了深圳北至长沙南的高铁快递业务。

栗日介绍，目前的快递运输，70%～80%是公路运输、10%～15%是航空运输，铁路运输只占到2%～5%。汽运灵活性最强；而500～1000公里之间高铁与航空运输时效性差距不大，高铁的成本优势就显现出来了。

广铁集团高铁快运业务主管沈国昕表示，广铁集团主要进行两项高铁快运业务：一是广州南和深圳北到长沙南的单程"确认车"高铁快递业务。确认车是为保证高铁列车出行安全，每天4点40分发出的一辆不载旅客的、对线路情况进行确认的列车，主要用这趟车做高铁快件的运输，货物量比较大。二是载客动车组的高铁快件运输，这一块的业务由中国铁路总公司委托中铁快运来运作。

业内人士分析，就成本而言，汽运低于高铁快运，高铁快运低于民航。与航空运输相比，高铁快运在运输成本上具备优势。不过，由于快递企业对铁路没有控制权和调度权，万一政策有变，或铁路运力有调整，就无法正常满足运输的需求，因此，快递企业还有一些顾虑。

诚然，高铁货运是借力高速列车，而高速列车又是专用的旅客列车，对货运而言，还存在先天的不足，配套设施亟待完善。

圆通速递运营中心高级总监王勇认为，圆通并没有使用高铁快运，因为高铁快运的操作模式与现在圆通的操作要求不匹配。首先，高铁快运是用客运车厢来载货，货物是放在座位上和通道里，空间有限。其次，高铁车站所在的区域，大货车不能进入，没法大批量操作，分成小车去运输的话，抬高成本。

"最重要的是，目前高铁没有专门的货运车厢，高铁站在设计上没有货物运输通道，这意味着工作人员要去站台上操作，人工摆放货物和卸货，这增加了额外的时间成本和人力成本。"王勇分析道。

可以说，从站台到车厢，高铁一开始的设计是为旅客运输服务的，并没有为日后的货运留出空间。

有好消息传来，中国货运动车组即将上线。中国铁路总公司已经不满足仅开行电商班列和区域经济圈货运列车，下定决心要在白货①运输上取得更大突破，在高铁线路上开行货运列车将是铁总白货运输上的终极目标。

中国高铁列车制造技术已相当成熟，货运车厢在技术上是没有任何障碍的。中国中车目前正在研制货运动车组，样车正在唐山轨道客车有限责任公司装配组装，不久之后就会投入运营。而随着高铁快运的广泛发展，高铁客运站的货运配套设施的问题也会迎刃而解。

据悉，货运动车组项目将运行时速定在 200~250 公里区间，稍低于客运动车组最高时速 300~350 公里。列车将直接使用高铁线路，也就是说，当前已开行的客运专线有可能转变到客货混用。

对铁路部门而言，高铁快运是进一步市场化的一种尝试和探索，铁路改革或许会向货运倾斜。快递企业非常想利用高铁的运能，随着配套基础设施的完善，未来高铁货运占比会提升，高铁快运会成为大趋势。

---

① 白货：铁路运输中，发货的货物以货物的自然属性、生产特征为主要分类标志。铁路货物运输品类共分 26 类，其中第 1~14 类称为"黑货"，除"黑货"以外的各类货物，包括集装箱运输的货物统称为"白货"。

第三节　说走就走的旅行

有人说过，人的一生中至少要有两次冲动，一次是奋不顾身的爱情，另一次就是说走就走的旅行。也不知道从何时起，一场说走就走的旅行，成为一种时尚，让人们充满了想象和憧憬。

四通八达的高铁，丰富的高铁产品，加之优质便捷的服务，让说走就走的旅行成为现实。不再是口号，不再是想象，高铁助你行天下。只要你想放松自己，随心而行，大好河山任你游；只要你有想法，随车而行，高铁客流中就有你我他。

"互联网+出行"

2017 年春节，郑州胡先生一家四口乘坐高铁去北京旅游。

列车快进站时，胡先生的手机响了。铁路 12306 网站告知他，北京西站有"高铁快巴"接送。胡先生喜出望外。夫妇俩带着不满三岁的双胞胎孩子，正担心到北京西客站后不好打车呢。原来，就在两个月前举行的

高速列车进苗寨　石宗林/摄

　　"中国互联网交通运输融合创业大赛"上，北京市交通委出台了北京"互联网+出行"实施方案，与铁路12306平台积极合作，让高铁"牵手"巴士，打造出了"高铁快巴"，为民众带来更加安全、便利、快捷的出行体验。这种高铁快巴依据火车旅客下车后所要到达的目的地路线，配置公交车。旅客在12306购买火车票时，就会出现通往不同区域目的地的高铁快巴车次，旅客可以在网上预订，也可以在乘坐火车时通过手机预订。

　　所谓"互联网+出行"，就是借助互联网，充分运用交通大数据，为我所用，便利出行。如今，手机不离手，早已成为一种常态。手机在手，让"互联网+出行"有了保证。眼下，"互联网+出行"正在成为广大旅客的真切体验。

在这个互联网普及的时代，智能、快捷、高效成为多数服务行业的服务标签，互联网逐渐深入到各个行业领域，促进了线上线下的交流联系，对开拓商业范围起到了积极的促进作用。

高铁带来的远不只是民众生活的便捷。高铁大动脉带动了人流、资金流、信息流的迅速流动，城市与城市之间的联系更加紧密，旅游更加火爆，贸易更加兴旺，商业更加繁荣。新的城市经济圈正在迅速形成，新的经济带正在快速崛起，伴随着风驰电掣的高铁列车，中国进入了高速发展的时代。

2011年6月12日，12306客服网售出第一张高铁电子客票——北京南站至天津站客票，标志着中国高铁网上售票业务开通运行。大约半个月后，在京沪高铁开通运营前夕，12306网站开始对外发售京沪高铁车票。到当年9月底，全国高铁及动车组列车全部实现了互联网售票。紧接着，又实现了所有列车网上售票。

现代化的网络电子票，以其方便、快捷与公平的姿态，与风驰电掣的高速列车一道，组成了又一道"和谐"的风景线。

实名制购票为网络售票提供了可能。早在2011年春运期间，铁道部决定对现有的18个铁路局（公司）的12306客服网站进行扩容改造，借助互联网这一现代化手段，依托浩瀚的网络空间，搭建起了网上售票平台，实现公开、公平、公正地出售车票。

2012年春运，12306客服网首次接受访问量骤增的考验。经过半年的发展，该网站相继推出了网络订票、扩大电话订票范围、实行车票实名制等新的服务功能。这年春运，通过12306网站购票的旅客数量激增，高峰期持续时间长。从1月5日起，12306网站连续5天点击量超过10亿次，访问量环比比上月激增 10 余倍，其中 1 月 9 日点击量超过 14 亿次，成为全球最繁忙的网站之一。

专家估计，如果 12306 网站登录高峰期间的并发量达到 1GB（计算机存储单位），那么，同时在线访问人数可能已达到 500 万。

500 万是一个什么数字？安天实验室总工程师张栗伟解释道："同时在线达到 500 万，已经超过百度空间的规模。如果同时交易 500 万笔，这个规模大约是淘宝最大促销 2011 年'双 11'时第一小时总成交量笔数的 2 倍，无论哪一个都是比较巨大的数字。"他认为，这种定点放票的机制容易造成访问数量剧增，出现明显的洪水效应，一旦超出服务器的承载能力，响应时间就会显著变长，交易失败率就会增加。

为此，受铁道部邀请，阿里巴巴集团派出 17 名技术精英组成项目组，指导和协助 12306 网站进行优化和改进。同时，不断提升带宽，由 600 兆上调至 1000 兆，很快又上调至 1500 兆。系统的每日售票量由 65 万张提高到 100 万张以上。2012 年 1 月 20 日，12306 网站创造了 119.2 万张的日售票最好成绩。一年后，即 2013 年 1 月 15 日，当天总共发售客票 695.1 万张，网络购票 265.2 万张，占到近 4 成。全天超过 1700 万人次登录系统买票，点击次数高达 15.1 亿次。比 2012 年春运期间网络最高日售票的 119.2 万张，能力提升了 1 倍多。

2013 年 3 月，中国铁路总公司成立后，加大了对 12306 网站的改造投入，扩充了网络带宽，扩充了系统交易处理能力，优化了网站购票操作流程，升级了手机客户端，让旅客对网站的访问更顺畅。

这年 12 月 8 日，春运大战前夕，12306 网站顺势推出列车信息查询等服务，同时，还增加支付宝购票、退票，退票实时到账等服务。猛然间，12306 网站人气急剧攀升。到当天 15 点，共有 15.2 万人下载并使用铁路12306 手机客户端，售出 16183 张火车票。

12306 客服网很快成熟起来。网站功能的不断优化升级，折射出铁路售票组织的不断完善。在传统的车站窗口、客票代售点和自动售票机的基础上，全面推行互联网售票、手机购票、电话订票。很快，便捷的 12306 网站，成为旅客购票的首选。

2014 年 9 月 18 日，铁路单日售票量首次突破千万大关，达 1039.9 万张，其中互联网售票比例高达 61.2%，创造了铁路网上售票的最高纪录。

2015 年，12306 客服网又将互联网售票时间由不晚于开车前 2 小时改为半小时，推出"变更到站"服务，优化退改签规则，开办列车联网补票业务，更加方便了旅客购票。同时，实施手机号码双向验证、设置图形验证码、调整常用联系人数量等新举措，大力遏制冒用他人身份信息进行网上囤票倒票等不法行为，有效净化了互联网售票环境。

2016 年 2 月 3 日起，12306 客服网手机 APP（第三方应用程序）客户端又新增了列车正晚点查询服务。旅客可在手机 APP 上选择"我的 12306"中的"正晚点查询"服务，输入需查询的车站名和列车车次，即可查询该列车在指定车站 3 小时内的正晚点信息。

2017 年铁路春运，网上售票占比超过 60%，大大改善了旅客体验，社会满意度明显提高。由此，旅客在车站窗口通宵排长队购票的情景，"黄牛"倒票猖獗的现象，一去不复返了。

如今，12306 系统成为世界上点击量最大的系统之一，网上售票占比超过 60%，日均点击量超过 30 亿次，日均售票量 500 万张。

"互联网+出行"的道路越走越宽广。

动车朝着市场开

2011 年后，世界瞩目的中国铁路春运开始变得快捷、平和与舒适起来。普通人回家的路，多了通畅与欢喜，少了艰辛与烦躁。

高铁的持续发力，让人们的出行快捷起来。动车朝着市场开，规模不断扩大，市场不断火爆。由此而来的幸福感，乘车者的体验最为深切，如同沐浴着暖融融的春日，温馨舒适，有网民称之为"开往春天的高速列车"。

面对市场，我国铁路部门不断优化行车组织，采用高密度、公交化的开行方式，编制符合市场经济规律、满足旅客要求、具有经济效益的快速列车运行图。利用高铁新线开通契机，系统优化地区客车方案，吸引客流，引流开车，增开长途客车，开行假日列车，调整夕发朝至列车，最大限度地减轻严重超员与虚糜并存现象；利用好高铁资源，积极开拓城际和市域客运市场，高密度增开小编组、快速度的城际列车和市郊列车，着力拓宽快速列车通道。

围绕实现旅客"零换乘"，扩展大节点运输方式，完善换乘设施和组织方式，有序引导旅客进行接续运输，强化高铁与高铁、高铁与普铁、普铁与普铁间列车开行方案、换乘服务等方面的紧密衔接，提升客运网络整体效能，扩大客运量，方便旅客出行。

由此，一大批中国高铁客运新产品应运而生。

自 2015 年 1 月 1 日，在北京、上海至广州、深圳等方向开行高铁动卧列车，一举将高铁的竞争优势由 1500 公里扩展到 2000 公里以上。随着动卧市场的日趋成熟，其他高铁线上将陆续开行动卧列车，不断巩固和扩大市场份额。利用高铁早晚时段，增开中短途动车组列车，填补部分地级城市在高铁早晚时段的服务空白，提高京沪、京广等繁忙高铁线路通过能力和动车组运用效率。

2015年2月1日，广州东站首次向潮汕站开行动车组列车。这是一趟穿越普速铁路与高铁两种铁路线的跨线运行列车，在全路还是第一次。动车组列车从广州市内的广州东站始发，避开繁忙的广深港高铁，先在既有线广深段运行，到平湖南编组站后，再转至杭深高铁，进而到达潮汕站。至今，该趟列车的平均上座率达101%。

据广铁集团统计，节假日坐动车组出行的旅客已占总量的60%以上。但由于多方面的原因，一些地区的高铁网与普速网不连通，动车组不能从普速铁路上的车站直达高铁站，这不仅制约了高铁的辐射范围，而且也给旅客出行带来不便。以广州为例，同城的高铁站（广州南站）与普铁站（广州站、广州东站）不连通，旅客坐高铁动车组只能去市郊的广州南站，从市区内的广州站或广州东站无法坐动车组直达其他高铁线上的车站。

这种两网不通的状况也制约了铁路整体效率的发挥。广州至深圳148公里，两地之间有广深港高铁和广深普铁，广深港高铁日运行动车组80多对，高峰期超过100对，线路运输能力接近饱和；拥有4条线路的既有广深铁路的运输能力利用率仅80%左右。因为两网不通，动车组不能灵活运用于这两条线，整体运输效率大打折扣。

广铁集团积极开动脑筋，试图打通高铁与普铁之间的樊篱。2015年8月初，我任人民铁道报社长时，报社驻广东记者站记者朱建军向我报告了这一新闻线索，我高度重视，让他密切关注、跟踪采访，一旦取得成果，立即进行报道。

这年8月19日，《人民铁道》在头版头条刊发消息，以《普速与高速两网融通释放运输潜力》为题，推介了广铁集团的经验。我亲自撰写短评

中国智慧：中国高速铁路创新纪实

《"1+1>2"的探索》。短评认为，开行跨既有线与高铁线的动车组列车，实际上是在没有建设新线的情况下，补长了运输短板，拓宽了高速铁路的影响范围，对创新高铁运营组织模式意义重大。

广铁集团的有效尝试，产生了极大的示范效应。各铁路局针对长、短多种客流需求，积极推行高铁与普铁融合的路子，实行动车组的跨线开行，在提升普铁利用率的同时，也大大提升了动车组列车的上座率。

高铁催生旅游热

2015年的秋天，英国《泰晤士报》记者汤姆·切斯希尔来到了中国，像许多外国旅行者一样，汤姆到北京后，下一个目的地就是西安。从北京到西安，汤姆坐上高铁列车，1100公里仅用了5小时30分钟。在西安游玩结束后，汤姆登上了开往武汉的高铁列车，4小时到达。之后，他在武汉站登上了开往南京的高铁列车，同样是4个小时到达。从南京到上海，他坐高速列车用了1小时40分钟。最后，汤姆又自上海北上，乘坐京沪高铁列车，花了不到5个小时，抵达北京。

"乘坐高铁列车，这是游览中国的绝佳方式……"汤姆得意地说。

旅游，日益成为当今老百姓追求高品质生活的现实需要。高铁的便利，让人们的旅游出行更加"任性"。

高铁纵横东西南北，人们的活动范围在迅速扩大，自然风光、文化遗产、现代文明都一股脑地进入人们的视野，"高铁游"应运而生。"早喝广州茶、午登岳麓山、晚游黄鹤楼""上午吃泡馍、下午游少林"的任性生活，眼下成为现实。

当你乘坐京沪高铁的列车，透过车窗，举目望去，可以完整地欣赏到中国风景从北向南的文化转换。

拥有杨柳青年画、狗不理包子、许多河流的天津过去了；以诗书、泰山、儒家文化为骄傲的济南到来了；然后是别称"金陵"的南京，娴静的玄武湖和婉约的秦淮河一闪而过；集世界文化遗产和世界非物质文化遗产于一身的苏州出现了，喝碧螺春茶、吃松鹤楼的松鼠鳜鱼是这个城市的味道。最后，终点站上海虹桥站到了，一座座金融大楼与海风海韵交汇的城市呈现眼前。

高铁对旅游业的发展带动立竿见影。贵广高铁的开通，让"藏在深山

好一道流动的风景　何坚强/摄

人未识"的贵州游人如潮。2016 年国庆黄金周，贵州省接待境内外游客同比增长 41.80%，实现旅游总收入同比增长 44.16%。借助高铁带来的便利，粤桂黔 3 省（区）积极引导高铁沿线城市之间的相互合作、客源互换，互利共赢效果显著。数据显示，2015 年，贵州省接待广东游客 1459.01 万人次，同比增长 39.2%；接待广西游客 928.46 万人次，同比增长 15.9%；2016 年上半年，广东赴黔游客达 2561.79 万人次，呈现井喷式增长。

南广、贵广高铁将粤桂黔的旅游资源"一线牵"，高铁沿线城市"快旅慢游""一程多站""一线多游"的服务体系也已初步成形。以贵州黔东南苗族侗族自治州黎平县肇兴景区为例，贵广高铁开通后，肇兴景区以肇兴侗寨和归杩服务区为重点，集中对景区综合服务中心、归杩商业步行街、观光车转乘站、人行栈道及绿化景观等项目进行了提升和完善。高铁沿线城市旅游配套服务的提升，极大地方便了游客的进出，增强了粤桂黔高铁旅游竞争力。

伴随沪昆高铁的开通，昆明市旅游系统大打亲情牌，赠送旅游福利，吸引旅客来往。凡持高铁车票去昆明的游客可在昆明部分景区和酒店享受 5 至 9 折优惠。世博园、石林、黑龙潭公园等昆明主要景区，拿出价值近 50 万元的门票、酒店体验券，赠送给来访的幸运游客。

2015 年 7 月 1 日，合肥至福州高铁开通，沿线贯穿黄山、三清山、武夷山等诸多风景名胜，被网友称为"最美高铁线"。"风景那么美，我想去看看！"一时成为网络流行语。黄山市趁机推出了 8 条高铁旅游概念性精品线路，开展"乘高铁、游黄山"优惠活动，所有景区门票半价优惠。高铁客流火爆，景区游客爆满。

面对高铁带来的旅游大市场，铁路部门着力助推，积极开发高铁旅游产品，以"高铁自由行、高铁团队游、高铁主题游"以及"高铁+租车+酒店、高铁+景区"等为主要内容，推进铁路旅游与客运强强组合，不断丰富高铁旅游系列产品。

新生客流调查表明，当今人们的出行变得更加随意、更加方便。高铁的便捷，极大地增加了人们的出行次数。有了高铁，就有了舒适的行程，外出旅游、常回家看看，成为常态。这无疑将给高铁客流市场带来灿烂前景，带来更为广泛的经济效益。随着一大批新建高铁的相继投产，高铁网释放出巨大运输能量，旅客发送量将成倍甚至几倍地增长，这也是铁定的事实。

诗歌与远方

"穿越时光隧道/拂去历史烟云/细读大西高铁语境中的秦晋之好……"

2014 年 7 月 29 日，由太原南开往西安北的 D2503 次高速列车，在大西高铁上飞驰。窗外，飞速掠过的是一处处记载着华夏文明的历史遗迹；车内，轻歌慢吟的是以文化传递高铁之美的浓浓诗香。高铁为媒，文化为介，美景、诗文相得益彰。

就在大西高铁开通运营不久，一场以"传播高铁文化、打造文化大西、丰富旅客体验"为主旨的"高铁诗会"，在人民铁道报社副刊部和太原铁路局党委宣传部的精心策划和组织下，首秀于大西高铁。

晋陕两省是华夏文明重要的发源地之一，古迹遗址众多，文化名人荟萃。大西高铁犹如银线穿珠，将太原晋祠、平遥古城、洪洞大槐树、运城关帝庙、永济鹳雀楼、西安大雁塔等蜚声海内外的名胜古迹、名山古刹穿连起来；又如一幅巨型的水墨画，将尧舜的千古美名、盛唐的峥嵘沧桑、关公的忠义美德、炎黄子孙的寻根情结徐徐展开。用文化之美传递高铁之美，为再续"秦晋之好"的大西高铁增添了独特魅力。"高铁诗会"将高铁与晋陕两省淳厚凝重的历史文化对接，让文学与旅客、读者、公众亲密接触，为旅客的高铁体验带去了一份历史的厚重和文化的韵味。

一首诗《报站名》，将大西高铁沿途的众多地理典故嵌入18个站名之中，给人以"站站有故事、步步有美景"之感。"客舍并州已十霜，归心日夜忆咸阳。无端更渡桑干水，却望并州是故乡。"一位旅客朗诵的唐朝诗人贾岛的七言绝句《渡桑干》，在让人们感怀古人客居他乡的思念之苦的同时，对今日由高铁而生的"同城生活"感到幸福快乐。"北上太行山，艰哉何巍巍！羊肠坂诘屈，车轮为之摧……"一首曹操的《苦寒行》，体现了古人行走太行山之艰难，更让今人体会到高铁的安全舒适、速度如风。

高铁改变生活，生活感动诗人。"大同城里的妈妈/喜欢站在/新修起来的城墙上/眺望——云雾弥漫的山/那么高/路——那么远/远嫁的女儿/就在雁门山的那边……"由山西省文联诗人西土创作的《圆梦的大西》，描述了一位年迈母亲与远在西安的女儿两地思念的故事。因为有了高铁，母女俩不再为旅途劳顿发愁，愉悦地行走两地，享受天伦之乐。

"从来没有一条铁路啊/让三晋儿女的心跳动得如此激荡/从来没有一条铁路啊/让三晋儿女的眼神如此热辣滚烫……"这是太原铁路局工人诗人毕雪琳创作的《飞翔之翼：让梦想照进现实》，表达了三晋儿女对高铁的期盼之情。她说："大西高铁让我情不自禁想要创作，每一句诗都是从心底冒出来的。"

"高铁诗会"活动吸引了诸多旅客参与，在3个多小时的旅程中，一首首或激昂澎湃，或传诵经典，或映照现实的旧体诗、新体诗，为旅客送去一道文化"甜点"。读诗活动带给旅客的不仅是欢乐，更是一次中国文化的传播和文化自信的积淀。

在活动现场，太原铁路局官方微博携手"新浪山西"全程进行了网上微直播。活动当天，线上线下千余名网友参与互动，万名网友关注、参与了高铁读诗活动。

诗意的服务，诗意的旅行。

无独有偶，在李白故里、诗歌小镇江油开往成都东站的 36 对动车组列车上，每一排座位背后的专用书袋内都放有一本《火车诗刊》，免费供旅客阅览。旅客们称赞，高铁之旅的文化大餐，有诗意的快乐旅行。

"飞一般速度/似白色闪电/忽如一夜春风催生了一个新时代/中国动车迅疾引领世界，各国为之仰慕为之惊叹……"诗人周世通的《高铁，一个梦幻般的动词》，让诸多旅客感叹不已。在飞驰的列车上，旅客经常情不自禁地朗诵起《火车诗刊》里的诗歌。旅客王强说："让诗歌通过高铁走向大众，是《火车诗刊》的创意。"《火车诗刊》是全国第一本高铁诗歌杂志，是成都铁路局与广汉市文联共同主办的，绵成乐客运专线沿线 16 个城市文联热情加盟，把诗歌注入高铁服务文化，共同为全国第一条诗歌高铁增添一道亮丽的人文风景线，更好地推动高铁沿线旅游经济发展。绵成乐客运专线北起江油，经绵阳、德阳、广汉、成都、彭山、眉山、青神、乐山等城市，直抵峨眉山下，全长 310 多公里，连接川内 19 个城市区域。沿线城市人文底蕴深厚，既是李白、杜甫、苏东坡等大诗人的出生地或生活地，又有世界知名的三星堆和金沙古蜀文化遗址，沿线"成都 1 小时经济圈"内聚集着峨眉山、乐山大佛、都江堰、青城山等景区，旅游资源十分丰富。2015 年 3 月，成都铁路局和广汉市文联共同发起了"最美蜀道·诗歌高铁"活动，邀请绵成乐客运专线沿线诗人乘坐高铁到广汉开展采风联谊活动，发出了打造全国首条诗歌高铁的倡议。联谊会后，《火车诗刊》杂志收录了沿线 15 个站点城市 70 余位诗人的 200 多首诗歌和 10 余篇关于诗歌高铁的论文。《火车诗刊》以高铁为载体，普及高雅化、殿堂化的诗歌文化，引起《人民日报》、新华社、中新社、菲律宾华文《世界日报》、泰国华文《中国日报》等国内外媒体的广泛关注。"诗歌高铁"也因此成为绵成乐高铁服务的文化品牌。广汉市文联主席陈修元感叹："一条高铁串起这么多中国历代顶级诗人实属罕见，'诗歌+高铁'模式使高铁沿线区域间的文学交流更加密切！"著名诗人、《星星》诗刊执行主编龚学敏出任《火车诗刊》执行编委。他在接受记者采访时说："诗歌上高铁，拓宽了诗歌的传播途径，有利于诗歌的发展。"把诗歌注入高铁服务，是成都铁路局创新服务文化品牌的具体实践之一。在此基础上，他们还将高铁文化与书法艺术相结合，从感性到理性，由外在到内在，赋予高铁文化墨韵慧质。邀请四川当代书法十二家，以行云流水的笔触、挥洒自如的墨迹、遒劲有力的线条，将裂变与融合、继承与创新的时代追求运思于笔端，书写"中国高铁"的文化魅力。

第六章　中国高铁"走出去"

　　2011 年 6 月 30 日，京沪高铁开通的第一天，我从北京南站登上首发上海虹桥站的 G1 次列车采访。

　　开车后，见车厢里有许多旅客围着列车长。我好奇地挤过去，发现原来是旅客请列车长在车票上签名留念。列车长是位漂亮的姑娘，她微笑着一一签名。这时，一位黄头发外国小伙子也拿着车票挤了过来。得知小伙儿来自美国后，列车长随口问道："美国有高铁吗?"小伙儿摇了摇头，用蹩脚的中文说："基本没有。"

　　"美国没有高铁?"列车长露出了一个内容丰富的微笑。

　　这位美国小伙子原来是《华尔街日报》的记者。事后，他在报道中这样写道：对于一个二三十年前仍用蒸汽机车输送旅客的国家来说，高铁值得骄傲。这种骄傲不经意地表现在女列车长的身上。她那含意多样的笑容分明在问：中国的高速列车能开进美国吗?

　　对于一直睁大眼睛看中国的国际社会来说，中国高铁无疑是一张靓丽名片，展现着新时代"中国智慧"的魅力。"高铁热"在中国"高铁外交"的催化下不断升温。

　　中国高铁"走出去"，为世界打开了一扇看中国的窗口。让世人在认知博大精深的华夏文明的基础上，领略当下中国的现代工业文明。"一带一路"建设，关键是路，高速铁路无疑是沿线国家走向富裕的康庄大道。让世界各国分享中国先进的高铁技术成果，让高铁造福于世界人民。

第一节　高铁与这个世界

　　自从有了铁路，人们的移动速度大大加快，世界的距离则大大缩短。由此，战略家们开始以铁路为经纬谋划世界格局。而高速铁路的横空出世，让这个世界的联系更加紧密，让世界格局更具有前瞻性和战略性，相互间的往来更加通达、快捷与便利。

　　有专家描绘，随着海洋特大桥、特长隧道技术的突破，高铁将跨越大洋，成为飞越世界的交通脊梁。世界各国可以通过高铁，快速地进行资源、技术的交换，新需求、新投资也将被不断催生，从而有力带动欧亚大陆的经济整合。

　　高铁将世界经济体紧紧地联系在一起。

麦金德的"世界岛"

　　公元 1492 年 8 月 3 日，哥伦布带领航船从西班牙的帕洛斯出发，经过80 多天的海上搏击，于 10 月 28 日抵达古巴。哥伦布以为，这里应该属于大汗的领域，是中国大陆的一部分。他向当地的国王递交了伊莎贝拉一世和菲迪南的国书。

1493 年 4 月 15 日，哥伦布回到西班牙。人们都以为他找到了通往亚洲之路，哥伦布成了英雄，受到隆重欢迎。西班牙国王夫妇激动得热泪盈眶，为上帝赐给了他们无穷的财富振臂欢呼。按马可·波罗的说法，中国那个地方遍地是黄金。

这是个美丽的错误。直到 1497 年，伽马绕过好望角到达印度，才到达了真正的亚洲。直到 1519 年至 1522 年，麦哲伦船队绕过南美，环绕地球一周后，人们才终于明白了地球是圆的。从此，在人们的心目中，浩瀚无际的海洋不再令人望而生畏，而是聚集财富的蓝色坦途。

在国际政治学说中，有一个重要的分支，即地缘政治学说。在这个学说中，最有名的论点之一就是麦金德的"世界岛"论。这位曾经的牛津大学地理系主任，把欧亚大陆和非洲合称为"世界岛"，把世界岛最僻远的地方称为"腹地"。借助世界地图可以看出，这片陆地四周被大海包围，正是一片岛屿。

麦金德的"世界岛"理论集中体现了"心脏地带论"的思想，其中的 East Europe，字面上是"东欧"，又似乎包括了"中亚"，比较多的说法是指称广阔的没有出海口的欧亚腹地。这一理论使人们联想到位于欧亚大陆两端之间、将东西方世界分开的那片广袤的人烟稀少的地区。

依据麦金德的表述，用一支红铅笔可以在世界地图上画出这样一道曲线：从俄国北部的白海开始，画到莫斯科，穿过黑海和里海之间的高加索地区，到伊朗腹地，然后再转向东北进入中国境内。这时要把中国的新疆、内蒙古都画进去，或许还要包括中国的西藏地区。到了大兴安岭后再顺着山脉的走向，最后向北一直到俄国的东西伯利亚湾。这道曲线加上俄国北部的海岸线就形成了一个封闭的地区，就是麦金德的欧亚大陆"心脏地带论"。

然后，在这"心脏地带"的外围再画一条弧线，这条曲线要画进（或穿过）以下一些国家和地区：欧洲、非洲撒哈拉沙漠以北地区、土耳其、伊拉克、沙特阿拉伯、伊朗、巴基斯坦、印度、中南半岛（即印度支那半岛）、中国南部沿海地区、中国东部沿海地区、朝鲜半岛等。"心脏地带"的边界线和这道新线之间形成一片区域，它看起来像是一片新月，所以被麦金德称为"内新月地区"。

按照麦金德关于"世界岛"的遐想，中国实际上处于世界岛和边缘地区（即"内新月地区"），而沿边地区大多是世界岛的中心区域，地缘战略地位十分重要。在麦金德看来，海洋上的机动性，是大陆心脏地带的马和骆驼的机动性的天然敌手。

哥伦布以后的时代，现代俄国有组织地暴力取代了昔日的蒙古人，俄国通过哥萨克控制了整个欧亚内陆的大草原，蒸汽机和横贯欧亚的铁路也代替了过去马匹带来的机动性。很快，横贯大陆的铁路改变了陆上强国的状况。铁路在闭塞的欧亚心脏地带创造了更加伟大的奇迹，替代马匹和骆驼，提升了社会的联系性。换句话说，铁路的发展使欧亚大陆成为一个具有真正势力的统一整体，促进了国家或国家联盟的形成。

有资料表明，从欧洲西部延伸至中国东部沿海，正迅速融合成一个涵盖 60 多国，占世界 60% 人口、75% 的能源和全球 30% 的 GDP 的宏大市场。中国的西部、北部、西南部，被认为是欧亚大陆"心脏地带"的一部分。撇开麦金德的大英帝国视角中所使用的"心脏地带"这个概念，从中国的地理空间角度来说，这一地区之所以被认为是历史的地理枢纽，是因为中国的这一广大地域，是几大文明交汇的地带。在全球范围内，或许再也找不到一个区域能够与这个地域相比，能够创造出比其他地区多得多的人间奇迹来。

早在 1524 年，西班牙征服者埃尔南·科尔特斯就有一个著名论断："谁控制了海洋之间的通路，谁就可以成为世界的主人。"熟悉西方地缘政治理论的人都知道，世界文明史就是陆上与海上的文明史，陆权的载体是铁路，海权的载体是船队，世界上最主要的物流、人流，要么通过铁路，要么通过海洋来完成。无疑，海洋之间的陆地通道，高铁是最佳选择。

于是，我们可以设想一下，在欧亚大陆建设高速铁路网，修建通往中亚、西亚、西欧、东南亚等地的高速铁路，乃至延长到北非。作为大陆支撑的海洋国家，中国要与有关国家联合建设高速铁路网，形成高铁丝绸之路，无疑是个明智的选择。从另一方面来看，如果修建亚欧非三块大陆的高铁，对于中国高铁走出去来说，无疑是一个巨大的"商机"，对沿线各国的发展也都具有重要的意义。

我们还可以设想，积极推进欧亚、中亚和泛亚三条高铁线路的落地，高铁的高速特性可以让资源能够在最短的时间里在各国之间快速地输入输出，加快沿线国家之间资源、技术的交换，从而有力带动欧亚大陆的经济整合。

2016年11月1日，国际铁路联盟发布的全球高铁发展状况报告显示：全球已建成运营的高铁里程为35000公里，在建的高铁里程15452公里，已规划即将建设的高铁里程为4264公里，长期规划建设的高铁里程为32065公里，其中美洲的巴西、墨西哥、美国、加拿大共计2829公里，非洲的埃及、摩洛哥和南非合计4080公里。从区域来看，全球高铁市场主要集中在亚欧两地，未来约建21760公里。就市场发育情况而言，短期内亚洲高铁发展迅速，长期欧洲规模将接近亚洲。

我们有理由相信，未来世界，除了跨越海洋的洲际长途飞行非得依靠大飞机之外，一国的境内交通甚至是跨国交通中，将有很大的一部分被更安全快捷的高铁所代替。瑞典欧盟研究所研究员艾莲娜·卡尔森曾撰文指出："中国发展高铁是非常明智的选择，将在找到新的经济支撑点的同时，占据未来新能源利用制高点……"

欧亚大陆桥的跨越

早在 19 世纪末，就有"欧亚大陆桥"之说，意指俄罗斯的西伯利亚铁路。

沙俄政府时期，为了把相距遥远的东西部连接起来，俄国修建了西伯利亚大铁路。这条铁路东起太平洋沿岸的海参崴，西至乌拉尔山东麓的叶卡捷琳堡。从 1891 年起，这条铁路从东西两端同时开工，于 1905 年建成通车，全长 9288 公里，成为横贯欧亚大陆的交通大动脉。此后，为加快开发西伯利亚和远东地区，苏联政府决定修建第二条西伯利亚铁路（贝阿铁路）。这条新铁路西起西伯利亚大铁路的泰舍特站，直达日本海沿岸的苏维埃港，全长 4275 公里。在苏联铁道兵部队的努力下，1984 年年底贝阿铁路竣工，1985 年正式通车。

"新欧亚大陆桥"是相对旧欧亚大陆桥而言。它东起太平洋西岸连云港等中国东部沿海港口，西可达大西洋东岸荷兰的鹿特丹、比利时的安特卫普等港口，横贯欧亚两大洲中部地带。它的东端直接与东亚及东南亚诸国相连，它的中国段西端，从新疆阿拉山口站换装出境进入中亚，与哈萨克斯坦德鲁日巴站接轨，西行至阿克套，进而分北中南三线接上欧洲铁路网通往欧洲。

2004 年，哈萨克斯坦铁路迎来自己 100 岁的生日。此时，哈萨克斯坦政府也正倾力筹建一条西通欧洲各主要城市，东经中国抵达太平洋沿岸的"泛欧亚铁路干线"。

根据哈萨克斯坦的方案，"泛欧亚铁路干线"从中国东部沿海向西经新疆阿拉山口进入哈萨克斯坦境内，再横穿哈全境向西至里海的阿克套，然后转南进入土库曼斯坦。此后，"泛欧亚铁路"先后通过土库曼斯坦、伊朗和土耳其，再经过新建的14公里的博斯普鲁斯海峡铁路与欧洲铁路对接，最后抵达欧盟总部所在地布鲁塞尔，全长8000多公里。整个干线基本使用各国境内现在运行的钢轨，其中需新修的铁路有3923公里。

高铁问世之后，欧洲就开始梦想建立一个泛欧高铁网。多少年来，尽管许多欧洲国家都有自己的高铁线路，但这些铁路系统几乎都是各自独立研发，存在较大技术差异，使得开通跨国高铁面临种种困难。

2007年5月25日，从德国始发的两辆高速列车穿越德法边境，抵达法国首都巴黎。列车时速达到320公里，将法兰克福和巴黎间铁路旅行所需时间从6个多小时缩短到3小时左右。美联社报道说，这条跨国高速铁路标志着酝酿多年的泛欧高速铁路网梦想已经开始逐步变成现实。

2009年10月14日，北京人民大会堂。

国务院总理温家宝和俄罗斯总理普京共同签署了《中俄总理第十四次定期会晤联合公报》，见证了12项双边合作文件的签署。其中，中国铁道部和俄罗斯运输部、铁路股份公司签署了关于在俄罗斯境内组织和发展快速和高速铁路运输的谅解备忘录。这是一次历史性的突破——中国或将以成套技术输出的方式，为发达国家建造世界最高水平的高速铁路。时隔不久，铁道部和美国通用公司在北京签署了合作备忘录，双方承诺在寻求参与美国时速350公里以上的高速铁路项目方面加强合作。

2013年11月25日，国务院总理李克强出访罗马尼亚。两国总理决定在修建罗马尼亚高铁等领域进行合作。在随后的新闻发布会上，中罗两国总理论透露，双边正在紧锣密鼓地商讨罗马尼亚引进中国高铁技术的重大项目。

随着世界主要发达国家高速铁路的快速发展，欧洲高速铁路技术在谱系化、标准化、一体化等方面总体上居世界前列，泛欧高铁的路线也已浮出水面。据美联社报道，根据长远规划，欧洲将打造两条高铁干线：一条途经法国首都巴黎、德国慕尼黑、奥地利首都维也纳和匈牙利首都布达佩斯；一条连接德国汉堡、法兰克福和法国里昂、西班牙巴塞罗那。

目前，除了在哈萨克斯坦的项目外，中国还在积极推动中吉乌铁路建设，从而形成中亚国际运输通道。中方在道路设计、施工和生产设备等方面表达了合作兴趣；俄白两国也希望中国能够参与巴拉诺维奇到布列斯特试点地段的招标中来。中国正在加快与俄罗斯的货物运输通道建设，从而形成东北亚国际运输通道。

当今世界上，已存在两个大陆桥：一个是指美国大陆桥，沟通大西洋与太平洋，连接俄、德、法、英等国的第一欧亚大陆桥，从纽约到旧金山，比经巴拿马运河的海运距离减少了一半。另一个是东从中国连云港向西穿越阿拉山口进入欧洲抵达荷兰鹿特丹，全长 1 万多公里。1990 年，中国西部城市乌鲁木齐至阿拉山口 465 公里的北疆铁路建成，与哈萨克斯坦境内的铁路接通后，形成了第二亚欧大陆桥（亦称亚欧新海大陆桥）。中国西部地区的产品通过这条通道进入欧洲，可节约时间和运费各一半。如果泛欧亚铁路形成，则构成第三座亚欧大陆桥，其意义、作用以及里程都将大于现有大陆桥。因为它可以东从中国上海、广州、香港等地，或以新加坡、越南等为起点，经昆明、大理、瑞丽入缅甸，经印度、巴基斯坦，到伊朗后分为两路，一路继续向西北到达伊斯坦布尔与欧洲路网相连，另一路则往西南经伊拉克等国到达埃及塞得港，与非洲铁路网相连，并可进入地中海。从上海出发，无论是到伊斯坦布尔，还是到塞得港，都是11000 公里，里程超过第二亚欧大陆桥。

长期以来，国际高速铁路合作国之间实际上遵循的是以"自由、平等"为特征的市场权益关系。如果说中国高速铁路的发展本身就得益于全球化环境，那么同理，中国参与和建设国际高速铁路也一定是与合作国分享这种全球化的收益。

显然，从高速铁路本身所具有的技术经济外溢功能上看，中国参与和建设国际高速铁路，一定会发挥"时空压缩机"的作用，将中国的西部、东北部、东南部和与其相接壤的周边国家连接成一个技术、经济、贸易的共同体，进而使所有参与建设的合作国共同受益，这种效应是巨大的。

挺进"泛亚铁路"

　　"泛亚铁路"的概念缘于泛欧铁路的概念，最早出现在 1960 年。当时几个亚洲国家对修建从新加坡到土耳其铁路进行可行性研究，背景目标是提供一条长 1.4 万公里的完整铁路，纵贯中南半岛，连接新加坡及土耳其伊斯坦布尔，并计划延伸至欧洲及非洲。然而，碍于此后的国际社会的政治和经济障碍而搁浅。

　　1976 年，泛亚铁路的构想得到扩展，一些连通非城市地区和港口的铁路也被纳入规划。泛亚铁路的名字被明确提出，则是在 1995 年。当年 12 月的东盟第五届首脑会议上，马来西亚总理马哈蒂尔提出修建一条超越湄公河流域范围，从马来半岛南端的新加坡，经马来西亚、泰国、越南、缅甸、柬埔寨到中国昆明的"泛亚铁路"倡议。这一倡议立即得到了东盟首脑和中国政府的认同。这时，欧洲因为修建了连接欧洲各国的泛欧铁路而使整个地区的经济社会得以快速发展。如果把东南亚乃至整个亚洲铁路连接起来，形成大铁路网，那么，世界上第三个亚欧大陆桥就会应运而生。

　　2004 年 1 月，泛亚铁路被列入中国《中长期铁路网规划》。泛亚铁路拟定了三条线方案：一是东线方案，由新加坡经吉隆坡、曼谷、金边、胡志明市、河内到昆明。该方案全长 5500 公里，在中国境内北起云南玉溪，

泛亚铁路规划图

图例
东线方案
中线方案
西线方案
中东线方案

通过云南河口口岸与越南贯通。二是中线方案，由新加坡经吉隆坡、曼谷、万象、尚勇、祥云（玉溪）到昆明。三是西线方案，由新加坡经吉隆坡、曼谷、仰光、瑞丽到昆明。如果这样一个庞大的计划最终落实，将极大地促进和加强中国与周边国家的互联互通，给沿线国家和人民带来丰厚的经济利益。

泛亚铁路东南亚段的东、中、西三条线，都是从中国云南昆明出发，经过越南、柬埔寨、老挝、缅甸等国，在泰国曼谷会合后经吉隆坡直达终点新加坡。其中中国境内的玉溪到河口、昆明到大理段已经通车；昆明到玉溪、大理到瑞丽段正在建设；连接中老、中泰铁路的玉溪至磨憨段已于先期开工，2015 年底完成招标，正在加快推进建设。

无论是从泛亚铁路的角度还是从第三亚欧大陆桥来看，昆明都处在节点、中心枢纽的位置。这意味着处于全国铁路末梢，铁路网少、偏、差的云南铁路，将有望重新布局和定位，成为新的铁路枢纽。

由此，新的"丝绸之路"或"茶马古道"将成为中国西部的门户。中国所需的油气等资源将不再需要全都用船舶来运输，可以大大节约运输时间。这条"钢铁丝绸之路"对中国西部的发展有很大的促进作用，也可以快速扩大东南亚各国的文化、科技、物资交流。

从整个东南亚格局和中国的战略格局来看，与中国利益最相关的国家往西就是文莱、菲律宾、马来西亚等国。对于中国，通过泰国陆路贯通南北，水路可达东西。因此，在地理上泰国对中国而言具有十分重要的战略意义。

事实上，中泰铁路是中国倡导的泛亚铁路网的重要一部分。对于泰国而言，泛亚铁路将会极大地缩短泰国前往各地的旅程。泰国虽然不乏良港，但当前泰国的出口量其实已经超出其港口的承受能力。因此，许多物资需要转运至马来西亚槟城港进行海运。泛亚铁路能够极大提升泰马两国间的物流效率。

如果中国要接入泰国的铁路系统，有两种选择：一是从清迈接轨，二是从廊开府接轨。根据 2006 年 11 月 10 日在韩国釜山签署的《亚洲铁路网政府间协定》来看，泛亚铁路规划的中线方案是从老挝万象进入泰国，是走廊开一线。

按照泛亚铁路的规划，泰国处于泛亚铁路中线，是泛亚铁路贯穿中南半岛的关键一段。根据中泰两国签署的谅解备忘录，中国将在泰国修建两段铁路。一段将从泰国北部廊开府抵达罗勇府的马普达普深海港，其间将通过呵叻府和沙拉武里府的景溪县，这条铁路长度为 734 公里。另一段将连接景溪县和曼谷，全长133公里。

2013年10月，李克强总理在泰国访问期间亲自推销中国高铁。之后，中方与时任泰国总理英拉签署了被称为"高铁换大米"的协议。后来，因为泰国政局变动，英拉下台，中泰高铁项目也被搁置。直到2015年初，泰国军政府又重新开始考虑中泰铁路合作，但合作项目由高铁变成普通铁路。

据《印度时报》报道，印度铁路部门正在研究一项建设高铁的提议，高铁在将来最终将会把印度同中国连接起来。中国也对修建一条穿过印度曼尼普尔邦、将中国同印度连接起来的铁路表示出强烈兴趣。印度铁路委员会一名官员说，铁路部门已经从曼尼普尔西南地区的吉里巴姆铺设宽轨铁路到缅甸边境莫雷，这条铁路将会同拟在印缅边境地区修建的铁路连接起来，方便这两个国家将更多商品运到中国。

目前，缅甸境内路段的勘测工作已经结束。由于地形复杂，中国通往缅甸的铁路只能达到每小时170公里的速度，虽然比一般铁路快，但和高铁的速度还有一定距离。从马来西亚首都吉隆坡通往新加坡的高铁，作为泛亚铁路网最南端的路线，也已经被提上议事日程。

按照《亚洲铁路网政府间协定》的规划，一张连通欧亚大陆的四线铁路网已经成型，修建四条横跨亚洲的黄金走廊，把欧亚两大洲连为一体。它们分别是：连接朝鲜半岛以及俄罗斯、中国、蒙古国、哈萨克斯坦等国直达欧洲的北部通道；连接中国南部，以及缅甸、泰国、马来西亚等国的南部通道；连接俄罗斯、中亚、波斯湾的南北通道；连接中国、东盟及中南半岛的中国—东盟通道。这四条线路将连接起28个国家和地区，总里程约8.1万公里。

泛亚铁路是一条以高速铁路为主、普速铁路兼之的快速铁路通道。它从中国的西南大理到缅甸、老挝、泰国，然后分支西经马来西亚到新加坡，东到柬埔寨、昆明至越南河内、胡志明市，是一条连通东南亚的经济大动脉。泛亚铁路规划分段修建，从西南出中国，北上印度、巴基斯坦等地，与伊朗相交，形成东欧至东南亚的快速铁路网，将更加密切中国和东南亚国家的友好互助关系。

泛亚铁路建成后，中南半岛东边的越柬可和西边的泰缅连成一体。中国与湄公河流域的政治、经济关系将更为紧密，使之成为具有"全球意义的通道"。泛亚铁路为物资与人员流动所带来的方便，势必将提高经济活动效益，也能营造更加和平稳定的地缘政治环境。

第二节　中日高铁的比较

多年来，日本对中国发展高铁心情复杂多变，一直怀有矛盾心态和纠结心理。起初，日本一直虎视眈眈中国的高铁市场。随后，又视中国为高铁领域的对手，不惜一切代价与中国争夺"高铁外交"舞台。

特别是近年，随着中国高铁大踏步地走向世界，在群雄争霸的格局中，日本新干线与中国高铁总是如影随形。面对印度、美国、泰国、越南等潜在的高铁市场，日本是千方百计排挤中国。论及中日高铁的比较，日本发展在先，中国后来居上，这应该是不争的事实。

日本谋求高铁霸主地位

日本财团一直在布局中国。

二战前，日本财团被称为财阀，是明治维新后因政府的扶植而逐步发展成的具有垄断性质的大型控股公司。日本财团既是日本经济的支柱，也是日本社会的幕后政府，对日本政府的决策尤其是经济决策，具有举足轻重的影响力。由于财团占有经济社会与信息资源的绝对优势，日本政府的很多情报、决策都依赖于这些智囊机构。

1994 年，日本政府出台了《东亚新干线铁路网》的建设计划书。该计划书透露，日本希望在不远的将来，能够构筑起一个东亚高速铁路网。以东京为起点，通过对马海峡的海底隧道连接韩国，然后穿过朝鲜半岛连接中国内地，然后从中国内地一路南下，终点站为香港。

20 世纪 90 年代初，日韩两国领导人互访时，都曾商讨过共建日韩海底铁路隧道问题。后因花费太大未能实现。此前，日本已参与了韩国高铁项目。早在 1970 年，日本国家铁路公司的工程勘查团队，就参与了"汉城（今首尔）—宝山"走廊地区建造增强型铁路系统的勘查。而后，日本在竞标韩国高铁时，却败给法国阿尔斯通公司。

2004 年，韩国高速铁路开通，宣称其列车主要是自己的技术，只有核心零件由阿尔斯通公司与韩国的现代重工业公司联合制造。

由于韩国的抵制，以及中国大陆的不积极，日本财团选择中国台湾作为其新干线铁路计划的试验田。从 1996 年开始，三井物产凭借在台湾的事业基础，积极推动台湾高速铁路项目的进程，并在日本成立了"台湾新干线日本企业联合"（TSC）。

1997 年 9 月，欧铁联盟（主要厂商为德国的西门子和法国的阿尔斯通）击败了台湾新干线株式会社。但是最终台湾高铁将日本新干线系统与欧洲高铁系统混合使用，由此造成了技术上的不兼容，给台湾高铁的正常运行埋下了隐患。

日本念念不忘向中国大陆推销新干线。

1997 年，由三菱商事、川崎重工等 14 个企业团体发起成立了"日中铁道友好推进协议会"，聘请前首相竹下登担任会长，总共有 70 家厂商会员，其中 44 个成员组成"中国高速铁路日本企业联合"。川崎重工等 6 家日本公司与中国南车四方机车车辆公司合作，参加中国铁道部组织的车辆招标，并向中国提供客车技术。

中国领导人每次访日，双方必定谈到新干线，日方必定安排乘坐和参观新干线。1998 年 4 月和 11 月，国家副主席胡锦涛、国家主席江泽民先后访问日本。日本运输省都特地安排两位中国领导人乘坐最新型 500 与 700 系列的新干线列车，让中国领导人眼见为实。在日本高速列车上，小渊惠三首相对江泽民说，对中国的高速铁路项目，日本将官民并举，倾力协作。

1999 年 7 月，日本首相小渊惠三访问中国，向江泽民主席递交了一份《日本援建中国高速铁路意见书》，明确表示日本愿意提供最先进的新干线技术和建设资金。2000 年 4 月，日本运输省官员曾表示，中国建设北京至上海高速铁路项目时，日本不仅可以向中国出口车辆，而且要向中国转让新干线系统的最新技术。

2000 年 10 月 14 日，朱镕基总理访日，当时的日本经济团体联合会会长今井敬在欢迎宴会上郑重地表示：日本没有美国的波音客机，也没有法国的空中巴士，只有一条新干线，希望中国能够在建设北京至上海的高速铁路问题上，认真考虑采用日本技术。朱镕基总理只是回答了一句外交辞令：欢迎投标参与国际竞争。

2001 年 8 月 13 日，日本首相小泉纯一郎执意参拜靖国神社。中日关系走向低谷。

此时，中国要求采用德国磁悬浮技术的呼声高涨，日方十分郁闷。事实上，对于向中国推销新干线技术，日本国内的声音一直很嘈杂。

一方面，日本政界和产业界锲而不舍、不遗余力地向中国推荐新干线技术。另一方面，日本国内也有强烈反对向中国出口新干线技术的声音。他们既害怕技术外泄，又担心中国成为日本强大的竞争对手。

2002 年 9 月，中国国务委员宋健访问日本，日本媒体纷纷报道说，中国政府在京沪线 1300 公里的计划中对日本型新干线重新表示兴趣。由此，日本各界又掀起一波出口新干线的热潮。

2003 年 8 月，日本国土交通大臣扇千景带着大礼——低利日元借款，来到北京拜访中国国家领导人和铁道部负责人。然而，中国政府方面的表态依然是一贯的：采用哪种技术，正由中国专家做论证。无论日方如何"利诱"，中方都没有偏向日本的表示。

高铁外交也是战场，日本谋求高铁霸主地位的企图一目了然。多年来，日方对中国高铁市场的追求一直表现得十分迫切，而中方则是"任凭风浪起，稳坐钓鱼船"，不急不躁，不温不火，使得日本方面始终无法摸清中国的态度和底牌，最终赢得了国家利益的最大化。这是一种韬略，也是一种战略。

面对中国高铁市场，在日、法、德三国的角力中，日方为了谋求高铁霸主地位，可谓不惜一切代价，绞尽脑汁，软硬兼施，最终拔得头筹，进入了中国高铁市场。诚然，原因是多方面的。

中日高铁技术 PK

2004 年冬天，是一个少见的暖冬。

日本川崎重工中标中国高铁市场后，心情是几多欢喜几多愁。欢喜的是，赢得了中国市场，企业的债务危机有望缓解。忧虑的是维系企业命根的核心技术卖掉了，这个世界上又多了一个竞争对手。总裁大桥忠晴曾劝告中方技术人员："千万不要操之过急，先用 8 年时间掌握时速 200 公里的技术，再用 8 年时间掌握时速 350 公里的技术。"他解释道，新干线从时速210 公里提升至 300 公里，日本人用了近 30 年的时间。

几年之后，日本人的担忧得到了印证。中国成为他们强劲的竞争对手，而且这种竞争是按照中国企业设定的游戏规则进行的。

2008 年 8 月，中国时速 350 公里的京津城际铁路开通后，以世界最高的运营速度吸引了全球的目光。就像 20 世纪 70 年代各国政要造访日本必看"新干线"一样，不到一年时间，美、英、俄、日等 30 多个国家的政要、国际组织负责人等分 200 多个批次，来华乘坐了京津城际铁路。

就在京津城际铁路"和谐号"高速列车上，日本专家考察团表示："中国的高速铁路技术已经超过日本。"

此后，不到两年时间，武汉—广州、郑州—西安、上海—南京、上海—杭州、石家庄—太原等多条高铁线路相继建成通车。中国高铁里程很快超过了日本等发达国家，引起了国际社会强烈反响。

这个时候，日本沉不住气了。日本东海旅客铁道株式会社社长葛西敬之在接受英国《金融时报》采访时表示，中国高速铁路行业"窃取"外国技术，并且在安全上打折扣。

显然，日本对中国高铁反应如此强烈，主要是国际竞争的需要。

众所周知，中国引进技术是支付了转让费的。然而，在20世纪50年代，日本经济高速发展的时代，是连技术转让费用都不支付的，拿把尺子就仿冒，那才是真正的"窃取"。

近年来，不断有日本铁路高管跳出来指责中国高铁，不是说安全没有保证，就是说技术剽窃了他们的，再就是说中国高铁故障多，等等。

采访中，就中国高铁技术与国外高铁技术相比，我查阅了许多资料，访问了许多专家，最终得出结论，中国高铁技术优势主要表现在以下几个方面：

运营速度高于原创。高速铁路技术的原创者是日本、德国、法国。日本的代表作是新干线，运营最高时速是300公里。法国的代表作是地中海线，运营时速最高也是300公里。同样，德国高铁的运营最高时速仍然是300公里。就这三个国家而言，日本除了道岔区以外，都是无砟轨道，法国用的是有砟轨道，德国新线部分用的是无砟轨道。而中国高铁大部分线路是无砟轨道，设计时速是350公里，接近最大安全速度。中国高铁在世界上率先攻克了时速350公里条件下空气动力学、轮轨关系、车体气密强度、减震降噪、大断面车体等一系列重大技术难题，从而使列车速度保持在一定的稳定范围内，保证了一定的安全余量，使其控制在30%～35%。中国的技术比日、德、法复杂，其品质和水平高于原创。

线路稳定性高于国外。贯穿辽阔国土面积的中国高铁，横跨多个不同的气候和地质区域，在线路设计上自然有更多的实际经验，技术上也比日本具有更多的优势。京津城际是软土路基，武广高铁是岩溶路基，郑西高铁是黄土湿陷性路基，还有哈大高铁是高寒季节性冻土路基，在这样复杂的地质条件和气候条件下建铁路，尤其是建高速铁路，需要攻克地基以及路基填入难题，而日本、法国、德国都没有这样的地质问题。桥梁、隧道等技术以及铺轨的无缝线路技术全是中国自己的。京广高铁从南到北2298公里，跨越温带亚热带、多种地形地质区域和众多水系，钢轨热胀冷缩问题处理得非常好，足见中国技术是国际领先的。中国高速列车为什么能跑那么快？一个很重要的原因，就是线路等级的平稳性等可能是最好的，还有良好的系统匹配，比较适合更高的速度。中国高铁的脱轨系数、减载量等，都是很低的，因为线路条件好。

目前，中国既有经过零下40摄氏度高寒地带的哈大高铁，也有穿越台风频发环境的海南环岛高铁；既有经过大风区和戈壁沙漠的兰新高铁，也有隧道长度超过总长度一半、有"超级高速地铁"之称的贵广高铁。这些覆盖各种地质和气候条件的高铁，为世界高铁建设积累了丰富的经验。

隧道交会时速高于国外。中国攻克了黄土地区隧道的技术难题，还实现了高速列车能以350公里的运行时速在隧道里交会，国外是没有的。武广高铁穿越南岭的大瑶山隧道群、穿越长沙城区和浏阳河的隧道，开挖断面达到160平方米，几乎相当于半个篮球场的面积。

有关数据表明，日本动车组列车过隧道有明显震动，空气阻力会加大很多，那是因为隧道面积小。中国高速列车没有这种感觉。中国的高铁轨道制造成本比较高，桥洞都是标准加工，精度确实比较高，效果比较好。

那么，相比之下日本高铁的优势在哪里？中国工程院院士、中国铁路总公司总工程师何华武回答道："要说中国与日本高铁的差距，主要表现在地震的预报与处置上。日本是一个地震多发国，日本地震处置技术是十分先进的，能够做到在地震横波距高铁100公里时，自动切断高铁的电源，确保高铁运行安全。中国高铁有差距的原因，除了技术原因外，再就是中国国土面积大、高铁线路多，像日本那样设置密集的地震观测点，显然还做不到。"

另外，日本的高速铁路和既有线不兼容，德国、法国高铁和既有线是采取高速列车下线覆盖既有线，中国高铁可以与既有线跨线运行，全国一张完整的客运铁路网，实现运输效益最大化。

高铁知识产权之争

2011 年 6 月 30 日，中国线路最长、速度最快、质量最高的京沪高铁开通，全球瞩目。首日上座率达到 98%。高铁股飙升至历史高位，海外市场前景看好。

时任铁道部总工程师何华武宣称，中国已掌握时速 300 公里及以上高速铁路的核心技术，尤其是高速电气化铁路牵引供电系统的主体设备接触网，已经开始实现关键零部件的国产化。

有消息称，中国将在美国、欧洲、日本、俄罗斯、巴西申请京沪高铁的 21 项专利。中国铁路部门也多次表示，中国高铁核心技术和外国没有知识产权纷争。

对此，日本显得异常紧张，反应强烈。

京沪高铁成功运行后，"中国版新干线"是日本媒体最常用的指代中国高铁的词语。日本朝日电视台新闻节目主持人在报道中国高铁时，称中国在这个问题上"脸皮太厚了"。

早在京沪高铁全线成功试运行时，6 月 29 日，日本《读卖新闻》以《日本警惕"中国复制版铁路"》为题，称日本对"在日本新干线技术基础上发展起来的中国版新干线"的海外出口充满警戒。报道称，中国高铁和日本的新干线外表一模一样，这本是象征着中日友好的技术支援。文章还引述日本国土交通省人员的话：大家都不高兴，中国只是复制引进的车辆的技术，却说成是自己的技术。日本新干线制造商川崎重工表示：不知道中国要对什么样的高铁技术申请专利。

7月1日，日本朝日电视台称，"中国新干线仅凭时速与日本新干线不同就想申请国际专利"，并引述国际律师的话分析称，只凭速度差就申请国际专利"很难"。该电视台还断言，美国和俄罗斯"不会承认中国的高铁专利"。

7月4日，日本新干线技术开发者——川崎重工的总裁大桥忠晴发表谈话："如果中国高铁在海外申请专利的内容与中国和川崎重工关于新干线技术出口的契约相抵触，将考虑对中国高铁'侵权'提起诉讼。"

7月5日，《读卖新闻》报道称，日本外相松本刚明昨天和中国外长会谈时，表达了对中国高铁"侵犯日本知识产权"的关心。在此之前，日本外务省国际报道官接受中国《环球时报》记者采访时说，如果确认中国在日本申请了技术专利，且有证据证明并非中国独创而是模仿了日本的技术，外务省会通过外交渠道向中国提出抗议。

更有趣的是，日本担心对抗中国高铁的力量不够，企图联合德国一同抗击中国。日本"中国商业热线"网站刊文说，中国高铁申请国际专利问题在日本引起的骚动有点过头了，日本应摆脱"受害者"意识，联合同样向中国出口过高速铁路技术的德国共同"维权"。

然而，德国并没有入日本的圈套。高速铁路技术的持有者西门子公司没有表现出和中国高铁"掐上"的意愿。和日本媒体相比，德国媒体的表现也理性得多。7月5日，《环球时报》记者搜索了一个月来德国主流媒体有关京沪高铁的报道，没有发现一家指责中国抄袭德国高铁。欧洲发行量最大的报纸德国《图片报》说，京沪高铁打破了世界上的所有纪录，展现了中国高速列车的最高级水平。虽然有德国技术的帮助，但列车90%为中国制造。

面对日本企业表现出的纠结心态和日本媒体不负责任的报道，中国铁路部门底气很足。

按照国际惯例，衡量是否具有自主知识产权有这么三个基本要素：一是创新性。即与别人不同，而且这个不同是有价值的。二是自主性。创新成果是以自己为主创造出来的。三是专利性。也就是说要取得专利。

2011 年 7 月 7 日，铁道部政治部副主任兼宣传部长、新闻发言人王勇平做客新华网，与广大网友讨论"中国高铁知识产权与技术创新"问题。

王勇平说，7 月 4 日，中日外长举行会谈。在日本外相松本刚明提及此事的时候，杨洁篪外长当即指出，中国申请的技术已经经过了自主创新。杨外长已经言简意赅又立场鲜明地表明了中国政府的态度。王勇平强调指出，中国人不会做"把别人的东西硬说成是自己的东西"的事情，也绝不会因别人说三道四就对自己用心血和智慧换来的创新成果放弃申请专利的权利。

王勇平反驳道，什么叫"盗版日本新干线"？京沪高铁与新干线相比，无论速度还是舒适度，无论是线上部分技术还是线下部分技术，都上了新台阶。例如，中国创新制造的 CRH380A 型车与从日本川崎重工引进技术、合作生产的 CRH2 型车相比，功率由原来的 4800 千瓦增加到 9600 千瓦；持续时速由原来的 200 至 250 公里提高到 380 公里；脱轨系数由 0.73 降低为 0.13；头车气动阻力降低 15.4%，尾车升力接近于 0，气动噪声降低了 7%；转向架轮对实现了"踏面接触应力"比欧洲标准降低 10% 至 12% 的新突破；车体的气密强度提升了 50%，保证了列车以时速 350 公里在隧道内交会的结构安全可靠性，等等。

就在王勇平做客新华网发表谈话的第二天，日本国土交通大臣大畠章宏在记者会上表示，就中国开始办理高铁国际专利申请手续一事称，"双方有必要冷静商谈，（因为）即便相互指责也无法找到解决的途径"。他强调说，日方完全无意针锋相对，"重要的是根据协议内容，相互遵守国际规则"。

紧接着，日本电视台报道说，在一个技术基础上产生新技术，在技术界是理所当然的事。报道借用了一位国际律师的话："现在搞清楚新干线出口时日中之间的契约内容非常重要。"

很快，日本媒体透露出了中日高速铁路交易协约内容。

2004 年，中日签署协议，中方从阿尔斯通和川崎重工购买列车。其中，川崎重工与中国铁道部签署的协议价值相当于 7.6 亿美元，包括将标志性意义的子弹头列车"疾风"的全部技术和知识产权转让给中国南车旗下的青岛四方机车车辆股份有限公司。

西门子和川崎重工的高管都说他们当时很希望拿到合同，如果不跟中国做生意，恐怕竞争对手也会做。这些高管说，他们当时预计很多年内，或许是数十年之内，中国公司都不会构成竞争威胁。

然而，日本没有想到，中国人这么快就研制出时速 350 公里的列车，并迅速成为国际市场中日本新干线的竞争对手。由此，日本人难免有"打掉牙往肚里咽"的郁闷与悲愤。

按理说，日本从中国得到了市场，中国从日本得到了技术，各得其所，两全其美，这本来就是很公平的事。何况，中国对日本技术不是简单地借鉴，而是进行了大量创新和改进，而且许多重大技术改造是在日本有限的国土面积上无法实现的，例如，使高铁技术更加先进，让高速列车的运行速度更快，乘坐更舒适。

2011 年 11 月 22 日，国家知识产权局局长田力普发表谈话指出，到目前为止，中国铁路企业没有和任何一家国外公司产生知识产权纠纷，并且中国高铁已经申请了 946 项专利。从 2005 年开始，中国在铁路技术领域的专利申请量开始逐渐超越了铁路技术领域的专利第一大国日本，位列世界第一。中国高铁的发展在知识产权方面是经得住考验的。

事实上，国际社会已经认可了中国高铁的知识产权。中国四方机车车辆公司开发的 CRH380A 已经通过美国的知识产权评估。在四方公司跟踪美国加州高铁市场的过程中，由四方公司提供自己的技术条件和设计方案，美方检索出来所有相关技术专利 900 多项，再找专业人士评估是否侵权。最后美方评估的结论是四方的产品没有侵权，说明 CRH380A 的技术完全是自主产权，且已经超过日本新干线技术。

不可否认，日本、法国和德国都是高铁技术的原创国，在应用上有较长的历史，但是这并不意味着日本在高铁方面永远是最先进、最成功的。不能因为中国在较短的时间内取得显著的成绩而诬蔑中国的技术不成熟，是剽窃的。中国承认中国高铁技术进步和同多个发达国家进行技术交流有直接联系，日本也在该领域给予中国不少帮助，但这种帮助是建立在互惠互利基础上的。

有趣的是，中国高铁得到迅速发展后，日本高官和媒体一直说中国高铁技术来自日本。然而，温州动车事故发生以后，日本方面立马大转弯，赶紧与中国高铁技术划清界限。当得知中国准备申请高铁技术专利的消息后，日本媒体又坐不住了。其实，解决问题的路径很简单，如果说中国高铁真的窃取了日本技术，日本方面完全可以提交国际仲裁法庭，但是日本没有这么做，只是制造舆论说中国剽窃日本技术。

尽管日本高铁企业和日本媒体对中国高铁发展心情复杂，仍然有不少日本新闻从业人员很客观公正地评价和报道京沪高铁的成功开通运营。日本东京广播公司记者真下淳先生在体验京沪高铁后接受采访时说，京沪高铁科技水平很高，高速列车内部设施很豪华，日本的新干线是没有的。日本新干线经常弯曲前行，很难像中国高铁那样持续高速运行。

日本 FNN 电视台报道说，考虑到综合效率和安全因素，中国新开通的京沪高铁降低了最高时速，但即使如此，列车运行"也是相当快"，而且运行稳定。

第三节　"一带一路" 的魅力

　　2013 年 9 月和 10 月，习近平主席在访问哈萨克斯坦和印度尼西亚时提出倡议，共建"丝绸之路经济带"和"21 世纪海上丝绸之路"。国际社会称之为"一带一路"建设。

　　几年来，沿线国家积极响应中国"一带一路"倡议，积极推进基础设施的互联互通。中国铁路部门积极探索合作共赢的发展模式，中国高铁以

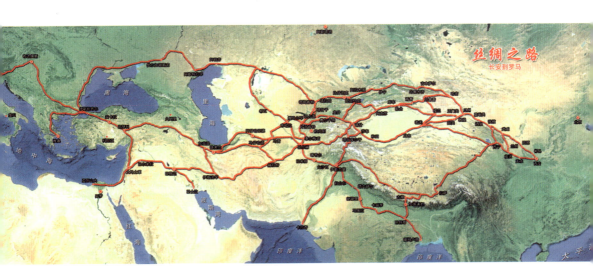

"一带一路"示意图

　　　　中国智慧：中国高速铁路创新纪实

前所未有的速度和广度，走出国门、走向世界。"一带一路"将沿线各国紧密地联系到一起，缩短了国家之间的距离，加快了世界经济的发展，大路沿线风光无限。

大路沿线好风光

磨丁（Boten），是老挝境内靠近中国边境的一个偏远小镇。

在世人眼里，磨丁的过去、现在与未来都有着魔幻色彩。当年，一家香港公司与老挝政府签订了 30 年的可续租契约，在这个小镇打造了占地 1640 公顷的经济特区，开起了赌场，曾红火一时。每到夜晚，闪烁的霓虹灯穿透草木丛生的山丘，装点出一座不夜城。后来由于治安不佳、黑帮横行、暴力索债等问题，磨丁一蹶不振。在这里开商店、餐厅的老板们，纷纷收拾行囊回家。不夜城迅速衰落。

《纽约时报》报道称，随着中国"一带一路"建设的推进，连接昆明与老挝首都万象的高速铁路将在这里设有一站，该条铁路造价 70 亿美元。很快，在通往小镇的高速公路两旁，18 层高楼拔地而起，上面悬挂着中老两国领导人握手的巨幅广告牌。根据老挝媒体的报道，中国投资方目前投资了 15 亿美元打造磨憨-磨丁经济特区。中国企业纷纷赴磨丁投资办厂，投资领域涉及水电、矿产开发、服务贸易、建材等。2013 年，中国在老挝的投资总量达到 50 亿美元，从而超过越南和泰国，成为老挝的第一大投资国和贸易伙伴。老挝人学习汉语的热情也迅速升温。

据 2015 年 4 月 26 日央视《新闻联播》报道，泛亚铁路中国境内连接中老、中越铁路的昆玉铁路（昆明至玉溪铁路）正在加紧施工，而连接中老、中泰铁路的玉溪到磨憨段即将开工建设。目前，昆玉铁路的控制性工程——宝峰隧道正在施工。这条 7 公里长的隧道，是中老、中越两条国际铁路线在中国境内的交会点。

2015 年 12 月，中泰铁路在泰国举行启动仪式。按原计划，中泰铁路合作项目全长近 900 公里。呈人字形的铁路线分为曼谷—坎桂—呵叻段、玛塔卜—罗勇段和呵叻—廊开段，共经过泰国 10 个府，在泰国东北部的廊开与已经奠基开工的中老铁路对接，经老挝磨丁和中国磨憨抵达昆明。这条泰国首条标准轨铁路，将全部使用中国的技术、标准和装备建设。

2015 年 11 月 13 日，中国与老挝签署了政府间铁路合作协定，标志着中老铁路正式进入实施阶段。中老铁路是第一个以中方为主投资建设并运营、与中国铁路网直接连通的境外铁路项目，全线采用中国技术标准，使用中国设备。项目由两国边境磨憨－磨丁口岸进入老挝境内后，向南延伸至老挝首都万象，全长 418 公里，时速 160 公里。届时，泛亚铁路中线将初具雏形。中老铁路未来还可与泰国、马来西亚等国铁路连通，相信在不久的将来，中国游客可以乘坐火车赴老挝、泰国、马来西亚等国旅游度假。

中国与老挝之间的高铁能否顺利开通，不仅西方媒体关心，老挝人、中国人都很关心。按照中国的报道，从云南玉溪到磨憨口岸的玉磨铁路已经在 2016 年 4 月全线开工。同年 6 月 22 日，中老国际铁路通道重要组成部分——玉磨铁路连接中国与老挝的友谊隧道正式开工建设，标志着泛亚铁路网中线中老国际铁路全线建设进入实质性阶段。

经采访得知，当初前往磨丁淘金的中国人，并不是全都随着磨丁的衰落而离开。小镇有一对来自中国安徽的夫妇，他们 6 年前来到磨丁，开了一家小商店，售卖啤酒、肥皂、零食等杂货。"赌场关了，一切都冷冷清清的，但我们还是选择留下。"51 岁的老张一边说着一边把烟灰弹进哈尔滨啤酒的空罐子里。尽管现在经营惨淡，这对夫妻对磨丁的未来抱有希望。他们期盼着高铁的来临，还有随之而来的商贸。到时生意兴隆，回家也方便。

西汉时，张骞两次通西域，开辟了中外交流的新纪元。中国行商骆驼队越过沙漠和戈壁，将丝绸、茶叶源源不断地外运，踏出了从长安到欧洲长7000多公里的商贸之路。从此，各国使者、商人的驼队，沿着张骞开辟的道路，将中原、西域与阿拉伯、波斯湾、地中海紧密地联系在一起，成就了世界级的陆上东西大通道。在运送的货物中，由于丝绸制品影响最大，所以这条大通道得名"丝绸之路"。

隋唐时，一艘艘大货船从广州、泉州、杭州、扬州等沿海城市出发，将中国丝绸运往南洋和阿拉伯海，甚至远达非洲东海岸。形成于秦汉的"海上丝绸之路"，此时达到繁荣期。宋元时期，瓷器、香料逐渐成为出口的主要货物，这条海道又名"陶瓷之路"和"香料之路"。

千百年来，陆地丝绸之路和海上丝绸之路，作为古代中国与世界其他地区进行经济文化交流交往的通道，极大地推动了人类的文明进步。

遥想当年，东方向欧洲提供他们渴望的绝妙奢侈品珠宝、丝绸、美玉，沿着这条尘土飞扬的商旅路线，即著名的丝绸之路，把这些产品送往欧洲。如今，中国已经成为世界工厂，而欧洲对中国的出口产品有着远无止境的需求。随着港口变得拥挤，交货时间变得越发重要，中国及周边国家再度把目光投向贯穿亚洲的古老的陆地线路。

"丝绸之路经济带"从中国至西亚并通往欧洲，"21世纪海上丝绸之路"则从中国经东南亚延伸至印度洋、阿拉伯海和海湾地区。中国倡导共建"一带一路"，旨在传承和弘扬古代丝绸之路精神，赋予时代内涵，焕发时代活力，实践时代价值，为人类社会创造新的物质和精神财富。

有资料表明，"一带一路"涵盖东亚、中亚、南亚、西亚、东南亚以及中东欧、东非、北非等60多个国家和地区，占世界60%的人口、75%的能源和全球30%的GDP，经济总量约21万亿美元。面对如此庞大的经济总量和人口数量，要实现货畅其流、人便其行，大运量、高速度的铁路交通，无疑是最现实、最经济和最可靠的选择。

诚然，就当今综合交通体系而言，在"一带一路"这个大舞台上，铁路乃至高铁必将扮演十分重要的角色。它可以直接促进泛亚、欧亚铁路的互联互通，构架起真正意义上的"钢铁丝绸之路"。

目前，我国已拟定了穿越中亚、俄罗斯及东南亚等方向三条高铁网建设计划，正在与俄罗斯、老挝、缅甸等 17 个周边国家进行洽谈。已经与多个国家达成意向，并进入探讨技术层面的阶段。预计到 2030 年，中国两条通往欧洲的、一条通往东南亚的高铁有望建成。

根据规划，中亚线路将从新疆维吾尔自治区首府乌鲁木齐出发，经由吉尔吉斯斯坦、哈萨克斯坦、伊朗等国，往东欧延伸；东南亚线路将从中国南部的昆明出发，经由越南、柬埔寨、泰国（或从昆明经缅甸到泰国），抵达新加坡；另一条则计划从中国北部的黑龙江省出发，穿越西伯利亚，连接到西欧。它和中国至俄罗斯莫斯科的常规铁路方向基本一致，被称为"第二条欧亚大陆架之路"。

英国《独立报》报道说，中国发生的巨变如梦如幻，京沪高铁成为中国崛起的最新象征。中国已经拥有了世界最大的高速铁路网。这一工程还将扩大为一条"钢铁丝绸之路"。如果一切顺利，2025 年就可以从哈尔滨登上高速列车，开始史诗般的旅程，经俄罗斯进入东欧和南欧，最终抵达伦敦。

加拿大《埃得蒙顿日报》报道说，中国正在与欧洲谈判修建高速铁路网，利用英吉利海峡隧道，该铁路网最终能够把乘客从伦敦带到北京，然后再送到新加坡。该文章称"新的高速铁路网可能比空中旅行还要好"，旅客可以在伦敦登上列车，两天后便在直线距离 8100 公里远的北京下车，还可以继续乘坐火车向前行驶，3 天后在相距 10800 公里远的新加坡下车。而人们坐飞机从伦敦到北京也需要 10 个小时。

2014 年 10 月 13 日，国务院总理李克强在莫斯科同俄罗斯总理梅德韦杰夫共同主持中俄总理第十九次定期会晤。在李克强总理和梅德韦杰夫总理的共同见证下，中国国家发改委与俄罗斯运输部、中国铁路总公司与俄罗斯国家铁路公司四方签署高铁合作备忘录。中俄高铁合作备忘录的签署，意味着中国高铁有望在俄落地，"莫斯科—北京"欧亚高速运输通道的建设已经初现曙光。

早在 2012 年 12 月 1 日，世界第一条高寒地区的高铁——哈尔滨至大连高铁投入运营。哈大高铁营业里程 921 公里，设计时速 350 公里，纵贯中国辽宁、吉林、黑龙江三省。根据最近 30 年的气象记录，东北三省全年温差达到 80℃，是中国最为寒冷、温差最大的地区。显然，中国高铁为世界高寒地区修建高铁做出了示范。

2015 年 5 月 8 日，国家主席习近平在莫斯科克里姆林宫同俄罗斯总统普京举行会谈。双方签署了包括共用格洛纳斯和北斗导航系统、信息安全政府间协议、莫斯科至喀山高铁建设等数十份协议。中国铁路总公司总经理盛光祖与俄罗斯国家铁路公司总裁亚库宁分别在高铁协议上签字。

莫斯科—喀山高铁项目是欧亚高速运输走廊的试点项目，该项目西起莫斯科，向东南延伸到鞑靼斯坦共和国的喀山，中间穿过弗拉基米尔州首府弗拉基米尔、下诺夫哥罗德州首府下诺夫哥罗德和楚瓦什自治共和国首府切博克萨雷等重要城市，总长度为 770 公里，最高设计时速 400 公里。全线建成后，莫斯科至喀山间的列车运行时间将从现在的 11 小时 30 分钟压缩至 3 小时 30 分钟。

莫喀高铁是北京至莫斯科高铁运输线的一部分，对打通欧亚高速运输通道有着长远的意义。莫斯科至北京高铁总长 8000 公里，开通后中俄两国首都的车程将由目前的 5 天左右缩短至 30 个小时。

亿赞普大数据显示："一带一路"沿线地区，对铁路等基础设施建设关注度排在前三位的区域分别是东南亚、中亚和南亚地区，数据显示，越靠近中国，互联互通的愿望越强烈。在中国的陆上邻国中，已经有俄罗斯、蒙古、哈萨克斯坦、朝鲜和越南等国与中国开行了直通列车。老挝、缅甸、尼泊尔、印度、吉尔吉斯斯坦和巴基斯坦等国正在或即将建设直通中国的铁路。

中国高铁优势

2015 年 11 月 25 日上午，江南苏州阳光明媚。

苏州北站高铁站台上，一列崭新的高速列车迎候李克强总理和远道而来的贵宾。车身上，中国与中东欧 16 国国旗以及 "16+1>17" 的标志分外醒目。

李克强总理与受邀来华出席第四次中国—中东欧国家领导人会晤的中东欧 16 国领导人共同乘坐中国高速列车。从苏州北站到上海虹桥站，百公里的路程，20 多分钟的车程，一段让 "16+1 合作" 加速前行的旅程。

车厢里，李克强总理同各国领导人亲切交谈，共话合作。李克强总理说，如今高铁已成为广大民众出行、旅游最为方便快捷的交通工具之一，也是中国装备制造的一张 "黄金名片"。中方愿同有需求的国家分享这一成果。

李克强总理表示，中国高铁技术先进、安全可靠，成本具有竞争优势。这句话，无疑成为对中国高铁竞争力优势的最凝练概括。

美联社记者分析认为，中国高铁之所以能受到国际社会的普遍关注，源于中国高铁的全方位优势。

从 20 世纪 80 年代开始，中国的高铁建设论证，经历了一段相当长的时间。在学习借鉴世界高铁建设经验的基础上，结合中国国情和路情，中国高铁选择了一个综合的、取各家之长的发展模式。正是因为如此，中国高铁拥有集成优势，能够实现与欧洲等国家的高铁技术兼容，这在其他国家是不可能的。

中国高铁技术是世界上最先进的，可在工务工程、通信信号、牵引供电、动车组制造等方面，提供一揽子出口，而这也是其他国家难以实现的，因为他们的技术是分别掌握在很多家不同公司的手中。中国还建立了从勘察设计、工程建设、设备制造、项目验收到运营维护、人员培训等系统配套的高铁安全保障体系。

"中国高铁"品牌在世界范围的认知度正飞速提升。中国高速铁路桥隧、路基等轨下土建工程已具备国际领先水平；轨道结构技术同样处于国际领先水平；高速动车组技术已处于国际先进水平；高速铁路的总体设计、施工、运营、快速建设技术，从安全、可靠、适用、经济、先进五大指标进行对比，总体技术已处于国际领先水平。

美国国会众议院议长佩洛西在乘坐中国高铁时，曾感慨地说道，不坐在京津城际的动车组上，就感觉不到中国铁路的高速度，也就感受不到中国经济的高速度。英国交通大臣阿多尼斯勋爵说，在高速铁路建设等领域里，中国比英国先进。对英国来说，中国的经验很有借鉴意义。至于俄罗斯，对高铁兴趣则更加浓厚。

分段建成的京广高铁和一次性建成的京沪高铁，都是当时世界上最长的高铁，树立起了中国样板。中国建设超长规模高速铁路网的能力，是世界上最强的，而中国的桥梁建设水平也是世界上最高的。

兰新铁路是当今世界上一次性建成通车里程最长的高铁。除此之外，它还享有多个"第一"：它途经烟墩、百里、三十里及达坂城四大风区，同时，要穿越高寒地带和塔克拉玛干、古尔班通古特等几个大沙漠，温差达到80摄氏度，是首条穿越沙漠大风区的高铁；兰新高铁还要横穿中国海拔最低的吐鲁番盆地和海拔最高的祁连山高铁隧道。全长 16.3 公里的祁连山隧道，最高轨面海拔为 3607.4 米，被誉为"世界高铁第一高隧"。可见，由于中国具有比欧洲等国家更为复杂的地理、地质、气候环境，因此，针对不同环境需求的定制能力必然是世界领先的。

中国高铁还具有价格优势。世界银行研究表明，中国高铁不仅技术可靠，建设成本大约为其他国家的 2/3。每公里只有 0.33 亿美元，相较于其他国家每公里 0.5 亿美元，相差约 1/3。中国"和谐号"动车组的价格相当于国外同类产品的 1/2 到 3/4，同时，中国在人工、原材料上也有价格优势。超高的性价比非常适合发展中国家。

速度是交通运输之魂。以速度取胜的高铁快速发展，正在改变中国交通运输版图，并成为国际铁路界的"明星"。中国高铁"走出去"，则可分为两个层次，第一是轨道交通装备出口，属于货物贸易；第二是铁路系统出口，即不仅提供动车组、信号系统等设备，而且铺设整条铁路，属于货物贸易与服务贸易的结合。在轨道交通装备出口层面，中国已积累了较长时间的成功经验。

有数据表明，在一些国家，中国轨道交通装备已占据了当地市场很大份额，建立了相当稳固的市场信誉。在油气资源丰富、社会福利保障体系完备的土库曼斯坦，在中国中信建设公司组织出口的两批车厢交货之后，该国 80% 的客车车厢已是中国制造。

2014 年 12 月 30 日，中国南车、中国北车发布联合公告，正式宣布双方将依据"对等合并、着眼未来"等原则实现合并，合并后的新公司更名为"中国中车股份有限公司"。由此，一个世界级的高铁巨无霸——"中国中车"诞生。中国南车和中国北车，原来在全国共有 30 多家工厂，生产的机车以及其他铁路装备不仅覆盖了 80% 的国内市场需求，还出口至全球 80 多个国家和地区。遥遥领先西门子、阿尔斯通、庞巴迪以及日本的一些企业。

高铁已经是中国成功实现进口替代的战略性产业，已正面转化为出口导向型产业，可以带动中国高端重型战略产业发展几十年。专家表示，依靠全世界速度最快、技术水平最高、建设成本最低、运营和建设里程最长等优势，中国高铁可望赢得广阔的海外市场，有力地促进中国出口结构升级。高铁工程、商品输出与资本输出相结合，又能够大大提高中国在全球产业体系中的地位，并进而大大提升"中国制造"的形象。

2016年3月5日，国务院总理李克强在《政府工作报告》中指出：高铁、核电等中国装备走出去取得突破性进展。话语虽短，含义却深，"突破性"一词显示了高铁走出去的重大成就，表明了中国高铁在世界上的版图正在不断扩大。

有媒体称，中国高铁出口已经渐趋成熟，中国高铁的版图已经扩展到了亚、欧、非、美等五大洲数十个国家和地区，不仅能够与日本等老牌高铁强国进行竞争，而且在工程合作上，中国企业也将探索出更加灵活、更加本土化的方式。

高铁的迅猛发展，必将带动沿线国家的机械、冶金、建材、电子信息等整条产业链加速发展和升级。据不完全统计，铁路投资的40%左右将通过材料费、人工费、人员消费等方式留在铁路沿线，对沿线国家经济发展也是巨大利好。

按照各国已公布的规划，预计到2024年，全球高铁总里程可达4.2万公里，这意味着在2010年至2024年期间，海外高铁修建计划将达1.9万公里左右。据估计，2020年前，海外高铁投资将超过8000亿美元，其中欧美发达国家的投资额为1650亿美元，带动其他产业创造的市场规模达7万亿美元，这一数字同时也意味着，中国高铁已经迎来了前所未有的出口机遇。中国高铁正在走向世界舞台。特别是当前中国铁路正在步入改革深水区，中国高铁在海外市场的强势拓展和优秀表现无疑将成为最好的助推剂。

中国高铁"第一单"

2016 年 1 月 21 日，印度尼西亚首都雅加达喜气洋洋，雅加达至万隆高速铁路开工仪式在距离印尼首都雅加达 120 公里的瓦利尼车站举行。

当天上午，雅万高铁开工仪式现场喜庆热烈，道路两旁插满了彩色道旗，铁路建设机械设备整装列阵，仪式背景墙两侧的电子显示屏滚动播放着《快速发展的中国高速铁路》宣传片，反映雅万高铁项目概况、中印尼铁路合作以及中国高速铁路发展成就的展板，中国标准动车组模型、动车组修制基地模型沙盘等，吸引着人们的目光。

雅万高铁的开工建设，标志着中国、印尼铁路合作取得重大进展，标志着中国铁路走出去实现良好开局。国家主席习近平为项目开工致信祝贺，印度尼西亚总统佐科在致辞中表示，希望印尼和中国的合作可以延伸至基础设施、制造业，能够更加密切，也希望雅万高铁能够给印尼百姓带来短期和长期的利益。

中国驻印尼大使谢锋在接受记者采访时表示，雅万高铁是中国高铁第一次全系统、全要素、全产业链走出国门、走向世界。它的设计时速 300公里以上，符合国际高铁定义，将全面采用中国标准、中国技术、中国装备，中方将参与勘察、设计、建设、运营、管理全过程。

雅万高铁全长 150 公里，连接印度尼西亚首都雅加达和第四大城市万隆，最高设计时速 350 公里，计划 3 年建成通车。届时，雅加达到万隆间的旅行时间，将由现在的 3 个多小时缩短至 40 分钟。这是东南亚第一条时速 350 公里的高速铁路，也是国际上首个由政府主导搭台、两国企业对企业进行合作建设的高铁项目。雅万高铁项目是中国实施新时期"走出去"战略的一次重大跃升，这是中国高铁技术、高铁制造、高铁方案以及高铁赢利模式等第一次全方位"走出去"，是中国高铁标准的"第一单"。

2015年4月22日，中国国家主席习近平在雅加达会见印度尼西亚总统佐科，双方见证了两国高速铁路项目合作文件的签署。习近平主席指出，中方愿鼓励更多有实力的中国企业参与印尼基础设施建设和运营。近年来，习近平主席利用出访和会见各国领导人的多种机会，向国际社会宣传中国高铁，探讨和推进高铁合作项目，积极推进中国高铁走出去。

对于雅万高铁的建设，中印尼两国新闻媒体表示出极大的热情和兴趣。2016年12月，应中国记协邀请，以印尼记协对外交流负责人特古·桑多索为团长的印尼新闻团来华访问，他们一下飞机就来到人民铁道报社访问。我作为人民铁道报社的社长，热情地接待了他们，回答了他们提出的有关雅万高铁合作建设的全部问题。桑多索问道："印尼是岛国，中国是大陆国家，高铁技术能行吗？"我告诉他们，中国海南岛环岛高铁是世界最长的环岛高铁，经过了多种海洋气候的考验，质量非常好。中国能在任何地质和气候条件下建设高质量的高铁。

2017年春节刚过，我随中国新闻代表团来到印尼，在印尼国家记者节上，我再次见到了桑多索等印尼新闻媒体的老朋友。桑多索高兴地告诉我："上次去中国特地乘坐了上海至杭州的高铁，平稳、舒适、速度快，真棒。我们盼望着雅万高铁早日通车。"印尼德尔塔广播电台编辑顾问奥拓认为，印尼土地私有化性质决定了雅万高铁征地很困难，印尼媒体的重要任务就是要做好解释宣传工作，引导舆论支持雅万高铁建设。印尼《灯塔日报》编辑腾西说，雅万高铁是造福印尼人民的伟大工程，是印尼和中国友谊的象征，我们一定要团结一致把它建设好。

为争夺雅万高铁项目，日本多次搅局。早在2008年，日本就开始跟踪雅万高铁项目，先后做了3次可行性报告，但印尼政府始终没有做决定。

　　2015 年 8 月 13 日，在印尼首都雅加达举办的中国高铁展上，参观者在观看中国高铁模型（新华社稿）

　　2015 年 3 月和 4 月，中国和印尼有关部门与企业分别签署了关于就雅万高铁开展合作的谅解备忘录和框架安排。日本接连 4 次派特使到印尼陈情游说，不断优化可行性研究报告，不遗余力争夺。中日竞争趋于白热化。

　　对此，我国处变不惊，沉着应对，按照既定方案稳步推进。时任国家发改委主任徐绍史作为习近平主席特使专程赴印尼向佐科总统提交中方可行性研究报告，宣介中方方案的主要内容、突出优势和建设目标，积极回应印尼方重点关切，表达中方与印尼方合作把雅万高铁建设成两国务实合作标志性项目的诚意与信心。

此后，日本再次派特使访问印尼，再次调整、优化方案，降低了要求为贷款提供主权担保的比例，并提出加强两国海洋合作，包括帮助印尼发展东部地区等配套优惠条件。中方以不变应万变，强调中方只有一个方案，而且是最好、最符合印尼方需要的方案。无论是在中国还是外国，中方都把质量和安全作为高铁建设的生命线。

最终，印尼政府经过认真、反复权衡，决定以 B-B（企业对企业商业合作）方式修建高铁。中国与印尼企业经过密集磋商，就成立合资公司兴建和运营雅万高铁达成一致。

印度尼西亚与中国合建雅万高铁，充分证明了中国的"21世纪海上丝绸之路"与印度尼西亚"全球海洋支点"愿景是兼容的。这为"一带一路"倡议与其他沿线国家的发展战略成功对接提供了生动案例，有助于加速推进"一带一路"建设在相关国家尽快落地。

北京外交学院外交学系教授苏浩认为，高铁作为中国一个重要的外交手段，有着非常重要的外交内涵。高铁外交对于促进中国和周边国家乃至与世界上其他国家和地区的合作，都有着十分重大的意义。

追溯历史，早在20世纪70年代，我国就开始了对外建造铁路的工作，在我国经济极端困难的情况下，援助修建了坦桑尼亚—赞比亚铁路，这是中国铁路走向世界的起点。这条铁路现在已经成为中国铁路的样板工程，以其艰苦的建造过程、过硬的建造质量和深远的影响吸引了非洲乃至全世界的目光。

如今，中国人用自己的智慧和创新精神汇聚而成的世界最高水平铁路，再次吸引了全世界的目光。世界各地的高速铁路实际需求，亦为中国高铁走向世界提供了前所未有的机遇。

近年，有100多个国家元首、政要和代表团考察了中国高速铁路。眼下，中国在利比亚、尼日利亚、阿拉伯联合酋长国、阿曼、伊朗、亚美尼亚、塔吉克斯坦、哈萨克斯坦、吉尔吉斯斯坦、巴基斯坦、柬埔寨、泰国、马来西亚、菲律宾、澳大利亚、委内瑞拉……或有普通铁路建设项目，或有高铁建设项目。这些项目的合作，对推动中国"一带一路"倡议与相关国家的发展战略相对接，起到了十分重要的作用。

在此之前，中国企业曾参与了连接土耳其首都安卡拉至伊斯坦布尔高速铁路二期工程的建设，中标路段全长 158 公里，合同金额 12.7 亿美元。这条高速铁路全长 533 公里，设计时速 250 公里，于 2014 年 7 月 25 日开通运营。这是中资企业在境外组织承揽实施的第一个电气化高速铁路项目，尽管只是单项的土建工程，但对推动中国高铁"走出去"具有重要的示范意义。

目前，中国已与多个国家进行了高铁合作或合作洽谈，有些项目已经开始实施。其中包括土耳其、委内瑞拉、沙特阿拉伯、利比亚、伊朗、泰国、缅甸、老挝、柬埔寨、马来西亚、新加坡、美国、俄罗斯等国家。美国、巴西、沙特阿拉伯等国明确表示，希望中国铁路企业参与这些国家高速铁路项目的合作。与此同时，由中国铁路工程总公司承揽的委内瑞拉迪纳科—阿纳科高铁项目、由中国铁路建设总公司承揽的土耳其安卡拉—伊斯坦布尔高铁项目，也均已进入实施阶段。

中国高铁正大踏步地走向世界。

尾声　面向未来的高铁畅想

2016 年 5 月，西南交通大学建校 120 周年前夕，我作为《人民铁道》报记者应邀来到西南交大采访。我以十分敬畏的心情，走进坐落在成都九里校区的牵引动力国家重点实验室，这里搭建着全球首个真空管超高速磁悬浮列车原型测试平台。实验室的墙上，挂着这样一句话："真空管道磁悬浮列车——未来世界交通的终极解决方案"。

众所周知，高铁运行的摩擦阻力，来自空气摩擦和接触摩擦。空气阻力是传统轨道交通发展的最大障碍。科学实验表明，当列车时速达到 400 公里以上时，超过 83％的牵引力会被浪费在抵消空气阻力上。克服高速列车运行中的空气阻力，一直是困扰高速铁路发展的难题。一些先进国家的科研人员长期在进行潜心研究。他们想象了多种形式的高速列车架构，包括列车的乘降方式、真空管道高速交通、概念高速列车等。

畅想之一：真空管道磁悬浮列车。早在 2003 年，西南交通大学就开始着手研究"真空管道磁悬浮列车"。科研人员希望通过建造真空环境，减少空气对磁悬浮列车的阻力。所谓真空管道高速交通，就是建造一条与外部空气隔绝的管道，将管内抽为真空后，在其中运行磁悬浮列车，由于无空气阻力，无接触供电，无接触驱动，运行速度每小时可高达 7000 公里。由于没有机械性接触，列车不会脱轨，也不会受大雪、雷电等恶劣天气影响。

据科研人员透露，这种呼之欲出的真空管道磁悬浮列车，能耗不到民航客机的 1/10、噪声和废气污染及事故率接近于零，可以把北京与华盛顿纳入两小时交通圈，用数小时完成环球旅行已经成为科学家近期努力的目标，而中国在此项研究中已经走在世界前列。

畅想之二：真空管道里的"胶囊高铁"。 2013 年，有着"科技狂人"之称的艾隆·马斯克阐释了他的"超级高铁"构想。按照马斯克的设计，真空管道运输是一个类似胶囊一样的密封舱，它通过真空管道进行点对点传送，像炮弹一样穿梭。每 30 秒可发一个密封舱，每个密封舱搭载 28 人。因其胶囊形外表，被称为"胶囊高铁"。

早在 1904 年，美国学者罗伯特·戴维就已经提出"真空管道运输"的设想。20 世纪 80 年代，美国机械工程师达里尔·奥斯特开始思考"真空管道运输"的可行性。1999 年，奥斯特为"真空管道运输"这一概念申请了专利。2010 年，奥斯特成立了致力于开发真空运输项目的公司 ET3。ET3 的网站上明确提出，其目标是在 2030 年实现真空管道运输项目的商业应用。

2013 年，马斯克对"真空运输"这一概念进行了丰富，提出了"胶囊高铁"的构想。马斯克对胶囊高铁的速度预期比奥斯特保守，他所提出的预期时速为 1200 公里，接近声速。这一速度将比现在最快的子弹头列车快两三倍，比飞机的速度快得多。除了速度快之外，超级高铁还具有安全、环保的优点。

2016 年，美国超级高铁创业公司"超级环一号"（Hyperloop One）公司宣布，未来将在阿联酋迪拜建设世界上第一条超级高铁，设计时速最高可达 1200 公里。同时，在迪拜举行的西亚北非地区规模最大的铁路轨道交通展上，"超级环一号"公司首次对外界公布了"胶囊高铁"项目试验管线铺设的画面。画面中的试验场位于美国内华达州的沙漠地区，施工人员正在吊装和拼接"超级环"行进轨道的管线，管线直径达 3.3 米，目前铺设长度已经达到 500 米。

畅想之三：永不停止的概念高速列车。即高速列车在经过车站时，不用浪费时间停下来接送旅客。这个革命性的概念是由中国设计师陈建军提出的。旅客再也不用在站台上等待，也不用排队通过高速列车一系列狭窄的门，而是在轨道上的吊舱里面等待。当火车通过车站时，吊舱就依附在高速列车车顶，然后旅客通过一个楼梯进入底下的高速列车车厢里。

在模拟视频中可以看到，旅客们走进了位于钢轨上方站台上的一个吊舱里。当高速列车进站时，钢轨下沉，列车从吊舱底下通过。那些想要下车的旅客会移动到车厢尾部，然后进入顶部吊舱，就可在下一站下车。当高速列车到站时，尾部吊舱脱离，另外一个吊舱再次连接上高速列车。

据设计者介绍，在北京和广州之间，高铁站点差不多有 30 个。如果每站高速列车需要停点 5 分钟让旅客上下车，那么，整个旅途就增加了两个半小时的时间。这种概念还能节省能源和燃料，因为不用停停开开。这种"概念高铁"火爆网络后，有许多设计者纷纷建言献策，如可以用斜槽来代替楼梯等，以便节省更多的时间。

…………

我们知道，超高速、高安全、低能耗、无噪声、无污染等，这些都是未来高铁追求的优势和目标。曾有媒体报道说，真空管道运输系统的理论时速最快可以达到 2 万公里。

这该是一个多么振奋人心的未来高铁畅想啊！

对于在大气环境下运行的列车来说，时速 500 公里已经是一个极限速度了。而在真空环境中，这些问题都将不复存在。除了消除空气摩擦带来的阻力，超级高铁的另一大亮点是悬浮技术。悬浮技术要解决的正是接触摩擦的阻力，利用磁悬浮或气悬浮技术使车厢在真空管道中无接触、无摩擦地运行，达到点对点的传送运输目的。

同时，超级高铁将采用自供电设计，通过在管道上部铺设太阳能面板，产生足够的电能维持运行。同时，尽管真空管道运输能够达到超高速度，但旅客却不会感受到高强度的加速度。它将比火车和飞机更安全、更便宜、更安静。

诚然，对未来高铁的美妙畅想，也有人质疑和担忧。

"纸上谈兵"之说：时速真的能上千公里？

同济大学磁悬浮交通工程技术研究中心副主任林国斌在接受媒体采访时表示，理论上，在真空环境内交通运输确实有可能达到更高速度，但最高速度还与悬浮导向系统、牵引系统、轨道系统及运行控制系统性能相关。真空管道运输的速度可以超过目前大气环境中的最高速度，但是否能达到 1000 公里的时速或更高速度，需要有更严密的论证并最终通过试验来验证。

中国工程院院士王梦恕认为，目前谁都无法判定真空管道运输的可行性到底有多少，因为所有的方案描述都不够详细且缺少实践中必要的论据。"可以说，真空管道运输的所有设计都还停在纸上谈兵的阶段。"

"成本昂贵"之说：一公里管道超 10 亿元？

中国科学院院士、中国工程院院士、机车车辆动力学专家沈志云教授认为，这么长的隧道，还需要抽气，地铁修一公里需要 8 亿元，真空管道一公里 10 亿元也下不来。美国加州高铁局管理委员会主席丹·理查德曾对《旧金山纪事报》记者说，即使 Hyperloop（超级高铁）听起来很棒，但它很难走向市场，马斯克低估了 Hyperloop 的成本，没有考虑公共运输的资金供应，也没能向市民和环保主义者说明其设计的安全性，我们的确需要尊重马斯克的创造，但也需要让他知道加州修建铁路的实际情况。

"技术障碍"之说：如何克服超高加速度？

诸多学者提出，未来运输问题的终极解决方案将是深埋于地下的真空管道磁悬浮运输系统。从理论上来讲，建造真空管道超高速运输系统已具有现实可行性。但也仍存在众多的技术问题有待解决。比如，人体是否能够承受超高加速度和高速转弯产生的巨大的离心力？

在王梦恕看来，真空管道运输的技术障碍太多。他举例说，电压在真空环境中容易出现"真空击穿"现象，产生自持放电，破坏电极导致运输系统瘫痪。如何保证真空环境中的电压稳定？此外，管道中是真空状态，而在其中运行的磁悬浮车辆中必须具备适宜人类乘坐的大气环境，如何保证车厢内外环境都达到标准，也是一个难点。

马克思曾经说过："在科学上没有平坦的大道，只有不畏劳苦沿着陡峭山路攀登的人，才有希望到达光辉的顶点。"科学追求，其本质是一种执着精神。勇于探索，勇于发现，胜利往往是在再坚持一下的努力之中。

科学需要畅想，也需要假想和幻想，任何科学发明都是从假想开始的。人类对美好的事物，总是先有想象，才可能不断地创新和追求。瓦特发现壶里的水汽冲起了壶盖，假想道，一壶开水产生的水汽，能够推动一个壶盖，更多的开水会产生更多的水汽，不是可以推动更重的东西吗？于是，他发明了蒸汽机。丹麦建筑设计师约恩·乌松由切开的橘子瓣假想道，悉尼歌剧院造型应该是这样的，由此诞生了澳大利亚的地标性建筑……

一部人类社会发展史，就是一部创新史。

创新不仅深刻改变人类的生产生活、推动社会发展进步，而且奠定了一个国家的综合实力和国际竞争力的基础。经过 30 多年来的改革发展，我国实现了创新发展的历史性跨越。载人航天和探月工程、超级计算机、高速铁路、载人深潜、水电装备、杂交水稻等重大技术突破及其推广，对我国经济社会发展起到了引领和支撑作用。

眼下，新一轮科技革命蓄势待发，一些重大颠覆性技术创新正在创造新产业新业态，这为中国创新发展提供了难得的历史机遇。

让我们乘坐时代的高速列车，热烈地拥抱中国科技创新的春天吧！

后　记

一

小时候，最高兴的事，就是傍晚坐在家门前的稻草堆上，听母亲讲故事。母亲说，世界上数中国人最聪明。我说，为什么啊？母亲说，三皇五帝到如今，火药、指南针、造纸，都是咱中国人发明的。

长大后，我才知道，母亲讲的都是古话。近二百年来，咱中国在很多方面落后了。落后的原因，不是中国人不聪明，主要是半殖民地半封建的社会制度，是无休止的战争灾难，捆绑着中国人的手脚。中国人生活在惊恐不安中，又何谈智慧？

按词典解释，聪明，一般指天资高、记忆和理解力强。智慧，则是对事物迅速、灵活、正确地理解和解决的能力。前者是理解力，后者是解决力。可见，聪明与智慧是次第关系。人们常说的"小聪明、大智慧"，就是这个道理。

我将这部作品取名为"中国智慧"，意思是彰显中国人后来居上引领世界高铁发展的创造力。这种力量，显然不是那种"我认识你"的小聪明，而是一种"为我所有"的大智慧。中国智慧，不仅仅是中国人发明创造了什么，应该是那种追求卓越的品质与创造力。

我的《中国智慧》采写过程，表面上是在探秘中国高铁创新发展的途径，实质上是对具有中国智慧创造力的追寻与探究。我力求用采访得来的一个个故事，印证一个个符合事物发展本来面目的结论。

高铁已经成为中国老百姓出行首选的交通工具，成为中国为数不多的整体领先世界的产业。它以技术领先、安全可靠、性价比高等优势，赢得了国际社会的广泛认可和高度赞许，成为中国高端制造业的"黄金名片"。与一些先进国家相比，中国高铁起步晚、底子薄，为什么能够在较短的时间内引领世界之先？其中的奥妙是什么？有哪些成功的"密码"？中国智慧的表现何在？

二

美国总统奥巴马曾告诉习近平主席，他最佩服中国的两件事，一是高铁，二是数学教育。

当我采访原铁道部一位老领导时，曾向他请教："奥巴马总统在位八年，一直在做高铁梦，为什么不能梦想成真？"老领导分析说："我以为有三个原因：一是联邦政府说了不算，二是美国国会争论不休，三是地方政府各自为政。"他认为，中国高铁之所以能够如此快速地走在世界前列，有一个很重要的原因，就是社会主义制度优势所在，能够集中力量办大事，这是别的国家很难做到的。

著名文化学者陈晋先生在读完拙作《中国速度》后评价道："中国高铁发展说明了两个问题：一个是中国道路的制度优势，一个是中国道路背后的中国价值。"

20世纪90年代初，当我国决心发展高铁产业时，中央政府审时度势，正确地进行了顶层设计和产业整体规划，明确提出了"引进、消化、吸收、再创新"的中国高铁装备制造的技术路线。

在实施过程中，我国特有的"举国体制"优势发挥到了极致。动员组织了全国丰厚的科技资源，包括几十所一流大学，近百个国家实验室、工程中心、中央级研究机构和 500 多家企业，参与的两院院士、专家学者和科研工作人员多达上万人。从中央到地方，全国一盘棋，纵横一体化，这在铁路行业历史上前所未有。

由此可见，充分发挥体制优势和政府的主导作用，这是我国高铁发展一条很成功的经验。

三

我国面积辽阔、人口众多，有着庞大的运输市场。铁路是首选交通方式。中国有市场，先进国家有技术，以市场换技术，以技术赢得市场，这种交易是很公平的。

外国企业对中国市场垂涎欲滴，中国想引进国外的先进技术并不难，但要拿到核心技术却很难，因为那是外国企业保持技术优势和长久获利的生存之本。

2004 年，诺贝尔经济学奖获得者萨缪尔森曾对技术贸易进行过分析。他认为，如果两个国家各有技术优势，那么通过贸易可以双方受益，但是如果一国通过贸易可以迅速把别国的技术优势学过来，那么就是学的一方受益，被学的一方吃亏。

这个美国老头讲这番话的这一年，中国开始向先进国家引进高铁技术。按萨氏的观点，优势国家将高铁技术通过贸易交换给中国，中国提升了高铁技术，技术输出国无疑受损了。那么，中国就占了很大的便宜。

中国有句古话：一个愿打，一个愿挨。我以为，各取所需，各得其所，这是再正常不过的"贸易交换"，不应该存在谁吃亏、谁占便宜的问题。萨缪尔森的言论，也许是一种纯理论的探讨。

不可否认，中国是"引进"技术的受益者。"和谐号"高速列车最早就是利用国外技术研制出来的。然而，中国高铁产业每时每刻都在创新，不论是前期的勘察设计、工程建设还是高速列车生产、高铁运营管理，每一个环节、每一个零部件，中国人都力求突破，加入创新元素，烙上自己的印记，让最终产品成为纯正的"中国货"。

由此，我国铁路行业不断实现了技术突破，先后在世界上率先破解了高原、高寒等复杂条件下的铁路建设技术难题，高铁技术日益成熟。"复兴号"中国标准动车组就是最好的例证。

四

有人问，我国很多产业都采用过"引进、消化、吸收、再创新"的技术路线，为何只有高铁产业成功了？汽车与高铁相比，同样都拥有广阔的市场，为什么至今我国的道路上跑的几乎都是外国牌子的汽车？

专家告诉我，引进是否成功，关键在于是否拥有核心技术。否则，东西永远是人家的。

我国兴建高铁时，世界上已经有日本、法国、德国等先进国家建成了高铁，掌握了先进的高铁技术。我们虚心向先进国家学习，尝试"以市场换技术"，不仅要求掌握核心技术，而且还要着眼提高创新能力、培育自主品牌。

有人说，核心技术是看家本领，人家是不会卖的。然而，也有例外。某些外国企业所处的生存环境，迫使它不得不靠卖技术来求市场、求生存。

"西门子败走麦城"的故事，曾让我激动不已。吃一堑，长一智，西门子第一次竞标失败了，第二次竞标竟然将时速300公里的高速列车8项关键技术，全部向中国有条件转让，或让中国享用。因为，西门子不能缺失中国市场。债台高筑的法国阿尔斯通、面临倒闭的日本川崎重工、抢占商机的英国丹尼斯公司，它们都因为迫于生存与发展的压力，不得不将多项高速列车关键技术转让给了中国企业。现实说明，世界上没有绝对不变的东西，包括高铁核心技术的转让。矛盾的普遍规律与特殊规律共存，这是哲学的观点。

采访中，我时常会听到"国产""完全的自主知识产权""自主研发"等字眼，也正是这些用词引起境外的质疑。我以为，这些词语无可非议：产品方面，由中国企业在中国生产的，当然是国产的；技术方面，不管是买来的技术，还是自己的创新，理所应当都拥有完全的自主知识产权；创新方面，建立在引进技术基础上的创新，就是自主研发。

诚然，高铁作为知识与技术密集型产业，其创新过程涉及跨学科、跨专业、跨行业的方方面面。要让买来的技术真正地为我所有，关键是要提升自主创新能力。而这种创新能力，必须是全行业性的，必须以产业协同为动力，从而有效撬动全产业链的创新发展。

这些都是我的采访结论。

五

人，是要有一点精神的。

精神是力量的源泉、行动的先导。中国高铁精神集中体现在崇尚科学、攻坚克难、科技创新、勇攀高峰等词组的意义探索上，这也属于中国精神的表达范畴。

俗话说："智高无难。"意思是说，有着较高智慧之人，即使遇到再大的难题也不会感到束手无策。中国智慧，彰显着民族精神、民族大义与民族自信。中国高铁取得巨大成就，精神因素所起的作用不容忽视。实践证明，攻克科技创新难题，一要靠智慧，二要靠精神。

中华民族是一个十分崇尚智慧与精神的民族。我着力紧扣中国高铁创新这个主题，从不同侧面体验中国人的聪明才智，引导读者领略和感受无处不在的中国智慧。发挥体制优势、确定技术路线、突破核心技术、创新中国元素，这些都是中国高铁创新的"密码"。破解、运用好这些"密码"，中国企业将会打造出更多的"中国名片"。

中国高铁向世界昭示：中国正以自身的努力、自己的方式变成更好的模样，走进世界舞台中央，"中国智慧"必将会给整个世界带来更加积极而深远的影响。

2017 年 6 月 28 日完稿于北京